KB180788

환/도/열/차

장우재 희곡집

2

환/도/열/차

장우재 희곡집

2

평민사

장우재 희곡집 2
차례

작가의 말

1.

최근 몇 년 동안 발표했던 작품은 (모두들 그렇겠지만) 이게 마지막 작품이 될 수도 있다고 생각했다. 그래서 거칠고 도전적이고 낭만적이었다. 다행히 이런 허점에도 불구하고 관객으로부터 답신을 받은 것 같아 감지덕지다. 이제는 다음 작품을 '지금' 고민하는 처지가 되었다. 그것이 다른 의미로 조급함을 만들었다. 배부른 소리 같아 말은 안했지만 나의 몸이 그렇게 망가질 수는 있어도 나의 연극의 원천이 되는 세상 사람들을 보는 눈까지 흐려지지 않았으면 좋겠다. 사람이 아닌 무언가가 허락해줬으면 좋겠다.

2.

나는 어떤 강한 욕망이 들고 그것을 순간적으로 실현하고 싶을 때 종종 멈췄다. 거기엔 다른 사람이 있었기 때문이다. 다른 사람은 나의 욕망의 실현과 관계가 있었기 때문이다. 나는 나의 욕망이 실현되기에 그 다른 사람의 욕망 또한 실현되는지 살펴볼 필요를 느낄 만큼 나 스스로에 대해 여전히 자신이 없다. 그러고 며칠이 간다.

그리고 나의 욕망의 실체가 드러난다. 너를 해하고 싶다거나 꾸짖고 싶다거나 가르치고 싶다거나 갖고 싶다거나 넋두리를 하고 싶다거나 대체로 그런 것들이다.

그런 것들이 걸러진다. 그리고 남은 것, 아직 욕망이라고 부를만한 것, 순수한 것….

그때 다시 다른 사람인 너를 생각한다. 여전히 너는 그 자리에 있다. 나의 이 욕망이 (비록 순수하다 할지라도) 너에게 어떤 득이 있는지 너에게 어떤 순수 욕망을 자극할지 여전히 난 알 수가 없다. 이럴 바에는 생각날 때 바로 너에게 전화를 할 걸 그랬다는 생각이 든다. 그리고 또 며칠이 간다.

내가 결정 내려야 했을 그 타이밍도 가버린다. 욕망의 목적지도 사라진 것처럼 보인다. 그때 너에게 문득 연락을 한다.

지나간 자리에서, 폐허가 된 자리에서, 이별과 실패가 예정된 자리에서, 너에게 연락을 한다. 그리고 만남의 성사 여부와 상관없이 나는 상처받지 않는다. 아니, 상처 받지 않을 준비가 되어있다.

요즈음 많은 책을 읽고 있다. 읽다가 나는 이것이 나의 알리바이를 세우기 위해서였다는 걸 알게 되었다. 또 한 가지, 그 책이 내 알리바이의 희생양이 되건 안 되건 상관없이 나를 자극하고 요동치게 할 때가 있다는 것을 알게 되었다. 그때 실패나 성공 따위는 일어나지 않는다. 다만 전이_transference 된다.

과거에서 현재로, 폐허에서 또 새로 생긴 폐허로, 이 폐허에서의 전이, 거기에 사랑이란 말도, 희망이란 말도 없이 일어나는 이 전이가 유일한 끄나풀이라는 것을 나는 버릴 수 없다.

이제 너에게 전화를 하듯이 두 번째 책을 낸다.

네가 찾더라도 나는 그 자리에 없을지도 모른다. 내가 찾더라도 너는 그 자리에 없을지 모른다. 아마 이 생에 없을지도 모른다. 그것을 묵묵히 인정하고 다시 너에게 연락을 한다. 그리고 나는 '실패' 할 것이다.

누군가는 그럼에도 불구하고 혹 만나지 않더라도 마음으로 만날 수 있지 않느냐고 말할 수 있다. 하지만 정작 내가 관심을 기울이는 것은 우리는 만나지 못한다는 것을 인정함으로써 내가 얻을 수 있는 것들이다.

그것은 글 속에서 내가 너와 만나지 못한 데서 오는 실패가 낳은 연민과 진짜 실패를 구별하게 만든다. 그것은 너를 만나지 못하는 데서 오는 아픔으로써의 실패를 걷어내고 나의 순수한 실패를 알아보게 한다. 그리고 우리의 실패를 보게 한다.

그때 나는 너를 잠시 만난 것 같다.

너 또한 그렇게 실패했으리니… 그때 한참 동안을 그것이 책이 됐든, 공연이 됐든, 음악이 됐든, 신문이 됐든, 투표용지가 됐든… 나는 그 앞에서 머뭇거려야 한다.

잠시 멍하게. 그것이 이 세상에서 아주 잠시 동안 너와 만나고 있는 순간이니.

나에게 연극 만들기는 이런 실패를 한 번 더 사는 것이다.

3.

좋은 것도 많고, 서러운 것도 많은 때이다. 뜻은 높고 몸은 낮다.

여기가 집이다

그냥 싫어. 생각해봐.
한꼬방에서. 둘이 저녁엔 벗고 자는데
거기 놀러 가면 내가…
기분이 어떨 거라고 생각하나?
저도 꿈을 꿨어요. 아이가 막 강을 건너왔어요.
을 헤치며 아이가 막 저한테 달려왔어요.
엄마, 엄마하면서…
제가 집을 나가서 제 아이가 죽었어요.
그래서 이때까지 안보고 살았어요

가짜 희망을 위하여*

등장인물

동교 : 20세.
장씨 : 50대 말.

양씨 : 40대 초.
영민 : 30대.
최씨 : 50대 중.

양씨 처.
최씨 처.
영민 애인.
신씨 : 40대 초.
종택 : 동교 친구.

어느 해 겨울 입구.
무대 전면으로 갑자고시텔의 내부가 보인다. (복도 중앙 위에 萫라는 글자가 액자로 걸려있다. 무슨 가훈 같다) 1인이 간신히 운신을 할 수 있는 크기의 방들이 횡으로 있다.
하수로부터 최씨의 방, 양씨의 방, 영민의 방, 신씨의 방, 이렇게 네 칸이 보이고, 보이지 않는 상수 쪽으로 장씨의 방 및 고시텔에 딸린 조그만 사무실, 공동화장실, 세면장이 있다.

하수 쪽으로 역시 보이지 않는 쪽으로 내실이라고 할 만한 이 고시텔의 주인의 방이 있고 그 옆에 공동으로 쓰는 조그마한 식당이 있다. 하지만 이는 모두 무대에서 직접 보이지는 않는다.
이렇게 즐비한 방 앞으로 방들을 잇는 복도가 있다.
그 앞으로 이 고시텔이 접한 골목길이 있다. 사람들의 왕래가 그리 많지는 않다. 또 직접 보이지는 않지만 이 고시텔의 뒤편으로 도시의 전망을 간단히 내려다 볼 수 있는 뷰가 있는 것으로 보아 이 고시텔은 조금 높은 곳에 있고 화려하진 않지만 단출하고 단단한 인상을 주는 편이다.
골목으로부터 고시텔로 들어가는 출입구는 하수 쪽에 있고 객석으로부터 보아 벽들은 모두 생략되어있다. 마찬가지로 방주인들이 자기들의 방으로 들어갔을 때에도 안을 볼 수 있다.

1.

어디선가 바람소리가 들려온다.
높은 곳, 어딘가에 갑자고시텔.
밝아진다.

환송회.

복도. 늘어선 사람들.

신씨가 최씨를 포옹하고 있다. 최씨는 손에 붕대가 감겨져있다.

신씨 (풀며) 고맙습니다.

최씨 ….

신씨, 양씨를 포옹한다.

신씨 (풀며) 고맙습니다.

양씨 내가 뭘….

신씨, 장씨를 포옹할지 어쩔지 몰라 한다.

장씨 이번엔 절대 실수하지 말고….

신씨 예….

신씨, 영민이를 포옹하려하자 영민이 남세스럽다는 듯 그냥 손을 내민다.

신씨 (흔들며) 고맙네.

영민 네….

장씨, 풀며 어깨를 툭 툭 쳐준다.

신씨 (봉투 내밀며) 어제까지 방세….

장씨, 받는다.

양씨 주인할아버지 계셨으면 참 좋아했을 텐데. 그래, 애기는 언제 찾는다고?

신씨 때 좋아지면요. 아내랑 의논해봐야죠.

양씨 하… 아내….

신씨 죄송합니다. 이렇게 먼저 가서.

양씨 도시가스는 들어오고?

신씨 예. 하꼬방이죠. 뭐.

양씨 세간은?

신씨 그냥 이부자리 하나 했습니다.

양씨 그럼 다 벗고 자겠네?

신씨 예?

양씨 도시가스 들어오고 하꼬방이고 이부자리 있으면 다 벗고 자야지. 둘이서.

신씨 (웃으며) 예. 언제 놀러 한번 오세요.

양씨 싫어.

신씨 왜요?

양씨 그냥 싫어. 생각해봐. 하꼬방에서. 둘이 저녁엔 벗고 자는데 거기 놀러 가면 내가… 기분이 어떨 거라고 생각하나?

영민 어떨 거 같은데요?

양씨 굉장히… 건전해지겠지.

최씨 흐흠….

장씨 빨리 가.

신씨 … 예… 가보겠습니다.

신씨, 고개를 깊숙이 숙여 인사한다. 모두 뒤돌아선다. 신씨, 발을 뗀다.

신씨 한 발….

문득 멈춰 선다.

양씨 (돌아서며) 왜 뭐 빠졌어?

신씨 아니요. 근데 꼭 뭐가 빠진 거 같네요.

사이.

영민 할아버지. 주인할아버지 못보고 가서 그렇겠지 뭐.

신씨 … 아니.

양씨 아니면 우리 놔두고 자기 혼자 나가니까 그렇겠지.

신씨 … 아니요.

양씨 그것도 아니면 그동안 챙겨주고 채찍질해주고 지랄 맞게 굴어준 장씨 형님 때문에 그렇겠지.

신씨 아니요.

양씨 그도 저도 아니면 아무 말 없이 그냥 묵묵히 사람 닭 보듯 해준 최씨 형님 때문에 그렇겠지.

신씨 아니요.

양씨 그럼 뭐?

신씨 오늘 아침에도 혼자 여기 뒷산에 산책을 하는데 어떤 노숙자가 혼자 우두커니 앉아 있더라고요. 우리야 그래도 바람 막을 벽이라도 있겠지만 그 사람은 어떨까요? (사이) 그냥 지나치는데 가만 보니 울어요. 흑흑흑… 이렇게. 소가 우는 것처럼.

사이.

양씨 이 새끼. 가면서 괜히 사람 울리고. (장씨에게) 형님, 할아버지 있으면 그 사람 얼굴이라도 보자 했을 텐데 형님이 대신 함 안 돼요? 면접?

장씨 … 돌아오셔. 며칠 안 됐어.

양씨 몇 달이지 몇 달. 꽃피고 새 울 때 마실 간다고 나갔으니까. 아이스께끼 하나 물고.

영민 방세 낼 돈이나 있겠어요?

양씨 좀 그러면 우리가 좀 꿔주고.

영민 우리는 또 누가 꿔 주구요? 월권행위라고요. 장씨 아저씨 범위 밖. 몰라요? 할아버지 일갈? 10만원이라도 내. 가서 구걸을 하든 깡통을 모으든, 그런 의지도 없으면 머리 위에 지붕 가릴 자격 없어.

장씨 여기는 고시원이야. 엄연하게 세받고 세 내주는. 여기는 거지들 도와주는 쉼터가 아니야. 정. 정을 제일 무서워해야 돼. 가난. 가난의 가장 큰 적은 바로 정이다. 가진 것 없는 놈들끼리 오순도순 인생 말아 먹는 곳이 아니라고 여기가. 도와주지 마. 도움 받지도 말고. 힘을 길러. 혼자 서서. 그러고도 남는 게 있으면 물어봐. 내가 진짜 남 도와줄 자격이 있냐? 라고 할아버지께서 말씀하셨겠지.

사이.

신씨 … 죄송합니다.

장씨 니가 조금 풀리니까 왕 된 기분인 거 같은데 깝치지 마. 누가 누굴 도와. 이 빌어먹을 세상에. 이부자리 한 채 마련하니까 세상이 카시미론 이불로 보여? 라고도 말씀하셨겠지.

양씨 하셨겠지.

신씨 … 죄송합니다.

장씨 그 말도 하지 마.

양씨 라고도 말씀 하셨겠지. 가면서 그 노숙자 만나면 뒤통수 한 대 쳐. 그러고 가, 라고도 말씀하셨겠지.

신씨 예… 뒤통수치면서 나는 임마 집으로 간다. 그러고 약 올리고 가겠습니다.

장씨 그래, 그런 냉정함이 우리를 살게 해.

신씨 가겠습니다.

모두들 뒤로 돈다. 신씨도 조용히 뒤로 돈다.

신씨 한 발, 두 발, 세 발, 네 발, 다섯 발, 여섯 발, 일곱 발.

신씨, 발수를 세며 나간다. 그 소리가 안 들리자 일동 뒤로 돈다.

장씨 죄송합니다. 똑같은 세입자 주제에… 주인할아버지가 계셨으면 틀림없이 이러셨을 겁니다.

양씨 괜찮아요. 형님. 형님 아니면 누가 여기 이 폼 그대로 유지하겠어. 우리도 새겨야지.

장씨 아마 미국으로 가셨을 겁니다. 아들이랑 요세미티파크에 가서 우리나라보다 더 오래된 나무를 봐야겠다고 저한테 일전에 말씀하셨습니다.

영민 자이언트 세콰이어. 제가 인터넷 검색해 드렸거든요.

양씨 뭔 세콰여?

영민 자이언트 세콰이어. 국세청 앞 나무들 할아버지쯤 되는.

장씨 대륙적인 분이십니다. 할아버지는. 걱정하지 맙시다.

양씨 네.

장씨 최씨는 술한테 의지하지 마시구 양씨는 기분 따라 돈 헤프게 다루지 마시구 영민이 너는 좀 더 낮은 시험으로 바꿨다고 자만하지 마시구 우리도 어여 준비해서 여기 나갑시다.

다같이 (손 모으고) 가자! 가자! 나가자!

각자 자기 방으로 들어간다.
방에 들어가자마자 최씨는 좆까라는 듯 구석에 숨겨진 소주를 들어 꼴꼴꼴 마신다.
양씨는 화투 패를 놀린다.

양씨 헤프면 내가 지돈 써? 너나 잘하세요. (사이) 아내? 이부자리? 새끼… 너는 안 되게 돼있어. 술 먹으면 마누라나 패는 새끼가 남 걱정은… 도시가스? 자랑하는 거야 뭐야. 대륙, 나무…? 수수께끼 같은 영감탱이… 대륙… 나무… 대륙… 나무….

양씨, 패를 딱딱 친다.
영민은 컴퓨터 마우스를 놀리고 있다.

영민 오케이. 오늘 신작이… 영원한 친구도 영원한 원수도 없다. 타짜2. 그때 우리 고생 빡시게 했다. 국제… 봤어. 갈 곳도 올 곳도 없다… 환도열차? 2000원? 아… 씨발….

어두워진다. 모두 자리를 깐다.
장씨가 복도로 나와 신문을 펼쳐놓고 스크랩을 한다.
잠시 뒤 하품을 한다. 들어간다.

2.

한밤.
모두들 잠이 들어있다. 코 고는 소리.

골목길에 동교가 나타난다.
캐리어를 끌고 고등학교 교복을 입었다. 손에 들려있는 종이를 보며 고시텔의 출입문 쪽으로 다가온다.
종이와 주소를 확인해보는 동교. 맞다.
출입문을 열어본다. 닫혀있다. 두들겨볼까 하다가 문에 귀를 대어본다. 안으로부터 코 고는 소리가 들려온다.
동교, 계단에 앉아 고개를 파묻고 잠을 청한다.

사이.

장씨가 핸드폰을 들고 옥상에 나타난다.

장씨 그래, 잤다. 너 또 술 먹었지? 애비라고 부르지도 마. (사이) 나 그런 더러운 돈으로 살기 싫어. 그래, 더러운 돈. 넌 니 자식들 부끄럽지도 않어? 여자들 팔아서. (사이) 나 신경 쓰지 마. 너보다 훨씬 건강하게 사니까.

장씨, 핸드폰을 끊고 착잡한지 담배를 하나 꺼내려다 집 밖 동교를 발견한다.

장씨 이봐, 이봐 학생, 뭐야?
동교 (일어나) 동교예요. 한동교.
장씨 그런데 왜 여깄어? 잘 데가 없어?
동교 아니요, 아.

동교, 봉투에서 종이를 꺼내 보인다.

동교 이거요.
장씨 그게 뭔데?
동교 등기부요.
장씨 기다려.

장씨 옥상으로부터 내려와 동교 앞에 선다.

장씨 등기부…?
동교 주소를 보세요.
장씨 용산동2가… 갑자근린시설… 여기네?

동교 한치곤이 제 할아버지에요.

장씨 한치곤? 아.

동교 아버지는 한석만.

장씨 한석만… 소유주 이전… 한동교… 한동교?

동교 저요.

장씨 그래서?

동교 예. 여기가 제 집이에요.

장씨 응?

바람소리.

3.

다음날. 복도. 오전.

양씨 예? 뭔 소리에요? 그럼 이 건물이 재 거란 말이야?

영민 (등기를 보며) 그런 거죠.

양씨 그럼 할아버지는?

장씨 돌아가셨대. 몇 달 전. 미국에서. 아들네 집에서.

양씨 그럼 미국에서 묻힌 거야? 그럼 우린 미국까진 못 가보겠네….

사이.

모두 말이 없다.

영민 고등학생이라 해도… 20살이 넘었으니까 재산권 행사 하는 데는 별 문제 없고… 이 문서 자체가 위조가 아니라면.

장씨 아니야. 내가 좀 전에 구청에 전화 넣어봤어. 근데 고등학생이 어떻게 스무 살이 넘나?

영민 외국에서 살다왔으니까 학제가 안 맞으면 그럴 수 있겠죠.

양씨 혹시 문제아 아냐? 미국에서 왔다면서 혀도 평평하잖아.

장씨 미국뿐만이 아니래. 파리에서도 살았대. 엄마가 거기서 산대.

최씨 … 르 뿌르미슈….

모두 최씨를 쳐다본다.

사이.

다시 얘기를 잇는다.

양씨 그러니까 뭔 소리에요?

장씨 아버지는 미국에서 살고 엄마는 파리에서 산대. 따로 다 결혼해서.

영민 그래서 갈 데가 없다?

양씨 그래도 그렇지. 이 건물이 뭐 쓰다 만 크레용도 아니고 그냥 너 가져 그럼 되는 거야? 재네 아버지가 그렇게 돈이 많아? 좌우지간 대륙적이시네. 할아버지가 대륙적이시니까. 자식들도 유전자가.

최씨 (허공에 대고) 한잔 더-.

양씨 (최씨에게) 지금 술 마실 때가 아니라니까.

양씨, 최씨의 방에 들어가서 텅 빈 소주 페트병을 찾아내 밟는다.

최씨도 따라 밟으려 한다.

동교, 나온다. 양씨, 멈춘다.

동교 안녕하세요. (안을 가리키며) 근데 왜 저렇게 좁은 데서 밥을 먹어요? 여기 복도 넓은데 다 같이 여기 모여서 먹지?

다 말이 없다.

장씨 여기는 최씨. 여기는 양씨. 여기는 영민이.

동교 (웃는다) 푸-.

양씨 왜 웃어?

모두 동교를 바라본다.

동교 왜 여기는 최씨, 양씨고, 여기는 (영민에게) 이름이 있어요?

사이.

양씨 유부남이니까, 우리는. 여기는 미(未)장가고.

동교 미장가?

양씨 결혼을 아직….

최씨 마징가… 쇠돌이… 삼순이….

양씨 (최씨를 말리며) 미-장가. 총각. 한국에선 다 그렇게 불러.

영민, 등기를 내민다.

영민 난 서영민.

동교 받는다. 전화가 온다.

동교 (받고) 어. 모퉁이 돌아서 슈퍼 끼고 계단으로 쭉. 얼마 안 돼. 응. 곰방이야. 갑자고시텔. 가짜가 아니고 갑자.

전화 끊는다.

양씨 뭐야, 또?

동교 친구요… (최씨를 보며) 기분 좋아 보이시네. 히히.

최씨 웃어?

동교 죄송함미다. 앉으셔요. 다 서서. (앉는다)

다들 어색하게 앉는다.

양씨 동교라고 했나? 내가 말 편하게 할게… 그러니까 할아버지가 여기 주인이셨지만 실무는 다 이 형님, 그러니까 장씨 아저씨가 했고. 갑자고시텔, 할아버지 뜻 받들어서 무리 없고 우리도 무리 없이 살았어. 그러니까 앞으로도 쭉 그렇게 살면 무리가 없을 거고….

동교 근데 그 뜻이란 게 뭐였어요? 할아버지. 궁금해서요. 뵌 지 오래돼서….

다들 서로 얼굴만 본다.

양씨 뜻? (사이) 아. (액자를 가리키며) 고(苦).

동교 고?

양씨 쓸 고.

동교 쓸 고?

양씨 인생이 쓰다, 고.

동교 예?

양씨 그러니까… 써, 인생이.

동교 예?

양씨 그러니까… 여기는 거지들 쉼터가 아니다. 엄연하게 세받고 세 내주는… 그래서 우리가 정을 무서워해. 그렇지? (모두 멀뚱하다) 그래서 가끔 물어봐, 내가 남 도울 자격이 있나? (사이) 그게 아니라 할아버지 뜻이 크셔. 크셨어. 자이언트 세콰이어처럼. 그래서 실패한 사람들 힘 얻어서 나가라고 세도 다른 데 절반이고. 늘 긴장감을 유지시켜주시지.

동교 그래서요?

양씨 그런 데라고, 여기가.

동교, 담배를 꺼낸다.

영민 어, 동교 씨… 금연인데… 여기.

동교, 개의치 않고 불붙인다. 다들 당황하고 문들, 연다. 되는대로.

동교 누가 요새 집에서 금연을 해요? 집에서 밥 먹으면서 담배 피고 술도 마시고. 집이잖아요. 밖이람 몰라도.

양씨 자꾸 집 집 하는데 여긴 집이 아니야. 공공장소. 그러니까 일종의 숙박업. 잠시 머무는 거지.

동교 잠시 머무는 게 집이고 인생이죠.

사이.

양씨 그래서?

동교 그래서… 그 월세 내는 거 안 받음 안 돼요?

양씨 뭐?

동교 식구들끼리 무슨 돈을 내요.

사이.

양씨 뭔… 식구?

동교 예. 집은 그냥 가장이 책임지는 거죠.

양씨 가장? 누가?

동교 제가요. 제가 이 집 주인이니까.

사이.

영민 그럼 관리, 유지는 어떻게 하지. 돈 들어가는 데가 한두 군데 아닌데?

동교 네?

양씨 세금. 전기세, 수도세, 오물세… 유지비. 보통 집이야 가장이 돈을 벌어서 내지만 넌 아직 돈을 못 벌잖아. 학생이라며?

동교 아… 그러네… 그럼 제가 돈을 벌 때까지만 세금 그건 좀 걷어야 되겠네요.

동교, 밖에 쓰레기통에 버려진 락앤락 통을 가져다 자기 돈을 넣는다. 그리고 가방 속 펜을 꺼내 '세금'이라고 쓴다.

동교 여기요. 여기… 넣으면 돼요.

중앙에 락앤락 통을 놓는다. 모두들 웃는다.

양씨 관리가 안 될 텐데.

동교 왜요?

양씨 누가 가져가면?

동교 에이 식구끼리 누가 돈을 가져가요. 어차피 다 우리 돈인데. 우리가 쓸 거고.

양씨 … 부족하면?

동교 그럼 나머진 제가 내야죠. 가장이니까. 얼마나 드는데요? 한 달에 관리비.

장씨 팔십.

동교 에이 그 정돈 충분해요. 신경 쓰지 마세요. 뭐 아버지랑 어머니가 부쳐주시는 생활비도 있고 알바도 하고 장학금도 받고… 제가 다 알아서 할게요.

장씨 니가 뭘 아는데?

사이.

동교 저… 다 알아요. 돈 문제 아니라는 거. 사는 거… 인생.

사이.

장씨 아무리 그냥 막 길 위에서 살아도 살아온 세월이 있어. 주인이라고 무시 못 하는 게 있다고.

동교 무시 아닌데….

종택이 나타난다. 교복을 입었다. 불량해 보인다.

동교 아, 종택아. 어서와. (모두를 보고) 종택이에요. 친구. 같이 살라구요. 방이 하나 빈다고 해서.

모두들 멀뚱히 본다.

동교 이쪽은 최씨, 양씨, 유부남이시고. 저기는 장씨. 이쪽은 영민 형… 미장가….

종택 (인사하며) 종택입니다. (양씨에게) 종택입니다.

동교 (신씨방 보고) 빈방이 여긴가.

영민 (헛웃음)

동교 그러고 돈은 다 안 내기로 했고. 세금은 생기면 저기다 넣으면 되고. 다 됐죠? (종택에게) 가자. 학교.

종택 나 오늘 쉰다. 가스를 좀 마셨더니.

종택, 방으로 들어간다.

양씨 마시나보네. 가스를.

동교 그래, 쉬어. (인사하며) 다녀오겠습니다. 아, 그리고 밥도 우리 다 모여서 여기서 (복도) 먹어요. 테레비 보니까 이런 데 남의 반찬 먹으면 안 된다면서요. 그런 거 우리 하지 마요. 후져요. 히히.

동교, 나가고 최씨 비척비척 방으로 들어가려다 구겨진 PET을 들고 밖으로 나간다.

양씨 어쩌죠, 형님?

영민 그러게요….

사이.

양씨 그래, 그러니까 세를 안 받겠다는 게… 무시까지는 아닌….

장씨 그게! 무슨 돈이든 그걸 그렇게 함부로 받아도 돼? 기생충처럼? (사이) 아이 부모한테 연락을 좀 해봐야겠네. 어떻게 된 건지. 실제가 어떤지. 뭔가 이치에 안 맞아. 당분간 두고 보고 우리는 원래 했던 대로 합시다. 알겠습니까?

사이.

장씨, 서둘러 나가고 밖에서 봉지를 들고 들어오는 최씨와 마주친다.

장씨 뭐야! 또 술이야? (봉지 확인. 그러나 라면) 좌우지간 우리는 원래대로 하는 겁니다. 알겠습니까?

그저 웃는 최씨.

장씨, 밖으로 나가고 최씨 안으로 들어온다.

최씨, 등 뒤로 소주병을 꼽았다. 양씨는 출근하려다 다시 들어온다.

영민 (양치를 하며) 오늘 일 안 나가세요?

양씨 신경 꺼.

양씨, 방으로 들어간다. 영민, 양치를 하며 락앤락 통을 물끄러미 바라본다. 동교가 넣은 돈을 꺼내본다. 액수가 상당하다.

양씨 이거 뭐가 어떻게 돌아가는 거야. 돈을 안 받아? 근데 원래대로? (곰곰) 하씨… (긁적… 전화한다) 여보. 응, 나야. 여기 주인이 바뀌었어. 팔린 게 아니라 영감탱이가 미국에서 뒤져서 물려줬다는데. 근데 애가, 고등학생이 주인이 됐어. 아니, 나가란 게 아니라 돈을 안 받겠대, 그놈이. 좀 이상해. 우리는 식구고 지는 가장이래. 그래서 우리를 지가 책임을 진대. 똘아이 새끼. 그래서? 응… 그래서 일단 그냥 원래대로 하기로. 장씨가. 왜긴? 그런 미친놈 말을 어떻게 믿어. 장씨가 진짠지 알아보러 갔어. 미쳤어? 여기보다 싼 데가 어딨다고. 그러고 그런 애들이 나중에 갑자기 돌면 불 지르고 그런다고. 싸이코패스 그런 거. 그래서 나도 일단 그러자고 그랬어. (사이) 왜? 또? (사이) 싸우지 좀 말자. 며칠이나 됐다고. 거기서 나오면 어디서 잘라고? 때 좋아질 때까지만 좀 버텨봐. 나도 보고 싶어. 카시미론 이불 덮고 싶어. 그래, 그런 게 있어. (끊고) 보증금?… 아, 보증금.

영민, 양치를 하다 전화를 받는다.

영민 예. 엔씨무비요? 아, 제가 전화 드렸습니다.

영민, 세면장으로 가 급히 양치를 하고 방으로 들어간다.

영민 예. 시나리오 받았나 해서요. 서, 영, 민이요. 에, 맞아요. 예, 겉봉에도 제 전화 보고 있구요. 안에도 있구요. 예, 감사합니다. (전화를 공손히 끊고 하늘을 본다) 받았어. 받았어.

최씨한테 전화가 온다. 최씨 보더니 폴더를 닫아 버린다.

최씨 나쁜 년….

숨겨 놓은 소주PET을 꺼내 마신다.

최씨 집… 집… 가장… 가장…?

종택의 방으로부터 코 고는 소리가 들려온다.

4.

저녁.
양씨가 방에서 라면을 끓여먹고 있다.
종택이 빤스 바람으로 담배를 꼬나물고 루루루 콧노래를 부르며 세면장에서 나오다 냄새를 맡는다. 배가 고프다. 양씨방 문을 연다.

종택 양씨? 밥 어디서 먹어요?
양씨 몰라. 이 새끼야.

양씨, 문을 닫아버린다.
종택 식당을 찾다 이번엔 문득 배가 아프다.

종택 (다시 양씨 방문을 열며) 양씨. 화장실 어디에요?
양씨 몰라. 이 새끼야.

문 닫는다.
종택 간신히 화장실을 찾아 들어간다. 이내 나온다.
이번엔 영민의 방문을 연다.

종택 화장지? 여깄다.

영민의 화장지를 들고 화장실로 가는 종택.
양씨 나온다.

양씨 미친 새끼.

장씨 들어온다.

양씨 왔어요? 지금 난리야. 저놈 가스. 빤스 바람으로 담배 물고 여기 휘젓고 다녀.

영민 어떻게 됐어요?

장씨 부모 주소도 맞고 이전된 것도 맞고 세금도 냈고.

양씨 그래요?

장씨 근데 통화를 해야 하는데 연락이 안 되네, 거기.

종택이 화장실에서 나와 여전히 루루거리며 복도를 지나 식당으로 간다.

영민 화장지.

종택이 턱으로 화장실을 가리키고 간다.

영민 에이씨.

영민, 화장실로 간다. 화장지 들고 나오며.

영민 에이씨. 꽁초 변기에다 버렸어.

양씨, 식당 쪽을 본다. 장씨, 화장실로 가 꽁초를 건져 버리고 나온다.

양씨 야 영민아 저거, 저거 장조림 니 거 아냐? 니 애인이 준 거.

영민 에이씨.

양씨 그 집주인이 다 먹으라고 그랬잖아.

영민 어떡하지?

양씨 맞어. 우리가 아무리 그전대로 한다고 해도 저 가스가 저러면 어쩔 수가 없잖아요.

장씨, 종택의 방으로 들어간다.
뒤진다. 별 볼 일 없는 물건들. 그 중 학생증과 핸드폰을 집어 드는 장씨.
거침없이 번호를 누른다. 쪽지를 보며 통화를 하며 복도로 나온다.

장씨 Hello? Here is Seoul, Korea. This is 갑자고시텔. You know 고시텔? 고시텔 is a place where··· Anyway, 한동교, your son is here now. I want you to call me back when you get this message. Thank you. 여기 한국입니다. 갑자고시텔. 아드님이 이곳에 와 있습니다. 연락바랍니다.

전화를 끊는다. 밥을 다 먹은 종택이 나오다 이를 본다.

종택 뭐야? 남의 폰을 왜 만져? 씨바.

종택, 자신의 핸펀을 눌러보더니.

종택 뭐야? 국제전화?

영민 너도 여기 물건 함부로 썼잖아.

종택 그거하고 이거하고 다르지.

영민 뭐가.

종택 그거는 씨 동교새끼가 하라고 한 거고.

영민 화장지도 그러라고 그랬냐?

종택 그거는 씨바 급하니까.
양씨 그래, 학교에서 안 배웠냐. 공공질서? 너 공부도 못하지?
종택 … 여기서 공부가 왜 나와?
장씨 충의고등학교. 2학년 3반. (학생증 보며) 맞지?
종택 (뺏으며) 씨바… 당신이 내 꼰대야 뭐야?
양씨 말조심해. 이분 전에 경찰공무원이셨어.
종택 그래서?

사이.

장씨 너 동교 꼬봉이냐?
종택 내가 왜 그놈 꼬봉인데?
양씨 너보다 나이도 많잖아. 동교는 20살이 넘어.
종택 조또 나 그런 거 없어.
장씨 잘 들어. 동교는 돈이 많다. 너는 없다. 동교는 이 건물의 소유주다. 너는 벌거숭이고. 고로 니가 동교 시키는 대로 하는 건 니가 똘마니라는 증거야, 알어?

동교, 들어선다.

동교 다녀왔습니다. 치킨 사왔는데 같이 드시….
종택 (크게) 씨바 좆같은 소리하지 마.

종택이 방으로 들어가 버린다. 썰렁한 분위기.
모두들 방으로 들어간다.

동교 (들어가며) 종택아.

방안. 가부좌 튼 종택이.

동교 왜 그래?

종택 몰라. 임마.

동교 왜?

종택 텃세 존나 심해.

동교 뭔 텃세?

종택 까였다. 화장지 쓰다가, 반찬도. 핸드폰도….

동교 … 어떻게?

종택 내가 니 꼬봉이래.

동교 친구잖아.

종택 존만아. 넌 현실을 존나 몰라. 새꺄. (울먹이며) 나 상처 많이 받았어.

동교, 맥주 캔을 딴다.

동교 히히. 빙신새끼.

종택 이런 개새끼.

동교 꼬봉 새끼.

종택 뒤질래?

동교 넌 저 사람들이 뭘로 보이냐?

종택 뭐야? 빙신-.

동교 진짜 뭘로 보이냐고?

종택 빙신들-.

동교 그럼, 너는?

종택 ….

동교 빙신이 빙신을 본다. 사람이 사람을 본다.

사이.

종택 … 뭔 개소리야!

동교 넌 내 친구야. 그냥. 누가 뭐래도 그게 변하냐.

종택 ….

동교 한잔하자.

종택 (캔 까며) 미친 새끼.

동교 히히.

이를 귀를 대고 듣고 있던 양씨. 영민. 장씨. 각자.

양씨 … 우리가 사람이라는 거야, 빙신이라는 거야?

영민도 고개를 갸우뚱해본다.

5.

다음날.

암전 중.

양씨 야, 이게 뭐냐?

영민 아… 씨… 똥이네… 똥.

양씨 똥?

양씨 누가 이랬어?

영민 가스가 없다!

양씨 아… 가스 이 새끼!

밝아지면 종택의 방문이 열려있고 아무도 없다. 복도에 락앤락 통도 엎어져 있고 그 옆에 뚜껑이 열린 금고통이 있다. 두 군데 다 돈이 없다. 더구나 락앤락 통 위에는 큼지막한 똥이 있다. 모두 이를 보고 있다.

양씨 생길 일이 생겼네. 친구라고 다 같은 친구 아니야, 학생.

영민 지난달 방세, 신씨라고 이 방 먼저 살던 사람이, 어제 경황이 없어서 아저씨가 입금을 못했나본데.

장씨 이게 사람입니다.

사이.

동교 금고 얘기 왜 안하셨어요?

장씨 돈이 있으면 그걸 보관하는 게 있지.

동교 아니죠. 보관하는 게 있으니까 들고 가는 사람이 있죠.

장씨 뭔 소리냐?

동교 갖고 싶은 게 있으니까 가져가는 거죠. 훔쳐갈 소지를 제공하는 것도 나쁜 겁니다.

장씨 그래서?

동교, 담배를 꺼내문다.

모두들 일사분란하게 재떨이를 가져다 놓고 창문을 연다.

장씨 아가야, 세상은 어두운 곳이다.

동교 가만 있어봐요, 집중 좀 하게.

사이.

동교 그러니까 요는 돈이… 아직 돈이 문제라 이거죠?

양씨 그래서?

묵묵히 열린 금고와 똥을 바라보는 동교, 무슨 생각이 들었는지 똥이 싸여진 락앤락 통을 들고 일어선다. '어, 어' 하는 양씨와 영민. 동교, 락앤락 통을 들고 화장실로 간다. 잠시 후 물 내리는 소리. 동교 나온다.

장씨 넌 아직 세상을 몰라.

동교 오케이!

장씨 뭐?

동교, 가방에서 통장을 꺼내 내민다.

동교 이거요.

장씨 그게 뭔데?

동교 돈이요. 이거 우리 엄마아빠가 생활비로 보내준 거 모아둔 건데 나는 따로 알바하고 있으니까 필요 없으니까 이거 우리 나눠 써요. (다른 사람들을 보고) 대신 여기 일 하고. 장씨 아저씨 하는 일 그런 거. (장씨) 아저씨가 이거 관리해주면 되겠다.

장씨에게 내민다. 그러나 빤히 본다. 동교, 영민에게 내민다. 영민, 확인이나 해보자 본다. 양씨도 본다. 놀란다.

양씨 (통장 확인하며) … 일, 십, 백, 천, 억. (놀란다)

동교 한 달에 백팔십이면 되죠?

양씨 누구한테?

동교 여기서 일하는 사람한테요.

양씨 누가?

동교 제가요.

양씨 백팔십을? 한 사람당?

동교 왜요? 부족해요?

양씨 너 원래 그러냐? 집에서?

동교 그럼요. 어딜 가나 돈이 문제에요. 그놈의 돈. 돈. 돈.

사이.

장씨 너 왜 이러냐 우리한테?

동교 여기 이 집에 사는 사람들이잖아요. 그리고 무엇보다 전 여러분 다 사랑해요.

장씨 뭐?

동교 여러분은 어때요?

사이.

양씨 사랑해….

영민 이상하긴 하네….

최씨 (웃는다)

동교 아저씨는요?

사이.

장씨 난 사랑 안 해. 여기 있는 사람들 다. 믿지도 않고. 양씨, 어떻게 돈 보니까 눈깔이 뒤집어져? 허접한… 영민이, 최씨. 나 당신들 안 믿어. 사랑하지도 않고. 사랑은… 사랑이… (사이) 근데 나는 돌아가신 할아버지는 믿어. 니가 손자니까 지금 봐주는 거고.

동교 근데 나는 아저씨 사랑해요.

장씨 어?

동교 그냥요. 사랑이 원래 그런 거니까. 원래 일방적인 거니까. 평생. 죽을 때까지… 계속….

황당하다. 장씨, 양씨로부터 통장을 뺏어 내민다.

장씨 가져가.

동교 왜 우리가 다 알고 있는 것 때문에 우리가 괴로워야 되죠?

사이.

동교 그럼. (받고) 아저씨가…. (양씨에게 내민다)

양씨 그… 그러니까 나는…. (눈치를 보며 주저한다)

사이.

장씨 (큰 소리) 가져가! 더 큰 분란나기 전에…. (통장을 바닥에 내동댕이친다)

동교 (주우며) 아이, 알았어요. 그럼 제가 일하시면 알아서 드릴게요. 그럼 되죠?

묵묵부답.

장씨 넌 왜 믿냐? 우릴….

동교 … 유치하게 왜 그러세요… 믿으면 그냥 믿는 거지. 나는 그런 거 없어요. 아무 것도 없어요.

장씨 없는데 왜….

동교 없으니까… 아무 것도 없으니까….

동교, 전화 온다.

동교 응, 괜찮아. 심술 나서 그랬겠지… 돈? 써. 기다릴게. 내가 다 채워놓을게. 살 데 없으면 다시 오고. 인간이란 누구나 실수하는 법이지. 그래, 살아있는 게 기적이지, 다. 사랑한다. (끊는다. 모두를 보며) 종택인데요. 미안하다고 전해달래요. 다녀오겠습니다. 학교.

동교, 나간다.

양씨 형님.

사이.

양씨 그러니까… 재가 나쁜 애 같지는….

장씨 (크게) 시끄러 정신 바짝 차려야 돼요.

양씨 … 그게 아니라….

장씨 (크게) 잊었어요? 우리 원래대로 하기로 한 거-.

양씨 아니… 요.

장씨, 방으로 들어간다. 최씨, 방으로 들어간다.

영민 아저씨, 오늘 일 안 나가세요?

양씨 너는 내가 일 나가는 게 그렇게 궁금하냐?

영민, 들어간다. 양씨, 방으로 들어간다.

양씨 좆같은 새끼. 후, 사랑 안 해? 누구는 사랑해서 사랑해? 후. (전화한다) 응, 여보, 그 고등학생 놈이 통장을 내놨어. 한 몇 억은 되는 거 같애. 진짜라니까. 내가 두 눈으로 똑똑히 봤어. 여기 있는 사람들 뭐 관리 같은 거 하면 백팔십을 주겠대. 한 사람당. 아냐, 아냐. 진짠 거 같애. 근데 장씨 새끼가… 그래. 그 새끼가… 아냐, 아냐, 아냐, 웃어야지. 끝까지 웃어야지, 먼저 화내면 결국 당하는 거 내가 한두 번 겪어? 난 진짜 웃을 거야. 당신이? 여기? 에이, 그건 아니지. (전화 끊고) 후….

안절부절 못하는 영민. 전화 온다.

영민 어… 어… 지혜야… 시험 봤어. 봤다니까. 주택관리사. 왜 그래,

진짜라니까. (사이) 그래, 실은 안 봤어. 너 엔씨무비 알지? 거기서 전화 준다고 그래서. 아, 이번엔 틀림없다니까. 주위에서 다들 좋다고. 입봉은 시간문제라고… 내가 대기하고 있어야지. 여보세요, 여보세요, 지혜야. 지혜야. (전화 끊긴다. 전화기를 바라보며) 씨발… 조금만 더 버티면 되는데….

최씨 처가 문을 열고 들어온다.

최씨처 실례합니다….

소리 없다.

최씨처 실례합니다.

모두, 나온다.

양씨 누구세요?
최씨처 여기… 최영락 씨라고 계신가요?
양씨 최영락 씨요? (사이) 아… 최씨?

6.

최씨 방으로부터 우당탕탕 소리. 세간이 우두둑 내팽개쳐지는 소리.
최씨는 처는 때리지 않고 물건만 부순다.
모두들 모여서 그 소리를 듣고 있다.

동교 히히… 히히….

모두, 동교를 본다.

동교 죄송함미다.

이윽고 최씨 처가 문을 열고 나온다.
다들 멀찍이 떨어져서 눈치만 본다.

최씨처 죄송합니다.

최씨 처, 가려고 한다.

동교 저기 잠깐만요… (사이) 제가 여기 주인인데요. 무슨 일이신지 모르는데 저희랑 여기서 같이 사시면 안 될까요?

정적.

양씨 야– (동교를 잡아끌며) 안 돼! 여기 남자만 사는 데야.

동교 에이 그런 게 어딨어요? 그러고 아주 남도 아니고 최씨 아저씨 부인이신데. 그러고 남자들이 못하는 일도 있잖아요, 여기. 제가 월급도 드릴게요. 백팔십.

최씨처 …?

사이.

동교 아저씨랑 화해하실 때까지만 여기서 지내셔요. 방도 하나 남으니까. 그러니까 요새 남자화장실도 다 아줌마들이 청소하고 그러잖아요. 쭉 팔려도 금방 적응되고 그러잖아요.

양씨 야– 안 돼.

동교 왜요?

양씨 여자시잖아. 남자고-.

동교 그래서요?

양씨 ….

동교 혹시 무슨 일 있을까봐서요? 아줌마 이쁘니까?

최씨처 죄송합니다. (나가려 한다)

동교 아니요. 아줌마 잠깐만요. (양씨를 보고) 진짜 그래요? (모두를 보고) 진짜요?

사이.

동교 아, 그게 우리네요. (사이) 아줌마, 왜 이쁘게 태어나셨어요? 그게 우리를 가로막네. 이쁘다는 거… 여자라는 거… 남자라는 거… 씨발. 인간은 진짜 안 돼.

최씨처 죄송합니다.

최씨 처 나가려 한다.

동교, 나가 최씨 처 앞에 무릎을 꿇는다.

동교 죄송해요. 제가 말이 너무 심했어요. 용서해주세요.

최씨처 (일으키며) 이러지 말아요.

동교 무슨 일 있으신 거죠? 여기 꼭 오신 이유….

최씨 처, 주저앉아 운다.

동교 그래도 같이 살아요. 제가 지켜 줄게요. 그래도 착해요. 서로 견제하고 그러니까… 나쁜 분들 아니세요….

나가지 못하는 최씨 처. 천천히 일어나 돌아선다.

동교 일단 방만 한번 보세요… 예? 따뜻해요.

동교, 최씨 처를 신씨 방으로 이끈다. 최씨 처, 따라간다.

양씨 아….
영민 아….

장씨, 최씨의 방문을 연다. 그러나 안에서 잠겼다.

장씨 (두드린다) 최씨, 최씨, 최씨.

이번엔 양씨 처가 들어선다.

양씨 여… 여보?
양씨처 여보.
영민 에?

7.

시간 혹은 세월.

새벽. 최씨 처와 양씨 처가 신씨 방에서 일어난다.
양씨 처, 하품을 하고 기지개를 켠다. 최씨 처, 이불을 갠다.

암전.

최씨 처와 양씨 처가 고무장갑을 끼고 하수로부터 복도를 걸레질하고 나온다. 장씨가 밀걸레로 밀며 상수로부터 나온다.
서로 시선이 마주친다. 장씨, 멈춰 선다.
양씨 처, 장씨의 밀걸레 대를 잡는다.
장씨, 내어주고 한숨을 쉬고 자기 방으로 간다.
최씨 처, 양씨 처, 맹렬히 걸레질을 계속 한다. 무슨 공장노동자 같다.

암전.

다시 최씨의 방으로부터 우당탕 소리.
모두들 각자의 방에서 귀를 틀어막는다.
그러다 갑자기 최씨의 방으로부터 최씨의 비명이 들린다.
모두들 고개를 내밀어본다.
후다닥 뛰쳐나오는 최씨 처.

최씨처 저기 저기 약 없어요? 물건 부수다가 선반에다 지가 지 눈 찍었어요.

모두 웃는다. 장씨가 최씨 처를 데리고 사무실로 간다.

최씨처 죄송합니다. 죄송합니다.

암전.

복도에 모두 둘러앉아 밥을 먹는다.
최씨가 시퍼렇게 멍든 눈을 계속 계란으로 문지른다.
동교가 계속 웃는다. 양씨 처도 웃는다.
다른 사람은 묵묵부답이다.
장씨가 먼저 밥을 먹고 자기 밥그릇을 들고 일어선다.
최씨와 양씨 일어나서 인사를 하고 일하러 나간다.

두 여자 배웅한다.
최씨, 뒤돌아본다. 문득 뭉클하다.

암전.

동교가 양씨 처와 최씨 처에게 돈봉투를 준다.
두 사람 받으며 눈시울이 뜨거워진다.

암전.

장씨가 옥상에서 수첩을 꺼내 중얼거리며 읽어 본다.
외우려는 듯… "나는 벌 받으러 이 산에 왔다…" 읊조린다.
전화가 온다.

장씨 아, 네. 한석만 선생님. 네, 맞습니다. 제가 장원익입니다. 갑자고 시텔. 네, 아드님 와 있습니다… (사이) 예? (놀라며) 그래서요? (사이) 아… 네… 네? 네… 네….

전화 끊는다. 문득 머릿속이 복잡한지 허공을 쳐다보는 장씨.
다시 전화가 온다.

장씨 아, 여보세… (아들이다) 또, 왜? 애비라고 부르지 말라니까! 이민? 그래서? 내가 왜? 싫어. 난 안가! (사이) 내가 어떻게 니 아버지가 되냐? 넌 여자 장사하는 놈이고 난 평생 경찰공무원으로 살았는데… 그게 말이 돼? (사이) 그래. 잘 됐네. 이번 기회에 확실히 인연 끊자. 뉴질랜드를 가든 알라스카를 가든.

장씨 전화를 끊어버린다. 허공을 본다.

양씨의 방.
양씨와 양씨 처가 불이 붙어있다. 뜨겁게 키스. 숨소리.
웃음소리. 양씨의 손이 더 들어간다.

양씨처 (작게) 안 돼. 나, 못 참아, 소리.
양씨 (작게) 아.

다시 손 빼는데 어디선가 소리가 난다. 멈추는 두 사람.

양씨처 (추스리며) 하… 안 돼. 위험해.

그러나 죽을 것만 같은 눈빛으로 양씨 처를 쳐다보는 양씨.
양씨 처도 못 참고 다시 키스한다. 그러다….

양씨 백팔십 맞어?
양씨처 응… 맞드라… (사이) 여보. 우리 이번에는 좀 참고, 보자. 우리 쓰고 싶은 거 다 쓰고 살면 다시 또 기회 없을 것 같아… 우리 이제 늙었어. 보증금. 보증금만 모아서. 바로 나가서.
양씨 그래… 참자. 나 이제 참을 거야… 끝까지 참을 거야….

그러나 참지 못하고 다시 엉킨다.

최씨의 방.
손에 피 묻은 최씨, 최씨 처 앞에 깎다만 과일.
과일 깎다 칼 삣어가서 최씨가 손에 그었다.
그러나 최씨 처, 차분하다.

최씨처 … 나 조금만 이따 가게 해줘요.
최씨 왜?

최씨처 나 얼마 못 살아… 벌 받아서… 그냥 용서받자는 게 아니고 그냥 당신한테 뜨거운 밥 한번….

최씨 이기적인 년. 끝까지.

최씨 처, 칼 뺏는다. 다시 깎는다.

최씨처 맞아요. 나 이기적이에요. 그러니까 먹어요.

최씨 언제 죽는데?

최씨처 (웃으며) 금방요. 때 되면… 먹어요….

영민 방. 전화 온다.

영민 네 서영민입니다. 엔씨무비요? (희망에 부풀어) 아, 예예예… (사이) 예? 시나리오 보내는 것도 잘못됐나요…? 아니요. 알겠습니다…. (끊는다. 착잡하다)

장씨, 전화를 건다.

장씨 나다. 나 너 미워 안 해. 진짜 미워 안 한다. 가서 내 걱정하지 말고 잘 살아라. 행복해라. (끊는다)

어디선가 다시 바람이 불어온다.

8.

양씨 처, 창밖을 내다보고 있다. 바람이 많이 분다.

최씨 처, 빨래를 개고 있다.

양씨처 바람아 불어라. 불어라.

양씨 처, 최씨 처 옆에 앉아 같이 빨래를 갠다.

양씨처 아이고 이렇게만 살면 원이 없겠네. 먹여주고 재워주고 백팔십, 이게 가능키나 해요?

최씨처 ….

양씨처 이참에 이 양반도 그냥 일 접고 여기서 나랑 일하자구 그래? 둘이 벌어 삼백육십. 먹을 거 입을 거 안 들어가고 그럼 뭐 금방 집 사겠네.

최씨처 ….

양씨처 내가요, 식당에서 한 달 쎄빠지게 해봐야 2백이에요. 근데 왔다갔다 차비 들지. 식당에서 잔다고 눈칫밥 먹지. 뭐 맥주라도 한 병 비워봐. 그게 다 내가 마셨다고 오해 사고.

최씨처 ….

양씨처 뭔 일이 있었어요? 도통 얘길 안하시니….

최씨처 … 예.

양씨처 뭔 일인데요?

최씨처 … 예.

최씨 처, 일어선다.

양씨처 아니, 막말로 사람이 살다보면 벨 일이 다 있는 거지. 사람만 안 죽임 되지, 안 그래요?

최씨 처, 이 소리에 멈칫한다.

사이.

최씨 방으로 들어간다.

양씨 처, 양씨 방으로 들어간다.

최씨 방엔 아무도 없다. 최씨의 베개를 바라본다.
사이.
환기를 시키기 위해 창문을 연다.
양씨 처 "리라 꽃 피는…" 허밍한다.

최씨 방에 햇살이 방으로 들어온다. 그 햇살에 손을 대어보는 최씨 처.
마치 소중한 무엇이나 되는 양 그 햇살을 받아 자신의 몸에 바른다.

최씨, 문득 빠뜨린 물건이 있어 집에 들어왔다 이 모습을 본다.
사이.
최씨, 나간다.
양씨 처, 방에서 나온다.

양씨처 우리는요. 아들놈이 하나 있는데 그놈이 열세 살 먹고 가출을 시작했는데 결국 나가버렸어. 찾다 찾다가 포기. 그렇게 살아요. 삼 년을 내리 그랬으니까 이제 지 밥벌이는 지가 알아서 하겠지. 안 그래요? 우리 친정아버지 나보고 암 것도 아니다. 육이오 때는 포탄 떨어지고 사람 시체 썩어가는 데도 옆에서 밥 잘 먹고 그랬다… 그래요. 힘들어도 그때만큼 하겠어요?

최씨 처, 방에서 나온다.

양씨처 (숨으며) 형님, 포탄 떨어져요. 숨어요!
최씨처 … 예….

최씨 처, 지나친다.
양씨 처, 아무렇지도 않은 듯 일어나 영민의 방문을 연다.

영민 왜요?

양씨처 빨래 줘. 빨아줄게.

영민 됐거등요.

양씨처 됐기는 자식이.

양씨 처, 영민의 방안으로 확 들어간다.

양씨처 어머… 어머… 뭔 고시한다는 놈이 영화가 이렇게 많어? 혹시 너 해커야?

영민 미쳤어요?

양씨처 아님 말고.

확, 빨랫거리를 뺏어 나온다.

영민 에이씨.

문을 닫는 영민. 최씨 처 나온다.

양씨처 오늘 저녁에는 묵은지 넣고 돼지고기 넣고 빡빡 끓여서 먹어야겠네. 양파도 좀 넣고. 어때요? 형님.

최씨처 … 좋지요….

양씨처 (반갑다) 세 근이면 될라나. 아니, 요새 이것들이 밥을 그렇게나 쳐먹어. 쌀을 대도 대도 모자라. 아차. 김치를 담아야지. 아무래도 김치가 있어야 든든하지 않수.

사이.

양씨처 형님. 형님-.

최씨 처, 다시 사라지고 대답이 없다.

양씨처　귀신같은 년.

장씨가 나온다. 멀거니 양씨 처를 쳐다본다.

장씨　아줌마.

양씨처　뭐… 뭐요?

장씨　여기 아줌마 집 아니에요.

양씨처　뭐… 누가 집이랬나?

장씨　그런데 그렇게 큰 소릴 쳐요? 공부하는 사람도 있는데.

양씨처　공부는 무슨. 디립다 영화만 보고 있든데.

최씨처　(나와) 죄송합니다.

장씨　이제 아저씨 팔 다 나으셨죠?

최씨처　… 네….

장씨　그럼 이제 나가셔도 되지 않을까요?

최씨처　… 네….

장씨, 잠시 양씨 처를 보더니 들어가려 한다.

양씨처　뭐… 뭔데… 아저씨도 똑같은 세입자라면서?

장씨　….

양씨처　똑같은 사람들끼리 왜 이래라 저래라 하냐고, 내말은.

최씨처　(말리며) … 아줌마.

양씨처　아니, 언니는. 저 사람이 주인이야 뭐야. 왜 굽신굽신하고 그래. 주인은 암말도 안하는데.

최씨처　(장씨에게) 죄송합니다.

장씨　(양씨 처에게) 부끄럽지 않으세요?

양씨처　뭐가요?

장씨　아들 뻘이나 되는 아이한테 신세 지고 있는 거.

사이.

양씨처 내가 그냥 져? 일하잖아. 일-.

장씨 아줌마 안 계셔도 여기 충분했어요, 일.

양씨처 뭐 내가 들어올 때 보니까 돼지우리 같던데.

장씨 그래서요?

양씨처 이만큼 사람 사는 데 같이 된 게 누구들 덕인데!

양씨, 일 마치고 들어오다 이를 본다.

양씨 왜… 왜 그래?

양씨처 내가 왜 부끄러워? 사는 게 왜 부끄러워? 살아있는 게 왜 부끄러워?

울먹인다.

9.

밤. 모두들 앉아있다. 맥주파티다.

동교 모두들 한잔해요. 자, 짠 건배.

다들 마지못해 건배를 한다.
방 안에서 양씨와 양씨 처가 수군거린다.

양씨 안 돼, 하지 마. 엎어져.

양씨처 참을 거야. 진짜 안 엎어.

양씨 안 돼.

손을 탁 뿌리치고 나와 버리는 양씨 처. 두 사람 자리를 잡는다.

동교 짠! 이거 (양주) 맥주에 타면 진짜 맛있어요.

동교 한 잔씩 따라준다.

동교 왜 그래요, 같은 식구들끼리. 서로 이해하면서 살아야지.

양씨처 (웃으며) 맞아요… 내가요, 열다섯에 서울 왔어요. 신발공장 다녔어. 그 지독한 본드 냄새 맡아가면서 그래도 잊지 않고 집에 돈 부쳤어요. 착하게 살아라, 욕심 부리지 말고 살아라, 형제들 챙기면서 살아라. 나 무식해도 그런 말 위배하면서 산 적 없어.

양씨 그만 해.

양씨처 그러고 또 마찌꼬바 갔어요. 하루 종일 실밥 뜯고 하루 종일 오바로꾸 치고 이 양반 만나서 연탄불에 돼지고기 구워먹으면서 데이트 한 게 유일한 낙이었어.

양씨 그만 좀 하라니까.

양씨처 나쁜 새끼. 그러다 나도 내 집 한번 가져보자 마찌꼬빠 차렸어요. 하루 종일 미싱질에, 애기는 작은 방에 모셔두고, 미싱을 돌리는데 젖물이… 하… 그러고 살았는데 망할 놈에 부도. 지들끼리 살 거라고 우리는 돈을 안 줘. 그래서 내가 패악질을 부렸어요. 남자 놈들 아랫춤도 잡아보고 머리끄덩이도 잡아보고… 근데 민규가, 내 아들 민규가… 엄마가 창피하대. 그래서 내가 이 쌍놈의 새끼… 내가 뺨을 때렸어요. 니 엄마를 니가 창피해하면 너는 식구할 자격 없다, 그랬더니 나갔어.

영민, 전화가 온다. 발신인을 확인하고 나간다.

양씨처 재도 나가네?… 테레비 다 거짓말이야. 인간극장? 그것도 순 거짓말. 내 아들은 돌아오질 않아. 돌아와서 어머니, 잘못했어요. 어머니 이렇게 고생하시는데 제가 철이 없었어요… 그러질 않더라고. 내가 나한테 묻게 되대. 너는 뭐냐, 너는 뭐하는 물건이냐, 뭐하는 생명이냐, 뭐하는 벌레냐….

양씨 (더 해보라는 듯) 포장마차 얘긴 왜 빼? 우리 포장마차도 했었잖아.

양씨처 맞어요. 포장마차 했어요. 미원 듬뿍 쳐서 돼지고기 구웠어요. 우리는 그게 맛있었거든.

양씨 맛있었지, 느끼하고.

양씨처 그래도 하나도 안 창피했어요. 유기농 몰라도 난 안 챙피했어요. 웰빙 몰라도 난 안 챙피했어요. 명품백 하나 없어도 난 안 챙피했어요. 난 단순하니까. 비 오면 비 오는 대로 좋았고 눈 오면 눈 오는 대로 좋았으니까. 살아있다는 게. 그런데 내가 왜 그런 소리를 들어야 해–.

양씨 처, 운다.

양씨 그만해.

양씨처 내가 왜 그만해?

양씨 그만해.

동교 더 해요. 한 잔 더….

다들 또 마지못해 한 잔 더한다.

양씨처 나 노래 하나 할게. 곡목은 리라꽃은 피건만.

사이.

동교 브라보.

양씨 처, 노래한다.

양씨처 리라꽃 피는 밤에 그대와 속삭이던
사랑의 그 한밤이 그리워지네
장미의 꽃 그대를 내 가슴에 안고서
밤마다 꿈을 꾸는 안타까움
그 언제이든 그대와 만날 날을
기다리는 심사 상처만 깊어간다
리라꽃 져 버려도 그대는 아니 오네
떨리는 가슴 속 깊이 사무친 그 사랑[1]

바람소리.

10.

바람소리. 밤. 골목길.
영민 애인이 울며 들어온다. 캐리어를 끌고 있다. 울음을 닦는다.
영민이 들어온다. 한숨으로 추스르고 영민, 애인에게 다가간다.

영민 웬일이야. 갑자기.
영민애인 나 내려갈 거야. 집에.
영민 … 왜?
영민애인 서울 이제 지쳤어. 자기한테도 지쳤고.
영민 내가 시험 안 봐서 그래?
영민애인 보면 뭘 해 또 떨어질 텐데.

---

1) 「리라꽃은 피건만」 김해운 작시, 仁木他喜雄 편곡, 노래 장유정, 앨범 근대가요 다시 부르기4.

영민 아냐, 이번만 그런 거고 다음엔 꼭 볼 거야. 자신도 있고.

영민애인 … 아니… 생각해보니까 내가 허황된 년이었던 거 같애. 지금이 어느 시댄데 고시 하나에 목숨 걸고 그거 유치한 거 같애. 그러면서도 입봉은 은근히 기대하고…. (웃는다)

영민 (웃는다)

영민애인 웃지 마. (영민, 그치지 않는다) 웃지 말라니까. (영민의 뺨을 친다)

영민 미안해… 내가 진짜 볼게. 시험. 그리고 붙을게, 꼭. 그러고 시나리오도 쓰고… 입봉도 하고….

영민애인 아니야, 자기는 쭉 시나리오만 써. 그래서 칸느 가. 그렇게 가고 싶은 곳인데 가고 싶은 곳 가면서 살아야지, 인생 뭐 있다고. 안 그래?

영민 미안해.

영민애인 건투를 빌어. 난 갈게.

영민 지금?

영민애인 응.

영민 차 없잖아.

영민애인 터미널에 있다 새벽차 타고 가지 뭐.

영민 … 그럼, 잠깐만 있다 가.

영민애인 어딜?

영민 고시원.

영민애인 미쳤어?

영민 아냐. 여기 여자도 있어.

영민애인 뭐?

사이.

영민 왜 우리가 아는 게 우리를 괴롭힐까?

사이.

영민애인 (치며) 안 속아.

영민 아니, 옆방 아저씨들 부인들이 들어왔어. 그 아줌마들 쓰는 방에 잠깐 있다 가면 돼. 날만 새고.

영민애인 뭐?

영민 그러니까 얘기하면 긴데 아무튼 여기 진짜 좋아졌어… 이상해졌어.

영민애인 미쳤어?

실랑이가 벌어진다. 영민, 백을 놓지 않는다.
영민 애인, 딴 쪽으로 나가버린다. 쫓아가는 영민.

11.

양씨 처의 노래가 이어지고 있다.

양씨처 그 언제이든 그대와 만날 날을
기다리는 심사 상처만 깊어간다
리라꽃 져 버려도 그대는 아니 오네
떨리는 가슴 속 깊이 사무친 그 사랑

양씨 처, 노래 끝난다. 양씨 처, 조용히 앉는다. 모두들 말이 없다.

동교 진짜 좋아요. 너무너무.

양씨 그래요, 형님. 우린 진짜 안 챙피해요.

장씨, 아무 말도 하지 않는다.

동교 (나선다) 음악, 무릇 음악이란… 여튼 아주머니 너무 좋아요. 내가 집시들 음악도 들어봤고 아프리카 음악도 다 들어봤는데 이건 정말 좋네요. 감동 받았어요.

양씨처 또 뭘 그렇게까지.

동교 아니에요. 우리는 진짜 우리가 얼마나 좋은지 모르고 살아요.

사이.

양씨 맞어. 맞어. 동교야 나 이제 니 말이 조금 이해가 된다. 한잔 하자….

양씨처 흐… 흠….

동교 (최씨 처에게) 아주머니, 아니 이모. 이모는 별 얘기 없어요? 더 재미난 얘기 있을 거 같은데.

최씨처 ….

아무 말도 하지 못한다.

양씨처 뭔 대단한 일이 있길래… 나도 밑장 다 깠는데….

최씨 벌떡 일어난다.

최씨 내가.

사이.

최씨 하나 할게. 시, 축시.

동교 시…!

최씨 (방 안에서 노트를 가져와) 제목, 여기가 집이다.
여기가 집이다.

궁싯거리고 보잘 것 없는
지금 잠시 잠깐 견뎌야하는
여기가.
그저 눈인사 정도로만
서로 적의를 갖지 않을 정도로만.

사는 게 별 게 있었나.
집이라고 별 게 있었나.
미래라고 별 게 있었나.
여기가 집이다.
쟤가 (동교를 가리키며) 가장이다.
끝.

사이.

양씨 (박수 치며) 브라보. 브라보. 형님 나 진짜 감동 받았어. 술만 드시는 줄 알았는데 술 속에 시가 들어 있었네. 이거 마시면 나도 시 쓰나? 하하하.

다 무어라 말 못한다.

양씨 하하하하… 저기 동교야, 나도 집에서 일하고 싶다. 나도 백팔십 주나?

동교 당연하죠.

최씨 나도, 여기서 일하고 싶다. 나도, 백팔십 주라.

동교 그럼요. 다 돼요. 다 콜이죠. 진작 그러시지.

장씨 (난데없이) 그럼 다 되는 거야?

일동 침묵.

양씨 무시한다.

양씨 그러면, 리모델링을 하면 어떨까. 여기 좀 칼라가 너무 어두운데 내가 좀 해서 이번 기회에 싹 다 공사해서 다 같이 살면 되겠네. 이 방들 사이에 벽도 부숴 버리고 이참에 이층도 만들고.

양씨처 옥상에 상추도 심고.

양씨 깻잎도 심고.

최씨 수영장도 만들고.

장씨 (크게) 누구 돈으로?

사이.

양씨처 아저씨 사람 나고 돈 났지 돈 나고 사람 났어요? 다 생겨요, 방법이.

양씨 괜찮아 괜찮아. 형님이… 뭔가 생각 중이셔….

최씨 처, 문득 운다.
동교가 자리에서 일어나 최씨 처에게 간다.
눈물을 닦아준다.

동교 (장씨에게) 아저씨가 리더 해줘요.

장씨, 말없이 잔을 들려 한다.

동교 아저씨이….

장씨 머뭇거리며 잔을 만지작거린다.

양씨 형님, 그 잔 들면 오케이 하는 거예요? 예?

장씨, 머뭇거리다가 잔을 재떨이에 부어버린다. 그리고 다른 잔에 물을 따라 마신다.

양씨 오케이 오케이. 마셨어 마셨어. 내가 술이라고 안했잖아. 물도 마신 거야. 오케이, 그런 거야. 자, 마십시다. 우리도 우리도.

양씨, 다른 사람들을 독려한다.

양씨처 아니, 왜 갑자기 울어?

최씨처 모르겠어요… 모르겠어요…. (그러나 멈추지 않는 눈물)

사이.

양씨 야, 진짜 여기가 집 같다. 형님(최씨)이 형님 같고 형님(장씨)은 (장씨 일어나 집 밖으로 나간다) … 같고. 그래, 내 집이든 니 집이든 뭔 상관있어? 프랑스는 임대해도 다 지 집처럼 산다는데 평생. 응?

영민과 영민 애인 등장.
밖으로 나온 장씨와 마주친다.

장씨 뭐야….

영민 차가 끊겨서 첫차 다닐 때까지만 좀만 있다 가려고….

일동, 영민과 영민 애인 본다. 모두 일어난다.
극악스럽게 들어오라고 소리친다.
영민 애인 마지못해 들어온다.

양씨 아, 우리 동생애인이구나. 어서 와, 들어와. 들어와.

양씨처 이 시간에 웬 일로?

영민 그게 아니라 오늘 헤어지기로 했는데 너무 늦어서요. 내일 아침에 가려고.

양씨 그럼 당연하지. 헤어져도 잠은 자고 가야지. 헤어지면 잠 안자나?

동교 어서 오세요.

영민애인 죄송합니다. 고향에 내려가는 차편이 새벽이라.

양씨처 그래요. 내가 새벽에 깨워줄게.

최씨 처, 식당에서 잔을 가지고 온다. 영민과 영민 애인 앉는다.

양씨 이별! 진짜 설레는 단어지. 가슴은 짜릿짜릿하고 뭔가 허전하고 술은 막 들어가고. 아 나도 이별 하고 싶다! 어떻게 이별할까?

양씨처 맞어. 하자, 이별! 그래. 이름이…?

영민애인 지혜요. 박지혜.

양씨 야, 이름도 좋다. 헤어지기 딱 좋은 이름이야.

양씨처 그래, 어떻게 그런 좋은 생각을 했어?

영민 제가 변변치 못해서죠.

영민애인 아니요. 제가 집에 일이 좀 있어서….

양씨처 그래, 집에는 늘 일이 있지. 생각 잘 했어. 내가 보니까 이 총각은 진짜 비전이 없어. 헤어질 수 있을 때 헤어져. 그게 진짜 좋지.

양씨 맞어. 맨날 영화만 봐.

양씨처 그래 무슨 일 해?

영민애인 (황당해하며) 건축사 사무소에….

양씨 아, 그럼 도면도 쳐? 디자이너 그런 거?

영민애인 그게 아니라… 그냥 도와주는 정도….

양씨 그럼 여기서 쳐보면 되겠네, 도면. 여기 구조개선 할 건데.

영민애인 그게 아니라 전 자격증도 없고.

양씨처 에이, 없어도 돼. 다 되게 돼 있어. 사람이 집 짓는 거지. 자격증이 집 짓나. 여기 자격증 그 종이때기로 집 지을 수 있는 사람 있어?

양씨 그래, 그래. 우리 할아버진 자격증 하나 없이도 이빨 수리 다했잖아.

양씨처 돈도 줘, 백팔십.

영민애인 네?

양씨 이러다가 4대보험도 될지 몰라. 그렇지 동교야?

사이.

동교 그래요, 4대보험도 하죠 뭐. 그러니까 그려주고 가요. 네? 누나.

영민 (동교 가리키며) 얘가 집주인이야, 가장이고.

영민애인 아… 예.

양씨 야, 이거 이거 눈빛이 심상치 않은데… 잘 됐네, 영민이랑 헤어졌으면 동교랑 사귀면 되겠네. 얘 교복만 입었지, 스무 살이야. 돈도 많고.

동교 에이, 왜 그러세요, 아저씨. 돈 많다고 다 사귀나요.

사람들 아무 말도 못한다.

양씨 거봐 거봐. 동교 얘, 진짜 괜찮아….

동교 아이, 아저씨. 일단 천천히 서로를 알아가면서….

양씨 야, 그래 똑똑해, 우리 동교. 자, 인사해, 인사.

동교 안녕하세요.

영민애인 안녕하세요….

양씨 그럼 일단 만나보기는 하는 거네. 괜찮지? 영민아. 괜찮지? 한잔하자. 건배.

영민과 영민 애인의 얼굴이 붉어진다.
영민, 말없이 잔을 쭉 들이킨다. 모두들 건배한다. 왁자하다.
장씨만 조용하다.

12.

밤.

모두들 잠자리에 들어있다.

여자들의 방. 최씨 처와 양씨 처 누워 있다.

양씨처 (일어나며) 얘들, 진짜 이상하네. 이상해….

최씨처 … 누가요?

양씨처 영민이.

최씨처 … 왜요?

양씨처 아니, 애인이랑 같이 방에 들어갔으면 뭔가… 뭔가가 있어야지.

최씨처 뭐가요?

양씨처 그 뭐랄까… 그… 소리 같은 거.

최씨처 헤어졌다잖아요.

양씨처 아… 그렇지.

다시 눕는다.

사이.

양씨처 아니, 헤어지면 잠도 안자나?

최씨처 ….

양씨처 (일어나며) 안 그래요? 파이팅이 없네. 애들이.

최씨처 ….

양씨처 안 그래요?

최씨처 … 부끄럽겠죠….

양씨처 언니, 그 말 말랬지. 언니는 사는 게 부끄러워? 진정?

최씨처 그건 아니구요….

양씨처 아냐, 아냐, 이상해. 이것들이 소리 안 내려고 입에 수건 물고 있는지 몰라.

양씨 처, 벽에 귀를 대어본다.

최씨처 왜 그래요, 냅둬요….
양씨처 냅두기는 지금, 인류의 미래가 달린 일인데.
최씨처 미래요?
양씨처 아이구, 언니, 답답해, 답답해.

양씨 처 옷을 주섬주섬 입고 방 밖으로 나간다.

최씨처 어디 가요?
양씨처 가만있어 봐요.

양씨 처, 복도로 살금살금 나가 영민의 방에 귀를 댄다.

최씨처 저기요. 저기요.
양씨처 시끄러워요.

최씨 처, 포기하고 방으로 들어가 문을 닫는다.
양씨 처, 초미의 관심을 세우고 귀를 세운다.
그러나 아무 소리도 들리지 않는다.

양씨처 하….

양씨 처, 땅이 꺼질 듯 한숨을 쉰다. 다른 방에서 코 고는 소리들만 들려온다. 낙담한 듯 양씨 처 천천히 자신의 방으로 가려다 문득 선다.
눈을 반짝이는 양씨 처. 천천히 천천히 양씨의 방으로 들어간다.

양씨 뭐… 뭐야?

양씨처 나야.

양씨 왜, 왜?

양씨처 몰라. 나도 몰라.

양씨 참자며?

양씨처 가만있어.

양씨 괜찮겠어?

양씨처 (울먹이며) 나 안아줘.

우는 듯 웃는 듯 신음소리. 양씨의 방으로부터 소리에 최씨도 못 참고 일어난다.

최씨 처, 귀를 막고 눕는다. 최씨, 양씨의 방에 귀를 대어보더니 귀를 막고 눕는다. 그러나 그 소리 점점 더 커진다.

마침내 최씨 못 참고 일어나 복도로 가 여자의 방문을 연다.

최씨처 어머-.

최씨 나 좀 봐.

최씨처 왜… 왜요?

최씨 내가 시를 썼어. 잠깐만 내 방으로….

최씨처 한밤중에 뭔 시를….

최씨 잠깐 내 방으로 좀….

그러면서도 최씨 처, 일어나 최씨의 방으로 간다.

최씨의 방.

최씨 (손을 잡으며) 미안해.

최씨처 (뿌리치며) 시는요?

최씨 (다시 잡으며) 미안해. 당신이 그리웠어.

그동안 양씨 방에서 교성은 계속 들려오고 마침내 최씨 방의 소리도 합류한다.
영민의 방.

영민 들려?
영민애인 안 들려.
영민 들리지?
영민애인 안 들린다니까.
영민 난 들리는데
영민애인 어쩌라고!
영민 나 너 포기 못해.
영민애인 그럼 보여줘 봐.
영민 사랑해.
영민애인 (때리며) 말만 하지 말고
영민 너밖에 없어.
영민애인 말하지 마.

영민과 영민 애인도 끌어안는다. 민망, 그 자체의 소리들.
동교가 복도로 나온다. 그 소리들 사이에 서 있다.

양씨 조용히 해.
양씨처 몰라.
양씨 조용히.
양씨처 들으라고 해.
양씨 사랑해.
양씨처 힘내.
양씨 응.
양씨처 잘해야 돼.

최씨 그리웠어.
최씨처 미안해요.
최씨 죽지 마.
최씨처 미안해요

영민 너 이뻐.
영민애인 나쁜 새끼.
영민 눈도 이쁘고.
영민애인 나쁜 새끼.
영민 코도 이쁘고.
영민애인 나쁜 새끼.

동교, 담배를 꺼내고 주저앉는다.
담배에 불을 붙이고 빨면서도 문득 운다.
장씨가 귀를 막고 스크랩북을 들고 나온다.
동교를 본다.
울고 있다.
동교가 장씨를 본다.

동교 아저씨… 진짜 멋지죠… 진짜….

문득 방 안이 밝아지며
각 방마다의 나신(裸身)들이 보인다.
천천히 어두워지는 집.

13.

한밤. 장씨가 모든 방문을 밖에서 잠근다.

그리고 신나통을 들고 복도와 사방에 뿌린다.

동교가 나타난다.

동교 뭐하시는 거예요?

장씨 너는 공부는 안하냐?

동교 이게 다 공부죠. 올해는 이 집 리모델링 하구요. 내년에 공부해야죠.

장씨 내년은 없다, 지금 안하면.

동교 왜요? 아저씨 걱정 있어요?

사이.

동교 제가 맘대로 해서요?

장씨 ….

동교 그럼 아저씨 맘대로 하세요. 전 떠날 테니까.

장씨 어디로?

동교 어디로든요.

장씨 니가 철새냐? 사람은 집이 있어야 된다. 그리고 집은 질서다. 그리고 질서는 언제나 쓸쓸하다. 언제나… 언제나….

사이.

동교 괜찮아요. 전 진짜 괜찮아요.

장씨 지금은 괜찮아도… 아니다… 니 문제가 아니라 너무 늦었다. 이 사람들 다. (사이) 난 여기 사람들이 너와 우리, 그리고 여기에 대해 안 좋은 기억을 가졌으면 해. 그래야 다들 정신 차리고 집으로 가지. 진짜 집으로.

장씨, 칼을 꺼내 동교를 찌른다.

장씨 집이 아니니까 이렇게 화목하면 안되니까 집에 가야 되니까복귀 해야 되니까 사회로… 이런 식으로 그냥 살아버리면 안되니까….

동교 … 왜 이러세요, 저한테?

장씨 넌 원래 이 세상에 없었던 사람인 거 같애.

동교 … 안 그래요… 저 있었어요. 여기 쭉….

장씨 이런 행복은 없어, 세상엔.

장씨, 동교를 한 번 더 찌른다. 동교 완전히 쓰러진다.
신나를 더 뿌리는 장씨. 자신의 몸에도 뿌린다.
그리고 천천히 라이터를 켜 자신에게 가져다댄다.
불이 붙는 소리. 점점 더 커진다.
온 집안에 불이 번진다. 각 방문을 두드리는 소리.

일동 아악. 불이야. 불이야. 사람 살려. 사람 살려. 살려주세요. 살려주세요. 여기 사람 있어요. 여기요.

그 신음들을 바람소리가 덮는다.
그 바람에 더욱 더 타오르는 불길소리.

무대 어두워진다.
잠시 후 모든 소리도 사라진다.

정적이 흐른다.

14.

밝아지면, 다음날.

장씨가 가방을 들고 복도에 서 있다.

나머지 사람들도 멀쩡히 서 있다. 동교도 멀쩡히 서 있다. 영민 애인도.

양씨 … 형님. 어딜 간다고 그래요?

동교 아저씨.

양씨 형님, 참 정말.

최씨 어딜 가려구요? 형님.

장씨 어젯밤에 꿈을 꿨습니다. 제가 여기를 불을 질렀어요. 그래서 여러분들이 다 타죽었습니다. 그리고 저 아이를 제가 칼로 찔러 죽였습니다. (사이) 생각해봤습니다. 왜 그런 꿈을 꿨을까? 왜… 여기는 집이 아니니까. 여기가 그렇게 좋아? 자신 있어? 그렇게 말할 수 있어? 왜 밖을 생각 안 해? 그냥 좋다고 히히덕거리면서 살면 되는 거야? 하루라도 그냥, 하루살이로 사는 거야? 오늘 자면, 그냥 잠만 자면 되는 거야? (사이) 가겠습니다.

동교 가지마세요, 아저씨. (신발을 뺏는다)

장씨 왜?

동교 가면 안돼요.

장씨 왜?

동교 ….

양씨 아이 형님, 왜 이래? 한참 좋은데 어딜 간다고.

장씨 뭐가 좋아?

양씨 아니….

영민 할아버지 계셨으면 뭐라고 그러셨을까요?

장씨 내가 묻자. 할아버지가 계셨으면 뭐라고 그랬겠냐?

영민 아직 나갈 준비 안 되셨잖아요.

장씨 나갈 준비? 이게 준비하고 있는 거야? 이런 게?

영민 밖에서 허우적대는 거보다 여기 있는 게 더 낫잖아요.

장씨 며칠만이라도 밖에서 허우적거리다 들어와. 응. 피하지 말고. 응!

최씨 아들놈한테는 죽어도 안 간다면서요. 다 들었어요, 내가.

장씨 맨발로는 못 살어? 맨발로 나가지.

동교, 뒤집어진다.

동교 씨발, 가지마. 아저씨는 뭐가 잘나서? 아저씨는 우리랑 뭐가 달라서? 아저씨는 여기 나가면 뭐 있어? 왜 있는 척, 잘난 척, 똥폼을 잡는데-.

장씨, 동교를 친다. 동교, 나가떨어진다. 사람들이 붙잡는다.

장씨 여러분 생각보다 훨씬 더 불쌍한 앱니다, 저 아이. 며칠 전에 전화 받았습니다. 미국에서… 저 아이… (사이) 가겠습니다.

동교 그래, 나도 다 알아. 사람들 연극한다는 거, 내 돈 때문에. 근데 좆도 당신은 돈이 문제가 아니라 마음이 문제라고. 언제 또 싸울지 몰라서 언제 속을지 몰라서 안절부절 씨발.

다시 칠 듯한 장씨. 말리는 사람들.

동교 근데 그렇게 살면 안 돼? 그렇게 살면 안 되냐고? 불안한 채로. 행복한 척 하면서. 우리, 그렇게 살았잖아. 살아 왔잖아. 그게 사는 거잖아.

사이.

양씨 그래, 나도 꿈 꿨어요. 꿈에 동교가 당신을 막 엄마라고 불렀어.

그러고 내가 카시미론 이불을 덮고 막 먹고 놀았어. 그런데 이 고시원이 거대한 포장마차가 돼서 사람들이 막 왔다 갔다 했어. 내 아들 민규도 왔다 갔다 하고. 그러면서 계속 손님을 받았어. 근데 형님이 말렸어. 그래서 내가 형님을 팼어. 죽어라고. 존나게. 근데 형님이 응수를 안 해. 그래서 계속 팼어. 피나면서. 피나면서. (사이) 형님 안가면 안 돼? 인생 어차피 꿈이잖아.

최씨 난 꿈 안 꿨어요. 오랜만에 잘 잤어요. 그래도 안 갔음 좋겠어. 형님 나 이제 다시 시작 할 수 있을 것 같아.

영민 전 아저씨 잔소리가 싫어요. 근데 그 잔소리가 필요해요.

사이.

양씨 그래, 형님, 우리 다 그래. 나간다고 해결될 문제가 아니잖아. 어떻게든 이 안에서 방법을….

사이.

장씨 잠시 생각을 하더니 주머니에서 수첩을 꺼낸다.

장씨 미안합니다. 제가 외는 글이 하나 있습니다. 좀 읽어보겠습니다. 미안합니다.
"나는 벌 받으러 이 산에 들어왔다
뒤돌아보는 사람은 지금 후회하고 있는 사람이다
이제는 괴로워하는 것도 저속하여
내 몸통을 뚫고 가는 바람소리가 짐승 같구나
슬픔은 왜 독인가
희망은 어찌하여 광기인가….
나는 죄짓지 않으면 알 수 없는가….
가면 뒤에 있는 길은 길이 아니라는 것을
우리 앞에 꼭 한 길이 있었고, 벼랑으로 가는 길도 있음을….

마침내 모든 길을 끊는 눈보라… 저녁 눈보라,
다시 처음부터 걸어오라. 말한다."[2] (더 읽지 못하고 넘는다) …. 미안합니다.

동교 아저씨.

장씨 동교야… 나 너 미워 안 한다…진짜 미워 안 한다… 행복해라….

장씨, 나간다.
동교, 주저앉는다.

양씨 괜찮아, 괜찮아. 우리가 잘 살고 있으면 그때 돌아오실 거야. 우리가 잘하면… (사이) 뭐해? 밥 먹자. 아침이잖아. 밥 먹자.

양씨처 아.

모두들, 꿈에서 깬 듯 각자 밥 먹을 준비를 한다.

양씨처 저도 꿈 꿨어요. 내가 진짜 돈 많은 독일귀족이랑 결혼을 했어. 둘이 비엠더블유를 타고 신혼여행을 가는데, 해안도로를 바닷가를 쫙 끼고, 도착을 했는데 그 호텔이 여기야. 여기랑 똑같이 생겼어. 근데 우리가 허니문베이비로 그 자리에서 애를 낳아버렸어. 그랬더니 우리 애 예쁘다고 여기 사람들이 다 와서 바닷가에서 돌잔치를 크게 했어. 그래서 하얀 기저귀를 바닷가에 쫙 널었는데 갑자기 장씨 아저씨가 재가 돼서 막 날아다니면서 기저귀에 다 들러붙어가지고 기저귀를 못 쓰게 돼버렸어. 그래서 내가 그 재를 막 쓸어가지고 다 바닷가에 버려버렸어.

사이.

---

2) 詩, 〈눈보라〉 황지우. 단, 장씨가 마음 가는 대로 시구의 순서를 편집하여 읽는다.

양씨 (밥 먹으며) 아, 그게 뭔 꿈이여?

양씨처 밥 남기지 말고 먹으라구요.

신씨가 가방을 들고 나타난다. 손에 붕대가 감겨져 있다.

양씨 뭐… 뭐야?

신씨 아… 그게… 지금…. (안을 보며 어리둥절)

양씨 너 어떻게 된 건데?

신씨 저기….

신씨, 뭔가 말하려다가 히죽 웃는다. 그러다 운다.

양씨 (손을 보고) 이런 병신새끼.

신씨 죄송해요. 전 왜 자꾸 이렇게 되는지 모르겠어요… 제가 꼭 (뒷산을 가리키며) 그 노숙자 같아요….

사이.

양씨 웃기지 마. 좋은 것만 생각해. 좋은 것만 생각하면 좋은 일 생기게 돼 있어. 들어와.

신씨가 들어와 자리를 잡고 최씨 처가 밥을 갖다준다.

최씨처 저도 꿈을 꿨어요. 아이가 막 강을 건너왔어요. 물길을 헤치며 아이가 막 저한테 달려왔어요. 엄마, 엄마하면서… 제가 집을 나가서 제 아이가 죽었어요. 그래서 이때까지 안보고 살았어요.

최씨, 밥 먹으면서 말없이 운다.

영민애인 저도 꿈을 꿨어요. 꿈에 제가 영민 씨에게 헤어지는 선물로 카메라를 선물한 거예요. 근데 영민 씨가 제가 준 카메라로 영화를 찍어서 칸느에 초청을 받았어요. 그래서 제가 드레스를 입고 플래시 세례를 받으면서 레드카펫을 걸었어요. 기분이 좋았어요. 살아있는 거 같고… 저 칸느에 꼭 한번 가보고 싶어요….

모두 멈췄다 다시 밥 먹는다.

신씨 근데 장씨 아저씨 저기 산 위로 올라가던데.

모두들 멈칫한다. 그러다 다시 아무 일도 아니라는 듯
밥을 먹는다. 다들 숟가락을 놓지 않는다.

막.

환도열차

열차에 고골리의 해골이 실려 있다고…

실제 고골리의 무덤엔 그의 두개골이 없

여자가 시체들 옆에 눕자

열차는 흔적도 없이 사라졌다.

그렇다면 이런 이야기는 어떨까.

차에 있었던 시체들 13구 중 하나였다

나중에 생존자로 발견된

녀는 실제로는 이미 죽었던 게 아닐까.

열차가 거짓말처럼 사라진 것 아닐까

등장인물

지순 : 1931년 강화生. 20대 초반.
제이슨 양 : 한국계 미국인. 40대 초반. 한국이름, 양지성.
한상해 : 90대. SY명예회장.
한동교 : 한상해의 양자. 40대 초. SY반도체 사장.
한수희 : 40대 중반. SY모터스 사장. 한상해의 친딸.
토미 : 20대. 미국인. 제이슨 보조. 한국어 능통.
조사관1 : 나이 든 대한민국 정부 조사관
조사관2 : 젊은 대한민국 정부 조사관

젊은 최양덕 : 지순의 남편. 자전거포 기술자.
젊은 한상해 : 최양덕의 친구이자 자전거포 사장.
석홍 : 남방샤쓰 지게꾼. 청년.
지순 부/모
지순오라버니 : 신체지체자.
정인숙 : 젊은 한상해의 첩.

사진사/ 비서/ 가짜 정인숙/ 장정들/ 피난민들/ 노동자들
연인들/ 군인들/ 의사들/ 법무팀/ 선로점검원들/ _ 그 외

때

2014년 봄.

–연출은 몇몇 배역을 제외하고 인물을 다역(多役)하게 할 수 있다.

1.

수색역. 새벽. 선로점검원 최익모 씨가 다른 점검원과 나온다.

최익모 아이 추워. 몇 시지?

다른이 4시 12분. 잠 덜 깼어?

최익모 모르겠어. 방학인데 애들은 놀러가자구 난리구.

다른이 43번 선로 맞지?

최익모 엉.

다른이 나는 45번. 이따 보자구. 하품 좀 그만해.

최익모 어엉….

다른이 주먹 넌다.

최익모 씨는 하품을 계속한다. 다른 이, 다른 쪽에 가 선다.

최익모는 선로에 불을 건성으로 비추며 점검한다.

열차가 다가오는 소리가 들린다.

다른이 뭐야? 이 시간에… 어이. 지금 이쪽으로 배정된 열차 있어?

최익모 무슨 열차를 배정해? 여기 객차 연결할 때나 쓰는 덴데….

다른이 이쪽으로 오는 거야? 이상하네… 첨 보는 열찬데. … 기관차가 이쪽으로 향했는데.

최익모 알았어. 알았어. 잠 깰게. 잠 깬다구.

다른이 어어 점점….

다른 이 깃발을 흔든다. 그러나 열차소리 커진다. 기적소리가 난다.

다른이 세상에… 연기… 증기기관이야…?

최익모 알았다구. 임마. 눈 떴다구.

다른이 (무전한다) 여기 선로점검반. 여기 선로점검반. 43번 선로, 증기기관차로 보이는 열차 진입. 확인 바람. 몰라. 연기… 아니 증기가 난다구. 아냐, 움직여. 진입중이라고–.

다시 열차의 소리.

다른이 어어….

다른 이 호루라기를 분다.

다른이 (다급하다) 어이. 어이! 일단 비켜.

최익모 너나 비켜, 임마.

열차 소리 커진다.

다른 이, 피한다. 그러나 최익모는 그대로다. 소리 갑자기 훅 줄어든다.

최익모 새끼가 임마. 내가 15년 동안 새벽에 여기 개미새끼 하나 다니는 걸 못 봤는데 뭐… 증기기관? 미친 놈… 아예 비행기가 나타났다구 그러지. 뭐야, 왜 이렇게 조용해? (그때서야 뒤돌아보며) 어.

불쑥 열차의 앞머리 헤드라이트가 최익모를 강하게 비친다. 빵 하는 소리.

최익모 어… 어… 아악!

그 빛과 소리가 최익모를 덮는다.

연이어 들리는 브레이크 소리.

암전.

열차가 서는 소리

쉬이익, 쉬이익. 열차로부터 내뿜어지는 증기소리.

어디선가 들리는 목소리.

조사관2 (소리) 배니싱현상… 순간적으로 사람이나 사물이 없어지는 초자연 현상. 1998년 9월 25일 러시아 정부 공식기관지 〈로시스카야 가제타〉에 1911년부터 러시아와 동유럽 등지에서 출현한 '포예즈드-프리즈락' 열차가 보도되었다… 문제의 열차가 시간과 공간을 초월한 것을 알게 된 그는 멕시코를 방문했으나 병원은 이미 폐쇄… 이후 열차는 계속 세계 전역에서 목격 되고… 1940년 군함 증발 사건.
미국 버지니아 주 '노퍽'에서 출항한 군함, 출항 5시간 만에 무전이 끊김. 그러나 그날 저녁 군함은 100년 지난 군함처럼 나타났다. 그리고 승무원들은 모두 죽어 뼈만 남은 상태….
1945년, 샌디에이고 항공기 증발 사건. 독일에서 브라질로 가는 샌디에이고 항공기, 대서양에서 흔적도 없이 사라짐. 그 뒤 1980년 브라질 포르알레그레에서 포착되어, 착륙. 놀라운 것은, 이 항공기 안에 있는 사람들이 산 채로 돌아왔다는 것. 이들은 외계인에게 고문을 받았다고 주장….
75년 로어노크 섬 주민증발. 40년 캐나다 에스키모 증발. 웜홀. 블랙홀과 화이트홀을 연결하는 우주의 시간과 공간의 벽에 구멍. 아인슈타인. 상대성이론. 블랙홀의 회전. 웜홀을 통한 시간여행. 수학. 과학. 신학. 사이언톨로지 등등….

2.

정부관할 모처.
환도열차가 보인다. 그 위 사체들이 널브러져있다.
토미가 PT자료를 리바이벌 한다.

멀찍이서 조사관1, 2가 내려다본다.

토미 한 달 전 2014년 2월 6일. 오전 4시 13분. 서울 수색역, 선로점검원 최익모 씨 사망. 동 시각 43번 선로 위, 출처불명의 괴열차 발견. 발견 당시 아직 기관이 멈추지 않은 상태. 열차내부에 십여 구의 시신이 발견됨.

동일, 오전 5시 17분 수색역장, 철도공사에 사실통보. 오전 5시 35분, 국토교통부, 사실 확인을 위한 조사관 급파.

확인 결과 괴열차는 1932년 경성공장에서 제작된 미카형 기관차로 1953년 8월 부산을 떠나 서울로 향한 환도열차로 밝혀짐. 동시 발견된 사체들은 부패 상태로 보아 사망시각이 근시일 내이나 기타 요소로 보아 모두 1950년대의 인물들로 확인됨.

동일 오전 7시, 대통령 주재 긴급비상대책위 소집. 오전 7시 32분, 비상대책위, 사건의 파장을 고려, 본 사건을 국가일급기밀에 부치고 특별조사위원회를 구성 조사키로 함. 특별조사위원회는 기관이 멈춘 열차의 각 부분의 소재 채취확인 및 생존자와 함께 발견된 타 시체들의 부패 상태 및 기타사항을 확인한 바 1차 조사 때와 일치함.

이에 대한민국 정부는 국제협약에 의거, 본 사건의 정밀조사를 미합중국정부에 협조요청하고 2월 28일 NASA는 본 사건의 조사자로 제이슨 양과 토마스 앤더슨을 특별조사관 자격으로 한국에 파견함. 발견된… (서류 내려놓으며) 아, 제이슨. 나 이거 진짜 계속 해야 돼? (일어나며) 우리 이런 일 한두 번 겪어? 1991년 9월 25일 우크라이나 폴타바에 나타난 유령열차. 1940년 버지니아 주 노퍽에서 출항한 군함이 다섯 시간 만에 무전이 끊겼는데 그날 저녁 100년 지난 군함처럼 나타났다. 이거 흔한 일이잖아. 여기 한국 애들이 처음 겪으니까 우왕좌왕 하는 거지. (사이) 제이슨… 과학이라고 다 알 수 있는 거 아니야. 우린 그냥 데이터만 조사하면 돼. 그게 우리가 여기 한국에서 할 일이라구.

제이슨 이건 달라. 그 사건들하고.

사체 중 이지순이 일어나 선다.

제이슨 생존자가 있잖아.
토미 생존자는 80년 샌디에이고 항공기 때도 있었다고. 그 사람들 자기들이 외계인한테 고문 받았다고 증언했다고.
제이슨 니가 봤어?
토미 뭘?
제이슨 그 생존자들.
토미 내가 83년생인데 그 사람들을 어떻게 봐.
제이슨 직접 보지 않은 걸 믿을 수 있어?
토미 ….
제이슨 그래, 니 말처럼 우린 결국 끝을 알 수 없어. 어떤 거든. 결국 인간이 할 수 있는 일이라곤 과정을 즐기는 것뿐이지. 인생… (사이) 과도하게 의미 두지 않고. 어떻게? (사이) 흔들리면서. 그냥 여기저기 흔들리면서. 끝은 어차피 텅 비어있으니까, 아무도 모르니까, 흔들고 또 흔들고, 그래야 데이터도 우수수 쏟아지고 그럴 거 아냐, 토미?

사이.

토미 그러니까 결국 생존자를 이용해서 데이터를 뽑는다는 거 아냐, 말이. 좌우지간 NASA에서 일하는데 제일 말 어렵게 해. 우리 헤드들 무슨 생각으로 널 여기 보냈는지 모르겠어.
제이슨 잘생겼으니까.

사이.

토미 발견된 생존자는 사체 중….

제이슨 사체 중이 아니지. 사체 외지.

토미 왜 또?!

제이슨 발견된 사체는 원래 열두 구였는데 그 여자가 난데없이 나타났다며?

토미 그건 제이슨 생각이고 한국 사람들은 그때 좀 나중에 발견했대잖아. 경황이 없어서.

제이슨 어찌됐든 좀 나중이니까 사체 외지.

토미 제이슨. 진짜 왜 그래?

제이슨 누가 알아? 일테면… 사체에다 누가 생존자를 슬쩍 끼워 넣었는지?

사이.

토미 영화 찍네. 열차 나타나서 몇 분 만에 누가 무슨 생각이 들어서 거기다가 슬쩍 그 열차에 원래 있었던 것처럼 사람을 끼워 넣었다?

제이슨 한국 사람들 드라마 엄청 좋아해. 그것도 멜로.

토미 제이슨, 한국에 무슨 감정 있지? 한국에 있을 때 무슨 일 있었냐구?

제이슨 ('니가 알까?' 웃는다)

사이.

토미 뭘, 나 이래뵈도 워싱턴에서 한국말 제일 잘해. 어떤 사람은 내가 진짜 한국 사람인 줄 안다구. 나, 멕시코계 3세지만 내가 제이슨보다 한국소설, 한국여자 더 저거… 했을 걸. (사이) 여튼 그래서 그 생존자. 이름, 이지순. 1931년 강화 생. 현재 추정나이 23세. 1945년부터 서울 거주. 6.25때 부산으로 피난. 이후 53년까지 부산에서 살다가 53년 휴전협정 체결 직후 서울로 떠나는 문제의 환도열차를 타고 남편 최양덕을 만나기 위해 상경하였다고 함. 진술이 일관되고 그 시대를 기억하는 이들로부터 시대화술이 일치되는 것으로 판정됨. 됐지?

제이슨 커피 please.

토미 Si, Seguro. (알겠습니다. 물론입죠) 참내… 보고 또 보고 읽고 또 읽고….

토미, 나가려는데 핸드폰 진동음이 울린다.
토미 보더니 웃는다.

제이슨 뭐?

토미 (읽으며) 오늘의 뉴스 2014년 3월 6일. SBS 짝, 여성출연자, 애정촌 화장실에서 자살. (탄식) 아, 참… 충격. 수사경찰, 200시간 분량 방송영상 분석 착수.

제이슨 미친놈. 그런 걸 왜 보냐?

토미 한국이니까.

토미, 나간다.

열차와 이지순이 그대로 사라진다.
정부조사관2에게 한동교가 서류를 주고 나간다.

조사관1 잰(한동교) 뭐야?

조사관2 SY 사람입니다.

조사관1 흐흠…. (불편하다)

조사관2 (서류 보며) 제이슨 양. 국적 변경 전 이름, 양지성. 1971년 서울 생. 과기대를 나왔네요. 98년에 미국국적을 취득했고 NASA에는 2001년부터 근무한 걸로 돼있습니다. 그리고 94년부터 96년까지 우리나라 항공우주연구원으로 근무했는데 그때 짤렸습니다. 그때 항공우주연구원 소속 젊은 과학자들 몇몇이 개발한 새 중력지도를 민간에 공개하려고 했는데 새 정권에서 불가방침을 내리는 바람에 순수과학에 정치논리는 껴들지 말라 반발하다가….

조사관1 똥 싸고 있네.

조사관2 예?

조사관1 그런 기술을 정부가 잡고 있어야지 개나 소나 잡으면 뭐가 돼. 좌우지간 저 새끼, 저렇게 염불보다 잿밥에 관심 있는 이유가 있네. 이 나라에서 팽 당하니까 미국으로 갔는데 갑자기 여기서 필요하다고 부르니까 그것도 윗자립네 하고 부르니까 그때 품은 앙심 풀라고 저러는 거 아냐, 개새끼가.

조사관2 흐흠…. (헛기침. 조사관1의 말이 좀 과하다)

조사관1 뭐?! 누구는 젊었을 때 짱돌 한번 안 던져봤어?

조사관2 아닙니다.

조사관1 1953년도 부산에서 출발한 열차가 2014년에 서울에 나타났어, 지금. 이게 뭔 줄 알아?

조사관2 그래도 이건 애초에 뭐 사람 별로 없는 수색역내에서만 벌어진 일이라. 보안도 칼같이 돼있고 문제는….

조사관1 문제는?

조사관2 SY그룹 쪽 사람들이… 이것(제이슨 정보)도 다 거기서 온 건데… 그쪽 사람들이 군수업도 도맡고 있다 보니까… 열차확인도 다 그쪽에서 했고… 그런데 절차가….

조사관1 절차는 개뿔. 저 새끼들은 돈 버는 새끼들이야. 돈이 젤 먼저라고. 멱을 잡아야지. 공익을 생각하라고.

조사관2 … 네.

조사관1 됐고. 진척 늦어지는 거 같으니까. NASA쪽 자료 구해서 그걸로 우리 가설 새로 만들어.

조사관2 네?

조사관1 박사 몇 명 붙여서 최신 이론 넣어서 우리 식으로 새로 만들라고, 임마.

조사관2 그러려면 데이터가….

조사관1 NASA 꺼 좀 가져오면 되잖아.

조사관2 줘야 가져옵니다….

조사관1 아, 참나.

토미, 커피를 들고 들어와 제이슨에게 준다.

제이슨 오케이. 이지순, 등장.

토미 또? 많이 물어봤잖아.

제이슨 그건 다 보고서에 나온 거고 오늘은 다른 걸 물어봐야지.

토미 다른 거 뭐?

제이슨 일테면… 누가 그녀를 캐스팅 했는가.

토미 그러니까 한국 사람들이 이거 다 시나리오 썼다?

제이슨 뭐든….

토미 그래서 흔들겠다, 이지순을?

제이슨 우수수 데이터.

토미 하이. 레디. 액션. (입을 삐죽거리며 나간다)

조사관1 최양덕이는 알아보고 있어? 남편이라는.

조사관2 그게 전시라 기록이… 생존여부도 불분명하고….

조사관1 후-.

이지순, 토미 들어온다.

이지순, 손수건을 쥐었다. 궁지에 몰린 쥐처럼 사방을 두리번거린다.

제이슨 그런 그녀를 보고 웃는다.

제이슨 앉으세요. 편안하게.

이지순, 앉는다.

모두 다 자리에 앉는다.

한동안 말이 없다.

제이슨 식사 맛있게 하셨습니까?
지순 바… 밥 말에요?
제이슨 예, 밥. 식사.
지순 … 즘심 먹앴어요. 그른데 하루 죙일 방안에만 갇혀있어서 도야지가 되는 것 겉에요.
제이슨 돼지말씀입니까?
지순 … 그래요. 돼… 도… 돼… 야지….

토미가 킁킁댄다. 지순, 웃는다.
한동교가 다시 나와 조사관2에게 귓속말한다.

조사관1 뭐야?
조사관2 긴급 상황이랍니다.
조사관1 긴급은 맨날 긴급이래. 시스템 다 켜놨지?
조사관2 예.

조사관1,2 한동교 나간다.

제이슨 오늘은 그동안 이지순 씨가 저희한테 하신 얘기 말고 다른 얘기를 듣고 싶습니다.
지순 다른 얘기 뭐 말예요? 저는 다 말했에요.
제이슨 이지순 씨가 열차에 탄 진짜 이유.
지순 예?
토미 카메라 롤링. (토미 기록용 카메라 버튼을 누른다)

제이슨이 토미를 쳐다본다.
토미, '어차피 영화잖아', 입모양.

제이슨 왜 열차에 타셨습니까?

지순 냄편을 만나러….

제이슨 아니, 그건 다 들었고… 누가 열차 탄 것처럼 하라고 시켰습니까?

지순 시킨 사람 없애요. 증말이에요. 왜 사람을 못 믿을까?

제이슨 그럼 그걸 어떻게 증명하시겠습니까?

지순 에?

제이슨 증명요. 제가 그걸 어떻게 믿게 하시겠냐구요.

지순 아… 답답해라… 다 말했는데 어떻게 또… 그걸….

사이.

지순 아, 사진이 있애요.

제이슨 예?

지순 냄편이랑 저랑 결혼식 때 찍은. 그럼 믿겠지요?

제이슨 (토미에게) 사진 얘기 있었어?

토미 아니 처음인데.

지순 난리나기 전에 일이거덩요.

토미 난리?

제이슨 육이오.

토미 …?

제이슨 한국전쟁.

지순 그날이 이틀 전이엣어요. 냄편이 댕기는 자전거포 사장이 사회식 결혼식을 치뤘애요.

지순이 이야기를 시작하자 1950년도 과거인물들이 나타난다.
제이슨과 토미 이들을 보며 말한다.

제이슨 사회식?

지순 … 미국식 말애요. 그짝 미국사람이라구 그랬지요?

제이슨 예.

지순 냄편이 그래는데 사장이 혈혈단신이라 결혼식을 거창하게 치루고 싶다고 했거덩요. 그래서 부민관을 잡었드랬어요. 돈을 많이 벌었세요, 사장이. 냄편은 사장 손발이 돼서 그 일을 다했애요. 60원 내서 신부두 꾸미구 면사포 빌리는데 15원이나 줬애요. 자전거두 맹글어서 팔고 미군정에서 나온 것두 팔구 그래서 혼례를 치루는데 미군두 오는데 가족이 하나도 없으니 챙피 하다면서 냄편이랑 저랑 친척처럼 해달라고 그랬거덩요. 그래서 우리 아부지 어마이도 다 나셌거덩요.

사람들이 나와 의자를 정리한다. 지순의 부모, 오빠도 나와 사장의 부모를 흉내낸다. 연습한다.

양덕 자, 한번 맞춰보께요. 제가 신랑 들와요 하며는요, 신랑이 이짝에 서요 이짝에서 이렇게 들와요.

양덕이 신랑처럼 나갔다 들어오자 사람들이 껄껄껄 웃는다.

지순 근데 츰하는 거니까 연습을 했애요. 냄편이… (그리운 듯) 손이 빨라서 누구든 좋아했애요.

양덕 이번에는요. 제가 신부 들와요 하며는요 신부도, 신부도 저짝에서 들와요.

지순 제가 신부 대신 섰애요.

사람들이 마치 지순이 과거 그 자리에 있는 양 '오, 아'를 연발한다.
보이지 않는 가상의 지순(이하_지순*)이 들어오자 지순 부가 나서며 지순*의 팔짱을 낀다.

지순 부 이건 내가 허갓어.

지순 아부지.

양덕 아부님. 이건 신부 측 아부님이 하는 거에요. 아부님은 오늘 신랑 아부님이니까 거기 가만 계심되요.

지순 부 알아. 기래도 한번 허갓어. 나중에 다 할 일이니까니.

지순 마부(馬夫)였애요. 말로 짐 나르는.

양덕 그래요. 그럼 허세요.

사람들 하하하 웃는다.

제이슨 그래서 사진은 언제 찍었습니까?

지순 인제 나와요.

지순 부, 지순*의 손을 잡고 들어와 양덕에게 건네고 신랑의 아버지 자리에 앉는다.
사진사가 들어오다 이를 보고.

사진사 어 영 모르시네. 신부 측에 앉아야지. 촌에서 오셨나.

사람들이 '우' 하며 선다.

양덕 (웃으며) 지금 연습하는 거거덩요. 이따 신랑 아부지애요.

사진사 참 나….

지순 부 사진을 잘 박으시오.

사진사, 사진기를 세팅한다.

사진사 자리 한번 서 보세요.

사람들이 단체사진을 찍는 양 모두 카메라 앞에 선다.

사진사 좀 더 왼짝으로. 오른짝으로. 아니… 밥 먹는 짝. 밥 먹는 짝.

사람들이 이리저리 몰리다가 지순 부가 나선다.

지순 부 아무래도 이상해.

양덕 뭐가 말이에요?

지순 부 이 아무리 사회식이지만서도 신랑 신부래 혼례청에 들어와서 부모한테 인사 한 번 안하고 바루 시작하는 거이.

사진사 저기 어르신 인사는 나중에 합니다. 전체루. 다.

지순 부 전체루 다? 먼저, 따루가 아니구?

사진사 그거 다 구식이에요. 서양은 나중에 해요. 전체루 다. 똑같이. 서양에서는요. 아부지도 유. 오마이두 유. 당신두 유.

지순 부 사진이나 박으라 유.

일동, 웃는다.

양덕 좋아, 좋아?

양덕이 지순*에게 얘기하자 현재의 지순이 받는다.

지순 뭐 말에요?

양덕 이렇게 나란히 서 있으니까.

지순 탈날까 걱정이에요. 누구 아는 사람이라도 있으면 부끄럼 살 일 아녜요.

양덕 아무도 없애. 지순이 두고 봐. 내가 이보다 훨씬 비싼 면사포를 씌워 줄 테니.

지순 몰라요.

지순 사고무친이었댔지만 마음이 참 따뜻했애요. 우리 부모도 다 자기 아부지 오마이처럼 생각허구.

양덕 나만 믿어. 그리고 이따 상해 결혼식 끝나면 우리 둘이 먼저 딱 사진부터 박자구.

제이슨 그래서 나중에 찍었습니까?
지순 예. 인제 나와요.

양덕 얘기를 내가 해놨거덩. 상해도 좋다구 그러구.

제이슨 상해는 누굽니까?
지순 사장이에요. 한상해라구, 동무였애요, 둘이.

사진사 됐어요. 인제 비키세요.
지순 부 이왕 섰으니 한 장 박으시오.
사진사 (붓으로 털며) 이게 한 장 값이 을만데.
지순 부 을만데?
사진사 을말 거 가튼데요?
지순 부 얼마냐구.
사진사 15원.
지순 부 들가자.

다들 흩어진다.

양덕 좋지? 좋지?
지순 … 그런 거 겉애요.

제이슨 (지겹다) 커피 더.

토미 하 거 참. (안 나간다)

지순 훤칠했애요. 사장말예요.

식이 시작된다. 양덕이 사회자 자리에 간다.
상해가 성큼 성큼 들어와 선다.
모두 박수를 치고 굽신굽신한다.

지순 그리구 이은애(연애)를 좋아했애요.
토미 이은애?
지순 남녀가 노는 거 말예요.
제이슨 스캔들.
토미 아하.
지순 예?
제이슨 (지순을 보며) … 사… 랑?
지순 사랑하구 달러요, 이은애는. 이른 게 답답한 거예요.

토미 웃는다.

양덕 신부 입장.

웨딩마치가 울리고 진짜 신부가 들어온다. 그때 갑자기.

인숙 (소리) 야 이 사기꾼 놈아.

모두들 돌아본다.
정인숙이 나온다. 상해를 보고 "야 정인숙이다 정인숙" 하는 양덕.

인숙 나랑 같이 살자는 언약은 어데다 내팽개쳐 바리구 이제 와서 딴 여성이랑 웨딩마치야. 고렇게는 난 못해.

토미 아, 염문. 스캔들….

상해 (양덕에게 인숙을 가리키며) 치워. 치워. 저거 치워.

장정들이 인숙에게 몰려간다. 양덕, 치우라는 눈짓을 한다.

인숙 아 이 반편이들이 어데다 손을 대? 내가 정인숙이야, 가회동 정인숙이. 지금 내 뱃속에 저 사기꾼 놈의 애새끼가.

인숙이 가짜 배를 통통 친다. 장정들이 인숙을 잡으러 간다.

인숙 이 미개한 것들이. 어머 배. 어머 배.

지순 사장이 이은애 걸던 여자가 찾아와서 그 비싼 결혼식이 박살이 났걸랑요.

인숙 이 반편이들이.

상해 어이, 양덕, 양덕. 사진부터 박어. 얼릉, 얼릉.

장정들이 '와' 하고 인숙을 들고 나간다.
아비규환 속 우왕좌왕 지순 부모와 양덕이 자리를 잡는다.

양덕 일루와 일루. 얼릉.

순간 이야기 속 양덕이 현실의 지순의 손을 잡고 프레임 안으로 들어간다.

사진사 이찌. 니. 산. 펑.

'펑' 사진이 찍히고 모두들 그대로 멈춘다.

지순 내 손을 잡았애요. 그렇게 찍었애요.

사이.

제이슨 감동적이네요. 이제 그 사진 어딨습니까?
지순 냄편이 개지고 있에요.

사이.

토미 커피 더….

토미, 나간다.

지순 냄편을 만나면 그 사진을 볼 수 있애요.
제이슨 다시 제자리네요.

지순이 이야기 속 양덕으로부터 손을 뺀다.

지순 … 그렇지만 사진 가지구는 모르는 걸 알었잖애요.
제이슨 예?
지순 내 냄편이 좋은 사람이라는 것을요.
제이슨 예?
지순 예. 좋은 사람 만나러 왔는데 거짓말로 내가 열차타고 왔다구. 꽁밥 먹고 그랬겠애요?

제이슨, 어처구니없다는 듯 웃는다. 토미, 들어온다.

제이슨 좋다는 게 뭔데요?
지순 예?

제이슨 그 쪽한테 좋은 게 남한테는 안 좋은 거라면… 그러면 어떡하시겠어요?

지순 그럴 리가 없애요.

제이슨 왜요?

지순 냄편이 나헌테 약속을 했애요.

사이.

지순 사랑하고 이은애는 달라요. 냄편은 약속을 어기는 사람이 아네요. 난리가 나서 그 일이 있은 지 이틀도 안 돼 냄편이 나 허구 우리 가족을 열차에 태워서 부산으로 나려보냈애요.

삐이 하는 싸이렌소리. 요란하다.

제이슨 완전 여명의 눈동자네.

토미 무슨 눈동자?

제이슨 있어. 옛날 한국드라마.

토미 어디?

제이슨 여기.

6.25때 포탄 터지는 소리가 난다. 이야기 속 사람들이 이를 무서워하며 흩어지고 지순의 가족이 피난차림을 한다.
'북한군이 내려왔는데 우리의 용감한 국군이 물리쳤다. 안심하고 생업에 종사하라'는 방송이 나온다. 서울역. 지순*과 함께 지순의 부모, 몸이 아픈 오빠, 불편해도 한 손에 책을 들었다. 양덕이 승강장으로 그들을 내보낸다.

지순 라디오에서는 벌써 국군이 다 부셨대는데 부산은 왜 가요?

양덕 잔말 말고 얼릉 가요. 말이 새면 못 나려가는 수가 있애요.

지순　왜요?

양덕　(조용히) 상해가 그러는데 대통령도 벌써 대전으로 나려갔대요.

지순 부　우남이? (정녕 믿지 못하겠다)

지순　그럼 겉이 가요. 왜 우리만 가요?

양덕　나는 이 점방을 비워놓을 수가 없으니 물건을 좀 치워놓고 갈 테니 그렇게 해요.

지순 모　자네 몸두 생각해야지.

지순 부　양덕이-.

양덕　남자는 괜찮아요. 여자가 탈나지.

지순　여보.

양덕　걱정 말고 나려가 있애요. 내가 맺일 있다 사진 찾아거지구 나려 가께요. 꼭이요, 약속해요.

사람들이 개찰구를 빠져나간다. 양덕이 손을 흔든다.
기적소리가 울리고 모두 사라진다.

지순　그런 사람이였애요 … 그런 사람이 남한테 안 좋을 리가 없애요.

제이슨　그래서 그 좋은 사람이 내려왔습니까?

지순　… 그거는… 전쟁통이라….

지순이 눈물을 훔친다.

제이슨　좋아요 좋아. 그 좋은 사람은 전쟁통이라 그럴 수도 있다 치고 그럼 당신은 왜 그전에 안 올라오셨습니까? 서울수복이 되고 그러니까 1950년도에 맘만 먹으면 충분히 올라 올수도 있었을 텐데.

지순　… 먹고 사느라구요.

제이슨　하.

지순　아무두 도와주는 사람이 없앴애요. 다시 살 방도를 내려면 말이라도 한 마리 사야했어요. 아부지, 말. 그래서 천막치구 죽집을

냈애요.

토미 죽? What!?

지순 꿀꿀이… 도야지….

제이슨 습. 습. soup.

토미 아. Is that for (people)….

지순 미군들 짬밥통에서 남은 걸루 죽을 끓였댔어요. 세 시간 자구 일했에요. 아부지랑 오라버니는 부둣가루 지게 지구 나갔구요. 오마이랑 저는 자박지 이구 미군들 짬통을 털었애요.

부산 국제시장. 뱃고동 소리가 난다. 피난민들이 나타난다.

석홍 이쪽으로 오시오. 줄을 서지 못하면 짐승만도 못하오. 맛있게 드시오.

지순 다행히 우리는 사람들 나려오기 전이라 자리를 잡을 수 있앴어요. 냄편이 미군들 상대 허는 거 보구 거기 가면은 먹구 살께 있겠구나. 이 머리가 돌았에요. 그래서 짬통에서 나온 걸룬 혀가 애리니까 마늘도 넣구 시래기도 넣구 오라버니가 가져온 생선도 넣구 그렇게 푹푹 끓야서 팔았애요. 자알들 먹었애요.

천막, 솥이 걸린다. 지순의 죽집에 사람들이 몰려든다.

피난민1 여기 한 그릇 더.

석홍 여기 한 그릇 더.

이북피난민 아주바이. 내래 돈이 없서.

지순 드시라요. 드시구 등짐 지시라요.

이북피난민 고맙소. 고맙소.

지순 바빠요. 바빠요.

다른 사람 보소. 내또 피난민인데 돈이 없어가가….

이북피난민 그 등짝에 있는 건 무시기(사진기)?

다른 사람 니 머꼬.

이북피난민 내레 부산사투리 쓰는 피난민 츰 본다야.

다른 사람 니 머꼬 니.

석홍 싸우지 마시오.

지순 (주며) 담부턴 그르지 마요.

다른 사람 (받으며) 그래하지비… 이거이 (사진기) 아무것도 아님둥.

피난민2 여기 한 그릇 더 줘유.

석홍 여기 한 그릇 더.

절름발이 석홍이 그들 사이에서 국밥그릇을 나른다. 흰 남방셔츠를 입어 행색이 튄다. 과거 사람들 모두 멈춘다.

제이슨 그러는데 3년이나 걸렸단 말씀입니까?

지순 불이 많이 나서 만들어놓으면 부솨지구 만들어지면 새나가구 그랬애요. 힘이 들었애요….

한숨 쉬는 제이슨.

제이슨 그 한 그릇 더는 누굽니까?

지순 예?

제이슨 그 흰 와이셔츠 입었단 사람?

지순 와이…?

제이슨이 자신의 와이셔츠를 가리켜도 모르자 이야기 속 석홍을 짚는다.

지순 아, 남방샤쓰? (순간 움찔 고개를 돌리며) … 도와주는 사람이에요.

제이슨 아까는 도와준 사람이 없다고 하지 않았습니까?

지순 그냥… 오라버니 아는 동생이였애요. 힘 있는 사람 아녜요.

석홍이, 다리를 절며 움직여 보인다.

석홍 여기, 한 그릇, 더.

지순 다리가 아팠애요… 부둣가에서 지게 졌는데 바쁠 때면 꼭 와서 도왔에요. 그러구 잠깐 짬 날 때 오라버니가 책을 좋아해서 책을 읽어줬애요. 눈먼 왕 이야기? 거 뭐 일본책인데. 맞어요, 오라버니 아는 동생이였애요.

제이슨 잠깐만요. 잠깐만요. 말이 안 맞지 않습니까. 힘이 없는데 부둣가에서 지게를 지고 바쁠 땐 돕고 그러고 한가할 땐 책을 읽어주고 그런데 도와준 사람은 없고.

지순 그거는… (사이) 아… 아녜요….

제이슨 지순 씨, 왜 자꾸 얘기를 하시면서 스리슬쩍 이상한 쪽으로만 끌어가세요?

지순 예?

제이슨 뭔가 있는 듯 얘기하다가 그건 없고 또 물어보면 자꾸 이상한 데로 가고.

지순 아녜요. 그거는 그냥… (사이) 그 사람이 나를 좀 좋아했애요.

토미, 빵 터진다.

토미, 제이슨을 한쪽으로 데려간다.

토미 I think she is not an actor. Otherwise how possibly she getting to all this detail. (제이슨을 한쪽으로 데려가며) 제이슨, 저 여자 6.25 그때 사람 맞아. 안 그럼 어떻게 저렇게 자세하게 얘기할 수 있어?

제이슨 맞어 맞어. 그래도 누가 시킬 순 있지.

토미 누가?

제이슨 누군가가.

토미 왜?

제이슨 몰라, 몰라. 이야기 만들려고.

토미 왜?

제이슨, 지순에게 간다.

제이슨 지순 씨, 우린 그런 거 관심 없구요. 지순 씨가 설령 그 사람이랑 좋아져서 거기 눌러 살았어도.

지순 어머, 안 눌러 살았애요.

제이슨 아무도 욕할 사람 없어요. 근데 문제는 지순 씨가 그 얘기를 저희한테 첨 하는 게 아니라 누군가한테 먼저 했고 그래서 뭔가 자기 유리한대로만 얘기한다는 인상을 지울 수가 없네.

지순 ….

제이슨 방금 하신 얘기들 누구한테 먼저 하셨네.

지순 그거는….

제이슨 얘기 하긴 하셨네.

지순 냄편 얘기밖에 한 게 없애요. 냄편 찾아준다고….

제이슨 (토미에게 사인 보내며) 그때 기분이 어땠어요? 지순 씨?

지순 그른데… 왜 자꾸만 그렇게 물어요? 내 냄편이니까 내가 만나러 왔는데 나를 자꾸 이상한 사람으로만 바라보는 연유가 뭐예요?

사이.

제이슨 … 지순 씨 같은 사람이 괜히 이용당할까봐서요.

지순 예? 이용이라니….

제이슨 6.25를 기억하는 사람들. 그리고 아직도 그것 때문에 힘든 사람들이 있으니까….

토미 (나서며) Hey, Jason, you are talking the things that she's never have experienced, Ok? And the "I-Yong" thing is none of our business! 제이슨. 지금 저 여자, 겪지도 않은 얘기 하고 있는 거라구. 그리구 그 이용인가 뭔가는 우리 영역이 아니야.

제이슨 This is the best way to get our data, and that is Korean drama. (이래야 데이터가 쏟아지지. 이게 한국식 드라마라고)

토미 So, you wanna be an actor? (그래서 지금 배우라도 하겠다는 거야?)

제이슨 If that is necessary. (필요하면)

토미 그렇지만 너무 위험해. 잘 못하면 돈다고.

제이슨 Who? You? (누가? 니가?)

토미 샌디에이고 생존자.

제이슨 어오. 토미, 너 벌써 주인공한테 빠져든 거야?

토미 아… 그게 아니라… 대신 Suave Senoir! (부드럽게 제발…)

제이슨 좋습니다. 이지순 씨 당신이 지금까지 한 얘기 다 인정하는데, 당신이 6.25때 온 사람이란 거.

지순 예, 감사해요.

제이슨 하지만 방금 하신 얘기, 누구한테 말을 했는데 그때 기분이 어땠고 그래서 그 사람들이 어떻게 보였어요?

지순 그러니까… 맨 처음 그 사람들이….

그때 조사관1, 2와 한동교, 수행이 들어온다.
일군의 이야기 속 사람들 사라진다.

조사관1 잠시만요. 조금 쉬시지요.

조사관2가 지순을 데리고 나간다.

제이슨 지금 뭐하는 겁니까? 조사는 일단 저희한테 맡기지 않았습니까?

동교 양지성. 나 모르겠어?

제이슨　어?
동교　19년만이네.
제이슨　김… 동교….
동교　응….

조사관1, 2 귓속말한다. 토미는 제이슨에게 무슨 일인지 묻는다.
한동교가 손을 내민다. 제이슨, 손을 잡지 않는다.

동교　이거 쑥스럽네….
제이슨　… 니가 지금 왜 여기서 등장하지?
조사관1　SY그룹에 있습니다. 이분, SY반도체 대표십니다.
제이슨　SY?
조사관1　제이슨 씨가 이번에 우리나라에 특별조사위원자격으로 오신 것도 다 이분들 생각입니다. 이분들이 열차 1차 조사 맡았습니다.
제이슨　… 뭐?
동교　말씀 낮추세요. 분이라뇨.
토미　SY Semiconductor?
동교　그래. 이번 일 우리 쪽에서 1차 조사 했는데 생전 처음 당하는 경우라 우왕좌왕 했지 뭐. 그래서 헤매다가 미국에 협조요청 했는데 거기선 NASA한테 의뢰하고 그러다가 서로 서류 주고받고 하는데 니가 명단에 있길래, 잘됐다. 이왕이면 우리나라 사정 잘 아는 분이 왔으면 좋겠다, 그렇게 생각했지. 그리고 너무 오랜만에 고국에 들어와 보고 싶어 할 것도 같고….

사이.

제이슨　니가 이거 연출자야?
동교　무슨 소리야?

사이.

동교 뭔가 오해가 있는 거 같은데… 난 그냥 도와주고 싶어서.
제이슨 니가 날 왜 돕는데?

사이.

조사관1 (나직이) 뭐야. 같이 얽혔던 거야?
조사관2 그런가 본데요.
동교 (조사관들에게) 제가 악연이 좀 있어서요, 이 친구랑.
제이슨 악연? 그게 이 드라마 제목이네.

동교, 한숨 쉰다.

동교 미안하다. 그때는… 그때 나 어려웠잖아. 연로하신 부모에다 애까지… (버럭) 카메라 치워… 주세요.

순간 카메라를 찍던 토미를 본다.
사이.
토미, 내린다.

동교 여튼 그건 따로 얘기하기로 하고 이번엔 그런 일로 온 거 아냐.
제이슨 ….
조사관1 이지순 씨 남편을 찾았습니다.
토미 What?
제이슨 뭐?
동교 우리두 우연히 알게 됐어. 지순 씨 남편이 지금 우리 SY 어른이셔.
제이슨 뭐?
동교 응. 한상해… 회장님이시라고.

토미 한상해?… 이은애 사장? 자전거포?

동교 근데 니들이 아는 거하고 좀 달라. 뭐냐면 그분이 원래 (이름이) 최양덕이셨대.

사이.

제이슨 박장대소한다.

동교 들었을지 모르겠는데 이지순 씨 얘길 어른한테 했더니 당신이 자전거포 했대는 거야. 아흔 살이 다 되셨거든. 그래서 뭐 이런 저런 얘기했더니 당신이 원래 이름이 최양덕이라는 거야.

제이슨 참.

동교 그런데 전쟁 중에 한상해가 죽고 어른이, 최양덕이, 한상해로 살았대는 거야. 그 자전거포 받아서. 그래서 어른이 뭔 정신이 있으신가 없으신가 싶었는데 사진을 보여주더라고. 오래된.

동교, 사진을 건넨다. 토미, 받는다.

동교 뭐 결혼식 같은 데… 그 옆은 우리 회장님이시구… 그 사진 속 여자… 그거 저 아까 여자분 맞잖아?

토미 (보며) Wow! It seems….

동교 아, 난감 하드라구. 이런 일 밝혀서 좋을 것두 없구… 가뜩이나 요새 회사 승계한다고 복잡한 일도 많은데… 이걸 꼭 나서야하나 싶었는데 울드라구… 그분… 자기가 맞다구 그래서 아들 된 도리 상 아차, 내가 지금 그분 양자거든… 그래서 성도 한이야. 한동교….

제이슨 (웃는다)

동교 아니, 회사 근무한 지 꽤 됐는데… 어차피 내가 경영도 맡아야 되구 또 어른이 가실 때가 되니까 아들 없다고 적적해 하셔서….

사이.

제이슨 그래서?

동교 그래서… 그분 돌아가시기 전에 소원 들어드리자 그러구….

제이슨 그래서 안면 있는 만만한 놈으로 나를 캐스팅 했다?

동교 아냐. 그건 다른 거고. 너는 나랑 그냥 친구니까, 반가워서. (사이) 나도 좀 그래. 오랜만에 너 보는데 괜히 복잡하게 이렇게 만나야 되나 싶기도 하고….

제이슨, 가방을 싸기 시작한다.

토미 제이슨?

제이슨 너네 군수업도 관계하지?

동교 … 그게 왜…?

토미 제이슨?

제이슨 토미. 안되겠다. 이거 드라마가 너무 막장이다. (동교에게) 난 너 같은 놈 친구라고 생각해 본 적도 없어요. 그러구 그딴 일 할 사람들은 NASA에 쎄고 쎘으니까 그 사람들 불러. (토미에게) 본부에 연락해서 이 사람들 원하는 사람들 보내 달라구 그래, 난 바빠서.

동교 (붙잡으며) 지성아.

제이슨 (확 치우며) 너 항공우주연구원 때 새 중력지도기술, 그렇게 민간에다 공개하자고 해놓고 혼자 핵심기술 빼돌려서 결국 정부쪽으로 붙은 놈이….

사이.

토미 (조사관들에게) 잠깐만요. 저희가 잠깐 정리 좀 할 테니까 잠시만 자리 비켜주시겠습니까.

사이.

조사관2　… 좀 있다 오시죠.

조사관1,2 한동교 나간다.

토미　제이슨 너 지금 뭐하는 거야, 왔다 갔다.

제이슨　그래, 나 왔다 간다.

토미　아, 참… 니가 가면 조사 다 다시 처음부터 그거 나 어떡하라구? 왜 그래. 저 사람 친구야?

제이슨　(버럭) 저딴 놈하고 내가 왜 친구야. (사이) 이거, 이 드라마, 픽션, 넘어간다고–.

토미　그럼, 친구 아니라면서 이렇게 행동하면 친구였다는 증거 아냐?

사이.

토미　그럼 여기서 빼면 데이터 (서류를 흔들며) 이걸로 돼?

제이슨　….

토미　제이슨이 말했잖아. 이거 다 연기라고 그러니까 흔들자고, 그래서 데이터 우수수 쏟아지자고. 근데 너 지금 흔드는 게 아니라 흔들려 보여.

제이슨　….

토미　왜 그래, 너답지 않게. 몰입한 거야?

사이.

제이슨　… 데이터 찰 때까지야. 그럼 바로 영화 끝.

토미　당연하지.

제이슨　컷도 내가 정하고.

토미　당연하지.

사이.

제이슨, 가방 내려놓는다.

제이슨 먼저 그 여자부터 다시.

토미 Okay. (나가려다) No hay otra manera de ser cómodo que usted se sienta cómodo (노 아이 오뜨라 마네라 데 세르 꼬모도 께에 우스데세 시엔타 꼬모도) '진짜 편안해 지려면 여기서부터 편안해져라' 멕시코 속담….

토미 나간다.

사이.

괜히 서성거리게 되는 제이슨.

지순 들어온다.

제이슨 아까 그 사람들 맞아요? 먼저 얘기 들은 사람?

지순 ….

제이슨 (웃으며) 뭐 그걸 대단한 거라고….

지순 … 누가 누군지도 모르구… 어떤 사람이 또….

제이슨 한숨을 쉰다. 다시 웃으며.

제이슨 이지순 씨, 잘 들으세요. 이건 물론 당신이 아직 겪지 못한 때 일어난 일이긴 하지만… 겪을지도 모르고… 여튼 (사이) 먹고 산다, 이 나라엔 그것 때문에 자유로울 수 있는 사람은 하나도 없어요. 이 나라엔 틀린 사람이 없지요. 모두가 다, 옳아요. 어제는 이쪽이었다가 오늘은 저쪽이었다는 사람도 옳고 왜, 다 먹고 살아야 되니까. 당신도 전쟁 중이었으니까 그런 거 많이 겪었죠? 아까 울었잖아요. (사이) 지금도 그래요. 그게 다 먹고 살아야 되니까… 살아남아야 되니까….

지순 … 죄송해요. 화 푸세요.

사이.

제이슨 나 화 안 났어요. 재미가 없어서 그렇지. 근데… 지순 씨 이제 아주 이상한 이야기를 듣게, 아니 겪게 될 거에요.

지순 ….

제이슨 당신 남편이 지금은 한상해랍니다.

지순 예?

제이슨 최양덕… 씨가 한상해가 되었답니다. 그것두 아주 돈 많은.

지순 어떻게…?

제이슨 당신은 이제 이런 일을 겪고 또 겪게 될 거예요. 괜찮으시겠어요?

지순 ….

제이슨 싫으시면 지금이라도 말씀하세요. 그럼 저희랑 제 3국 아니, 다른 나라로 가셔도 되요.

지순 … 그래두 보겠애요.

제이슨 겁나지 않으세요?

지순 그래두….

제이슨 (냉정히) 우리는 책임 못 져요. 우린 그냥 지켜보기만 할 거에요. 우린 그냥 미국사람이니까.

사이.

지순 … 보겠애요. 내 냄편하고 한상해는 달라요. 겉을 수가 없애요….

제이슨 (한숨) … 들어오시라구.

토미 나간다. 조사관1,2 한동교, 수행 들어온다.

동교 고맙다.

제이슨 (동교에게) 그 전에 한 가지 먼저 일러두지. 지금 조사권은 우리가 쥡니다. 그러니까 앞으로 모든 일은 내 지시를 따라야 된다구.

사이.

동교 … 그래. 그래.

제이슨 (토미에게) 스케줄 잡어.

동교 아니, 지금 밖에 와계셔.

제이슨 뭐? (웃는다)

동교 당신 언제 갈지 모른다고….

사이.

제이슨 (지순에게) 준비되셨습니까?

지순 … 예.

동교, 나간다. 잠시 후 한상해가 들어온다.
천천히 걸어 들어오는 그. 놀라면서도 유심히 살피는 지순.

한상해 지… 지순이. 지순이.

더 다가오는 한상해. 맞다. 늙은 최양덕이다. 지순, 놀란다.

한상해 나야. 양덕이. 최양덕이.

지순 세… 세상에….

제이슨 맞습니까?

지순 … 여… 여보.

한상해 지순이….

모두 정지된다.
열차의 굉음이 그들을 덮는다.

조사관1이 조사관2에게 지시를 내린다.

조사관2 네. 네. 네, 알겠습니다.

3.

한상해의 방과 이를 보고 있는 어딘가.
방에는 지순과 한상해, 단 둘. 어딘가에는 한동교, 제이슨, 토미, 모니터로 보고 있는 듯.
한상해는 아이처럼 왜소하다.
지순은 얼어있다. 조사관1, 2가 이를 지켜보고 있다.

상해 지순이….
지순 ….
상해 지순이….
지순 ….
상해 나 뺨 한 대만 때려줘.
지순 ….
상해 그래야 이 떨리는 게 멈출 거 같애. 제발. 제발.
지순 ….

지순이 가볍게 한상해의 뺨을 때린다.

상해 더 세게.

지순, 다시 친다.

상해 고마워. 지순이. 이번엔 나한테 뺨을 때리고 침을 뱉어줘.
지순 ….
상해 제발. 제발.

지순, 치고 침을 뱉는다.

상해 지순이. 고마워. 이번엔 나한테 욕을 해줘.
지순 ….
상해 이 나쁜 놈. 이 쥐 같은 놈. 이 버러지만도 못한 놈. 제발. 제발.
지순 이 나쁜 넘. 이 쥐 같은 넘. 이 버러지만도 못헌 넘… 어흐흐흐… 어뜨케… 어뜨케.

지순이 주저앉는다.

상해 고마워. 고마워. 여보. 여보. 당신이 돌아왔어. 당신이….

상해, 지순을 안는다. 지순의 울음이 커진다.

동교 더 이상은 안 봐도 될 거 같은데.

토미, 제이슨을 본다. 제이슨 거부하지 않는다. 토미, 모니터를 끈다.
상해, 지순을 안고 그대로 정지된다.
잠깐 동안의 침묵.

동교 지성아 잠깐만. (지성을 한쪽으로 이끌며) 미안하다. 내가 이 방까지 들어와도 되는지 모르겠는데… 회사가 원체 복잡한 상황이라….

사이.

제이슨 (웃으며) 에이 뭘 그런 걸 가지고. 다 지나간 일인데. 그럼 어떻고 저럼 어때. 신경 쓰지 마.

제이슨은 토미와 다시 일에 몰두한다.

동교 … 좀 더 좋은 때 만났으면 좋았을 텐데….

제이슨 나중에 술 한 잔 하자. 미안하다, 이거 지금 바로 처리해야 돼서.

동교 … 늦었지만 그때 일 사과한다. 진심이다.

제이슨 괜찮아. 나, 다 이해해.

동교 살려고 그렇게는 했지만 나도 나중에 나름대로 최선을 다했어. 그 기술, 나쁜 쪽으로 쓰이지 않게 최대한. 그리고 늦긴 했지만 핵심 기술도 다 일반인한테 공개했고.

사이.

제이슨 동교야, 내가 진짜 얘기하는데 어디까지가 그 사람의 진실이고 어디부터가 다른 사람에… 에이, 나 이해해. 나 신경 안 써도 돼. 정말이야.

동교 니가 나 받아주면 나 다시 잘해보고 싶다.

제이슨 아…. (이마를 긁는다)

동교 진짜 아무 의도도 없다. 아니 그런 의도를 느끼면 니가 그냥 안 받아 주면 되고.

제이슨 (포옹하며) 그래 그래. 받을게, 받을게. 고마워, 고마워.

동교 어우, 후련하다.

제이슨 그래 그래. (토미에게) 오늘 뉴스 뭐지?

토미 어? 2014년, 남북 이산가족 상봉행사. 예정대로 진행?

제이슨 그렇지, 그렇지. 이거 넘겨야 되지?

토미 응.

제이슨 간다.

동교 고마워-.

제이슨 (동교와 악수하며) 응, 나도 고마워.

두 사람 웃으며 서로 어깨까지 두드려준다. 제이슨, 토미, 나간다.

조사관2 제이슨 나간다.

조사관2 나간다.

사이.

동교 … 이 기분 뭐지? 끌려가는 개같이… 왜 나는 계속 끌려가야 되지? 그게 역사야? (사이) 나 같은 사람이 진짜 역사지. 그래, 진짜 역사를 만드는 기분이 어떤 건지 알게 해줘?

동교, 한상해에게 간다. 상해, 지순을 들여보내고 맞이한다.

조사관1 이지순 나간다.

조사관1, 나간다.

동교 열차로부터 신기술을 뽑아내야 할 것 같습니다. 틀림없이 뭔가 유용한 게 있을 겁니다. 그렇게 되면 침체중인 우리 회사에도 도움이 될 거고 둔감해진 사람들한테 뭔가 새로운 자극이 될 수 있을 거 같습니다. 그리고 잘만 되면 아버님이 더 살 수 있는 방법도 찾을 수 있을 겁니다.

상해 어떻게요?

동교 … 찾아보겠습니다.

상해 고마워요. 고마워요.

동교 아버님.

상해 근데 나는 지금 생각이 딴 데 가 있어요. 나는 내가 지금 최양덕이라고 말할 수가 없는 입장인데 내 각시가 옆에 있을려면 어떻게 해야 되나… 어떻게 해야 되나… 했는데 생각이 났어요.

동교 그게 뭡니까?

상해 옛날에 한상해 옆에 가회동 정인숙이라고 있었어요.

동교 정인숙이요?

상해 나가고 한동교 다시 움직인다.
제이슨, 토미, 지순 나온다. 그들 만난다.
조사관1,2 다시 나와 이를 본다.
동교, 제이슨을 보고 웃는다. 제이슨도 웃는다.

동교 (지순에게) 아버님이 최양덕이 아니라 지금은 한상해여서 당분간 이지순 씨도 최양덕의 처가 아닌 한상해의 옛 여자인 정인숙씨로 사시는 게 좋을 거 같다고 말씀하셨습니다.

사이.

제이슨 (지순에게) 들으셨죠? … 어떻게 하시겠습니까?

동교 회장님 신변에 안 좋은 영향을 미칠 수도 있는 부분이라….

사이.

지순 … 그… 그릏게 해야 한다면… 해야겠지요.

동교 그럼 몇 가지 먼저 숙지하셔야 될 사항이 있으십니다. (서류를 펼치며) 첫째. 정인숙은 전쟁이 끝난 후 1953년 한상해와 재회하여 1958년까지 같이 살다가 행방불명이 되었습니다. 둘째. 정인숙은 술집여자였습니다. 셋째. 정인숙은 아이를 낳지 못하였습니다. 넷째….

토미 제이슨.

제이슨 (내가 뭘 어쩌겠느냐는 표정으로) 다음.

4.

한상해의 집.

지순과 상해가 노래를 부르고 있다.
'남쪽나라 바다멀리 물새가 날으면…' (고향초)
식탁에 제이슨, 토미, 한상해, 한동교가 앉아있다.
한상해 옆엔 주치의, 도우미들이 왔다 갔다 한다.
조사관1,2는 따로 마련된 식탁에서 먹고 있다.
제이슨 혼자 딴 짓을 한다. 쿡쿡 토미가 제이슨을 찌른다.
지순이 노래를 마친다.

상해 잘했어요. 잘했어요. 고마워요. 고마워요.

지순이 상해 옆으로 가 앉는다.

상해 제가 이렇게 철이 없애요. 산다는 건 말이에요. 바뀐다는 거 같애요. 부자가 가난뱅이가 되고 가난뱅이가 부자가 되고 늙은 것이 어린 것이 되고… 한때는 그렇게 중요한 것이 나중에는 아무 쓸모가 없는 것이 되고… 양선생이라고 그랬나요, 지금은 미국사람이라고.

제이슨 예.

상해 잘했애요. 그래요, 그렇게 막 바뀌면서 살아요. 저게 아주 잘사는 거예요.

제이슨 감사합니다.

상해 나도 그랬애요. 즌쟁 나고 군인이 되었애요, 정식은 아니었지만. 상해랑 나랑 맹글어놓은 자전거 다 팽개치고 끌려다녔애요. 죽인대니까… 근데 인제 미군이 밀고 오니까 쭉 치고 올라가. 아야 이러다간 다시 못 돌아오겠다 싶어서 도망을 쳤애요. 근데 상해가 총을 맞었애요.

제이슨 저런.

상해 근데 죽으면서 인제 너해라. 뭔 말이냐. 근데 더 말을 안 해. 내가 정신을 놨어요. 놓구 살았어요. 그 사이 전쟁도 끝나구 먹고는 살아야겠는데 상해 말이 생각이 나요. 인제 너해라. 아, 나더러 먹구 살라는 모양이다. 뒤져보니까 다 사그러졌는데 상해 이름으로 남겨 논 허가권이 하나 있세요. 그래서 그때부터 내가 한상해로 살었어요. 나라는 안 바뀌었는데 사람이 바뀌었애요. 그래서 내가 다시 맨들었어요. 그 점포. 자전거 만들다 트럭 만들고 트럭 만들다 반도체 만들었애요.

토미 Wow. This is great.

상해 그렇게 나는 나를 만들었애요.

토미 Dear, Sir. You' re something.

상해 아무 것도 없이. 이름도 없이. 그런데 인제 도로 나를 만났애요. 새신랑이 되었애요. 고마워요. 자. 한잔들 합시다.

모두 Cheers.

상해 한 잔 더 줘. 동교가 말아줘야 맛있어.

모두 잔을 들이킨다.

제이슨 (토미에게 낮게) 가자.

토미 (낮게) 조금만 더.

상해 정신없이 살다가 전쟁 나고 몇 해 뒨가 딱 한번 처남이 나를 찾어 온 적이 있대요. 나는 못 만났애요. 나는 한상해니까. 대신 정인숙이 그 여자가 만났대요. 그 여자가 한상해가 난 줄 알고 찾아왔다가 내가 잘되고 있으니까 딱 내 옆에 들러 붙었애요. 그런데 그 여자 말이 병신오빠가 찾어왔는데 누이가 양덕이를 만나러 열두 달 전에 왔는데 못 만났더냐. 못 만났다. 그러니까 아이구 아이구 죽었네. 내 누이 죽었네, 허면서 나려갔대요. 이 사람이 죽었대… (잠깐 운다) 별것도 아닌 걸 가지고… 그때부터 악착같이 살았애요. 죽을라고 살았애요. 살라고 죽었어요. 내가 그놈들… 정치하는 놈들 그놈들은 다 죽었지만 난 살았애요. 반공, 그 괴뢰잔당들 처단하는데 내가 앞장 섰애요. 내가 이렇게 앵카 돌리다가도 그놈들이 부르면 뛰어 나갔애요. 몽키 들고 망치 들고 부르도자 앞세우고. 그게 땡크지. 그게 전쟁이지.

제이슨 아.

한쪽에서 밥을 먹고 있던 조사관2 그쪽을 본다.

조사관1 (조사관2에게) 그냥 먹어.

조사관2 고개를 숙인다.

상해 그렇지. 전쟁은 끝났어도 전쟁은 계속이에요. 옛날에는 총알이 전쟁이었댔지만 그때는 몽키가, 세멘트가 전쟁이야. (팔을 들어 보이며) 맞어. 이게 몽키야. 이걸로 길을 딱아보자. 집을 지어보자. 우리도 잘 살아보자. (사이) 양선생, 우리가 다 산 거 같애요? 아니애요. 지금도 정신 바짝 안 차리면 우리나라는 아직도 조선이에요. 우리는 또 바뀌어야 돼요. 그게 우리 운명이에요.

제이슨 그럼 이번엔 또 뭘로 바뀌실려구요?

동교 지성아.

제이슨 왜?

동교 어른이셔, 그래도.

제이슨 너한테나 그렇겠지.

동교 넌 아버지도 없냐?

제이슨 그래서 넌 아버지도 바꾸냐?

사이.

토미 와우. (상해에게) Dear. Sir. Your jokes are great. Very Funny. Isn' t it great?

상해 (웃으며) 정말 재밌어요. 늙으니까 다 재밌어. 굳이 그렇게 물어본다면… 진달래 겉은 걸로 바뀌고 싶네요. 한 손엔 포크레인, 한 손엔 진달래.

제이슨 … 예?

상해 그 왜 있잖애요. 봄 되면 산에 들에 피구. (지순에게) 내가 이렇게 딱 꽃을 바치구 그걸로 전도 붙여먹구. 아 뜨거. 먹어요. 화전이야. 내가 포크레인으로 화전을 부쳤어. 먹어. (버럭) 어른이 주면 먹어. (사이) 먹고 풀어. 젊은 양반, 이 나라가 젊은이한테 무슨 화를 줬는지 모르겠지만 맘 풀어요. 이제 다 죽어요.

제이슨 예?

상해, 지팡이를 던져버리고 자리에 앉는다.

상해 아이고 취한다. 나는 애기에요. 이제 아무것도 몰라요. 그러니까 배운 분들이 가르쳐주세요.

밖에서 들어오는 매니저.

매니저 사장님이 뵙고 싶어 합니다.

상해 왜?

매니저 (지순을 가리키며) 회장님 모시는 분이라면 당연히 인사를 올려야 되지 않겠냐고.

동교 지금 자리중이니까 내일….

상해 왜 그년이…?

한수희, 들어온다.

수희 죄송해요, 회장님. 내일 일이 있어서.

한수희, 모두와 인사를 나눈다.

상해 네 이년. 잠도 안 자구 뭘 또 뺏어 갈려구.

수희 아이, 아빠.

한수희, 상해를 어른다. 상해, 돌아앉는다.

동교 (지순을 가리키며 먼저) 정인숙 씨입니다.

지순이 엉겁결에 일어난다. 토미, 바쁘게 무엇인가 기록한다.

수희 어머 앉아계세요, 어른이신데. 모두 편하게 앉으세요.

동교 (지순에게) 따님이십니다.

수희 와, 정말. 뭐라고 표현해야 되나… 고우세요, 세상에.

지순 … 예. 감사해요.

수희 한수희에요.

지순 … 저… 정인숙예요….

수희 말씀 편하게 하세요.

지순 펴… 편해요….

수희 그 옷이랑 말씀이랑 세상에… 근데… 토종 서울 분은 아니신가보네요.

지순 예?

수희 아버님 친구분은 사대문 안 분이라고 들었는데… 말씨가… 내가 잘 못 들었나?

제이슨 허.

지순 … 제… 제가 아직 기억이…

동교 저기 아직….

수희 말투도 기억의 영역인가?

상해 (고함) 네 이년- 이 개 같은 년-.

주치의 영감님.

모두 정지되고 한상해가 욕지기를 하며 주치의와 나간다.

수희 치울까?

수희와 일행 나간다. 모두 상을 정리한다.
제이슨, 토미 한쪽으로 빠진다. 지순이 그들에게 다가온다.

제이슨 (수희 보며 토미에게) 쎄네.

토미 지순 씨 괜찮아요?

지순 저 그른데…..

제이슨 뭐요?

지순 저 보고 싶은 게 하나 있애요.

제이슨 뭘요?

지순 서울요… 서울을 보고파요.

조사관1 안 돼.

조사관2가 제이슨과 토미에게 온다. 토미, 조사관2와 얘기한다.

제이슨 많이 바뀌었을 텐데요?

조사관2가 난색을 표하더니 조사관1에게 간다. 조사관1, 조사관2에게 뭐라고 한다. 조사관2 다시 토미에게로 온다.

제이슨 옛날 살던 데라도 보시게요?
지순 그게 아니라… 뭐가 사람을 변하게 했는지 그걸 보고 싶어요.

조사관2, 조사관1에게 간다. 조사관1, 뭐라 한다.

제이슨 머리 아플 수도 있어요. (관자놀이를 짚으며)

제이슨, 관자놀이를 짚어 보인다.

지순 그래도 좀 봐야겠애요. 그 짝이 놓치고 못 본 게 있을지도 모르니까.
제이슨 예?
지순 … 아녜요. 저 머리가 땅땅해요. 그래서 볼 수 있애요.

조사관2 토미에게 외투를 가져다준다.

토미 (제이슨에게) 이걸 입으래.
제이슨 왜?
토미 일반인 접촉 안된대니까. 내가 NASA 최근 자료 좀 넘겨 주겠대니까….
제이슨 미치겠네. (지순에게) 이걸 입으셔야 된다는데요?
지순 고마워요. 경황이 없어서 옷두 다 잊어바랬는데… (옷을 보더니) 참고와요.

지순, 소중하게 옷을 입어본다.

토미 와우.
제이슨 (토미에게) 차 부탁해.

차 소리가 난다.

5.

서울 구경.

지순 (차를 보고) 아….
제이슨 엄청 좋죠? 이거 어쩌면 당신 남편이 만든 걸지도 몰라요.
지순 예…. (사이) 그런데 꼭 그렇게 말해야 되요?
제이슨 예?
지순 괜히 비아냥대는 거 같아서 조금 불편해요.
제이슨 … 지순 씨 남편이 돈을 아주 많이 벌었대요. 그거 좋지 않아요?
지순 가요.

조사관2 이동. 이동.
조사관1 이동.

세 사람 움직인다. 차 소리가 난다. 조사관1, 2 계속 붙는다. 멈춘다. 모두 선다.

제이슨 여기가….

토미 (스마트폰 보고) 부.민.관.

제이슨 예. 옛날 부민관입니다. 사진 찍었다는. 지금은 서울시의회네요. (토미 폰 보고) 뭐, 정치하고 그런 데. 그전에는 국회의사당. 그리고 구청의사당.

지순 저기 들어가 봐도 돼요?

토미, 조사관들과 무전을 하고 안된단 표시를 한다.

제이슨 안된답니다. 저건 서울시청. 유리 번쩍번쩍… 파도 같지 않아요? 여튼, 사람들은 사라졌지만 건물은 남았네요. 건물이 힘이 더 세. 근데 사람도 힘이 세. 그래서 이 건물 부술지도 몰라요. 그러구 또 잊고 그게 힘이죠. 사람. 망각. 특히 한국사람.

지순 그 짝두요?

제이슨 네?

지순 그 짝도 전에는 한국사람이라고….

제이슨, 웃는다. 토미도 웃는다.

제이슨 땅땅해 지순 씨, 머리.

지순 … 죄송해요… 가요.

차소리.

셋 다시 움직인다. 거지가 나타난다. 온몸을 바닥까지 엎드린다.

셋 멈춘다.

제이슨 아, 여긴 서울역이네요. 열차 타셨던. 근데 지금은… 문화역 서울 어쩌고 저쩌고… 열차는 저기… 새 건물에서 타고… (토미의 폰 보며) 지금은 뭐 전시, 시뮬라크르 인 서울, 뭐 구경거리 그런 거.

지순 여긴 들어가 봐도 돼요?

토미, 무전을 한다.

토미 된대.

한 무리의 피난가족이 지순 앞에 나타난다. 말없이 서로 부둥켜 안고 이별을 하고 배웅을 한다. 과장되다.

지순 (다가가며) 보세요. 보내지 마세요. 헤지면 다시는 못 봐요. 봐두 이상해요.
제이슨 저건 밀랍인형입니다.

그들, 정지한다.

지순 (놀라며) 예? 인형요? 세상에.
제이슨 그 시대를 기억하기 위하여 일부러 꾸민 인형 같은 거.
지순 일부러요?
제이슨 예.
지순 이렇게 우스꽝스럽게요?
제이슨 예?
지순 좋은 걸 꾸며야지 왜 이렇게 꾸며요?
제이슨 우리가 살았던 모습이니까.
지순 … 지금 사람은 우리 살았던 모습을… 나를… 이렇게 보구있애요? 이렇게 우스꽝스럽게?
제이슨 관점의 차이죠. 지순 씨도 우리 지금 보면….
지순 이상해요.
토미 어떻게?
지순 그냥요… 어렸을 때 낮잠을 자고 일어났더니 집에 아무도 없었애요. 그래서 나만 놔두고 모두들 어디로 가버린 것 같아서 운 적이 있애요. 꼭 그때 겉애요.

지순, 주저앉는다.

지순 나도 꼭 이 인형 겉애요. 아부지가 옛날에 얘기를 해 줬애요. 추운 날. 아주 추운 날. 사당패부부가 언 강을 건냈에요. 강이 얼어서 건널 만허겠다 그렇게 생각했거덩요. 그런데 중간에 그만 폭 여자가 밑으로 꺼쟀애요. 남자가 가까이 가지두 못허구 물러서두 못허구 발광을 했애요. 그런데 강둑에 서 있던 사람들이 그걸 보구 웃앴애요. 사당패가 논다, 사당패가 언강 한가운데서 춤추고 논다, 그러구요. 그 발광이 강둑에 서 있는 사람들헌테 우스꽝으로 보였던 거지요. 사당패니까, 웃음거리니까.

제이슨 ….

지순 난 이롷케 버젓이 살아있는데 나는 웃음거리가 되가요. 그동안 내 발은 점점 물속으로 빠져 들어가고 있애요.

제이슨 ….

지순 그 짝두 그 강둑에 서 있애요.

제이슨 예?

지순 ….

제이슨 제가 구경꾼이라 그 말씀입니까?

지순 ….

제이슨 맞습니다. 구경꾼입니다. 그렇지만… 구경꾼이라 더 정확하게 볼 수 있는 것도 있습니다. (사이) 강둑에 서 있던 사람들이 잘못된 건 아니죠. 그 사람들이야 당연히 춤추는 걸로 보였을 테니까. 진짜 물에 빠진 걸 알았다면 달려가서 구했겠죠.

지순 그걸 척 보면 몰라요? 언 강 위에서 춤추는 사람이 어딨애요?

제이슨 그렇게 보이지 않으니까.

지순 보이지 않으면 몰라요? 나는 이걸 (쪽지를 꺼내며) 외야 해요. (보며)

나는 정인숙이다. 나는 곱상한 서울 여자다. 나는 안녕하십네까는 안녕하세요. 나는 술집여자다. 나는 애기를 못 낳는다.

제이슨 … 오늘은 그만 가시죠.

지순 아녜요. 더 보겠애요.

조사관2 이동 이동.

지순, 쪽지를 넣는다.
다시 차 움직이는 소리.
거리에서 자연스럽게 키스하는 남녀. 이를 보는 지순. '에그머니' 멈춘다.
토미가 사진을 찍는다.

지순 에그머니나.

조사관2 대기.

지순 저 사람들은 이 나라 사람들이 맞애요?

제이슨 예, 젊은이들에요. 사랑을 하고 있습니다. 어때요? 좋지 않습니까? 사랑을 보인다는 거.

지순 남세스러워요.

제이슨 예?

지순 사랑을 하는 걸 보여주면… 좀 그르지 않애요?

제이슨 … 혹시 보이지 않게 하는 것이 사랑이라고 생각하는 겁니까?

지순 … 예?

제이슨 사랑은 눈에 보이지 않는 것이라고 생각하시냐구요?

지순 ….

제이슨 혹시 당신이 한 사랑… 그게 조금 긴 이은애였다고 생각하진 않나요?

지순 왜 그룹게 물어요?

제이슨 강둑에서 보면 그렇게 보이니까.
지순 얼마 남었애요? 다음 가는 곳이.
제이슨 … 이번엔 한강을 건너야합니다.

차소리. 움직인다.

제이슨 한강입니다.
지순 (멈춰서서) 석양이… 참 곱네요.

차소리.

쪼리를 신은 모텔 알바가 쓰레기봉지를 들고 나와 버리고 멈춘다.
거리에 덩그러니 비닐에 쌓여 버려진 이불 한 채.

지순 저건 뭐예요?
제이슨 … 이불이네요. 쓰레기봉지에 쌓인.
지순 누가 죽었애요?
제이슨 그건 아니고 저 앞 모텔에서 버린 것 같네요.
지순 모텔?
제이슨 여관 같은 곳입니다.
지순 그런데 왜 이불을 버려요? 한번 쓰고 그냥 버리는 거예요?
제이슨 그건 아니고 지저분해진 모양입니다.
지순 지저분해졌으면 빨면 되지 않아요?
제이슨 빨 수 없을 만큼 지저분해졌나 봅니다.
지순 아이구 아까워라. 아까 역 앞에서 거지를 봤에요 속으론 반가웠지만 말은 못 했애요. 그 사람은 이 추운 날 이불도 없이 잘 텐데 거기다 가져다주면 안 되요?
제이슨 아마 그 거지도 저 이불은 덮지 않을 것입니다.
지순 아니 왜요?

토미 (킬킬대며) Well, there might be some milky waste of love….

다시 토미를 보는 지순. 고개를 돌리는 토미.

지순 아이구 답답해라. 이상해요, 모든 게. 덮고 잘 이불이 있는데두 덮지두 않구… 내 눈에는 그렇게 보이는데 그 짝 눈에는 그렇게 보이지 않애요?

지순이 토미를 본다.

토미 (고개를 돌리며) 오늘 뉴스가… 2014년 3월 21일 소치올림픽 김연아 편파판정 논란. 대한체육회, ISU에 공식조사요청. 그래, 이건 내가 봐도 너무했어. 우리 연아한테… 그치?

문득 제이슨이 지순을 본다.

지순 왜요?
제이슨 … 아녜요.

야구선수 나온다.

지순 저 사람은 뭐예요?
제이슨 저건 광고네요. 우리나라 사람인데 미국에서 야구를 하고 있어요.
지순 미국사람이랑 맞붙는 거예요?
토미 와우, Mr.추. 추추 트레인.
지순 추?
제이슨 그게 아니라 미국사람이랑 한 팀이 되어서 시합을 하고 있어요.
지순 그 짝 겉이요?
제이슨 예?

지순 미국사람이 되어서?

제이슨 예?

지순 그러니까 한국사람인 채로 미국 옷을 입고서 저 많은 사람들 틈에 끼여서 싸우고 있애요?

제이슨 예?

야구선수 뛰기 시작한다. 여유롭게 그러나 홈베이스를 지나도 그는 계속 뛴다. 점점 호흡소리 거칠어진다.

지순, 문득.

지순 불쌍해요. 혼자서 얼마나 외로울까요. 저 많은 사람들 틈에 끼여서….

멈추었던 사람들이 일제히 움직인다.

저마다 구걸하고 키스하고, 버리고, 셀카를 찍는다.

지순 아, 모두 사당패 같애요. 모두가 다 언 강 위에 서 있는 거 겉애요.

사람들 모두 멈춘다.

제이슨 예? 우리가 모두 물속으로 빠져가고 있다는 말씀입니까?

지순 나는 그릏게 보여요.

사람들 다시 움직인다.

조사관2 급보 받는다.

조사관2 예. 예?

조사관1 뭐야?

조사관2 그 열차가 다시 시동이 걸렸답니다.

조사관1 뭐?

조사관2 가보겠습니다.

조사관1 B조 따라붙어.

조사관1,2 나간다.

사람들 사이를 헤매는 지순. 그런 지순을 보며 제이슨도 큰 혼란에 휩싸인다.

어디선가 열차소리가 난다.

6.

토미, 문서를 보고 있다. 그 옆에 제이슨이 있다.

한수희는 그녀의 사무실에서 누군가와 통화중.

제이슨 어떻게 된 거야?

토미 뭐가?

제이슨 열차.

토미 아, 시동? 금방 다시 꺼졌대. 그 뭐… 지진으로 따지자면 여진 같은 거지. 본부에선 샌디에이고 때도 그런 적 있었대. 흔한 현상이래.

수희 예, 수희에요. 소식 아시죠. 예, 아버님은 그 여자가 정인숙이라고 주장하고 계시는데 아니에요. 예? 그건 제가 알아요. 저도 싫죠. 파 보면 다 암흑인데. 근데 아버님이 그쪽으로만 계속 가시니까. 아직은 미비하지만 증거도 준비하고 있어요. 한상해가 아니라 최양덕이란 걸 증명한다면 더 좋구요.

제이슨, 문서를 보고

제이슨 됐지? 그 정도면?

토미 not bad긴 한데….

제이슨 우리 말할 수 없는 것에 대해선 침묵하자….

토미 비트겐슈타인….

제이슨 내가 말했지. 한국 너무 위험하다고. 이 정도면 됐어.

토미 그래도… 불쌍하잖아.

제이슨 누가?

수희 딱 아버지가 그만하자 할 때까지만… 그래서 가짜 정인숙을 우리가 새로 등장시키면 어떨까 해서요. 그렇게 되면 아버님이 또 소리를 지르실 테고 그러면 저번에 했던 검진결과도 있구. 예, 치매.

제이슨 더 흔들면 탈 나.

토미 제이슨이?

제이슨 감독 누구라고? 부족해? 데이터?

토미 ….

제이슨 너 한국 사람처럼 보여. 점점.

토미 (내려놓으며) 미안해. 근데, 어레인지만 좀 더 하구.

수희 그렇게 되면 일년 전에 갑자기 한동교 씨한테 맡긴 SY반도체 그것두 다시 원상복귀될 거 같아요. 예, 정상적인 상황에서 이뤄진 절차가 아니다. 예, 고생은요. 잊어야죠.

전화를 끊는다. 한수희 나간다.

제이슨과 토미, 서류를 정리한다.

열차소리가 난다.

7.

한상해의 방. 지순, 한상해, 한동교 나타난다.

한쪽에 일을 하고 있는 제이슨과 토미.

조사관1,2는 다른 곳에서 이를 보고 있다.

상해 정인숙. 정인숙. 그년이 끝까지….

동교 아버님. 흥분하지 마세요. 그게 지금 저 사람들이 바라는 거예요.

지순 내가… 정인숙이 아니면 안되겠에요?

상해 무슨 소리에요?

지순 ….

상해 알아요. 나두 그렇게 살았어요. 평생… 이게 다 그대가 읎어서 그래요….

지순 … 진짜 정인숙이 나타냈다 그러잖애요.

상해 그년은 가짜에요.

지순 … 예?

상해 사경을 헤매다 돌아왔는데 갈 데가 없었어… 그지처럼 이 서울바닥을 떠돌았어. 그러다 정인숙이를 만났어.

정인숙이 나타난다.

인숙 상해 씨는 어떻게 됐애요?

상해 한상해는 죽었다.

인숙 버아하니 어갈 데도 읎는 그지 꼴인데 밥은 먹었애요?

상해, 인숙을 향해 고개를 흔든다.

인숙 다 그럴 테죠. 성한 사람이 하나두 없어. 이리 오쎄요.

인숙, 웃더니 따라오라는 손짓을 하고 나간다.

상해 무슨 생각을 하는지 날 멕여주구 재워주구 하더라구… 그년이 질긴 년이야. 어떻게든 살아 남었겠지… 하지만 나는 그래서 정신을 차렸어… 그러더니 한 날은.

정인숙, 외투 입고 등장.

인숙 인제 기운두 차렸는데 방바닥에 누워있지 말고 일어나봐요. 사내가 돼 가지구 즌쟁났다구 하늘만 보구 있을 거에요?

상해 한상해가 남긴 점포허가권이 있다는 거야, 그걸 찾자구. 그걸 어떻게 해. 버젓이 한상해를 알고 있는 사람들이 있는데….

인숙 다 갔어. 짐승 같은 새끼들. 살아남은 건 나야. 가회동 정인숙이.

상해 이렇게 저렇게 나를 쟀겠지. 그러다가 내가 재주가 있으니까 그년이… 날… 한상해로 만들었어….

한상해에게 의상과 모자를 입히는 정인숙. 정성껏.

인숙 멋지다.

상해 난 먹고 살아야 되니까 그렇게 했고 그러다 당신이 죽었다는 소식까지 듣고….

정인숙, 문득 상해를 본다.

인숙 상해 씨… 사내가 돼가지고 밥만 먹고 어찌 살겠어? 천지에 우리 둘이야. 외로운 둘.

토미 보냈어.

무전을 받고 조사관1,2 나간다.

정인숙 치마를 펼치고 앉는다. 드러나는 맨살. 그 속으로 조금씩 조금씩 빨려 들어가는 한상해. 웃는 인숙. 거칠어지는 숨소리… 상해의 비명.

인숙 울어. 아이처럼. 태어난 것처럼. 여기서 울지 어데서 울어.

상해 운다.

인숙 다 전쟁이 몸속에 들어와서 그래. 폭탄이 몸 안에 들어와서… 그래, 이제 당신은 새 삶을 시작하는 거야.

인숙, 상해의 눈물을 닦아주고 나간다.

상해 나는 날마다 일했어… 일하고 돈 벌고… 일하고 돈 벌고… 일이 많았어… 살게 되었어… 하지만 난 종이었어… 그러다 이런 생각을 했어… 이렇게 살아서 뭘 해… (사이) 인숙은 아이를 낳지 못했어.

다시 나오는 정인숙.

인숙 야. 이 사기꾼 놈의 새끼야. 너도 정체가 그거야? 먹여 주구 재워주고 뒷바라지 해줬더니? 조선 사내놈들 다 똑같애. 그래, 죽자, 죽어.

상해 그래서, 내가 아무도 모르게, 한상해를 아는 인간들은 내가 모조리 다.

상해가 인숙의 목을 조른다. 버둥대는 인숙.

상해 너 하나 없어진다구 세상 아무도 알아줄 사람 없어. 어느 날 갑자기 사라졌다면 그뿐이야.

인숙, 늘어진다.

상해 … 그랬던 시절이야.

지순 아….

상해 이번만 냄기자. 내가 뭐 때매 그렇게 살았는데. 지순아. 응.

정인숙이 다시 일어난다.

인숙 과연 그렇게 될까? 조선 사내놈의 새끼, 내가 귀신이 되서라도 널 가만 두지 않겠어. 사람은 다 똑같애. 나도 사람이야.

다시 치마를 펼치는 정인숙.

상해 (피하며) 저리가, 저리가. 이 년, 이 개 같은 년.

동교 아버님. 아버님.

정인숙, 사라진다.
지순, 상해, 동교 사라진다.

조사관1, 2가 들어온다.

조사관1 이거 뭐야?

조사관2 (서류를 내밀며) 이거 뭡니까?

토미 (보고) 보고서.

조사관1 뭐?

조사관2 (나서며) 이지순 데이터 우리도 체크했던 거고 그 NASA쪽 근거라는 것도 저번에 다 넘겨줬던 거고.

토미 … 그래. 지금 워싱턴이랑 보고 있는 거 다 같아.

조사관2 관점이 없잖아요.

제이슨 예?

조사관2 데이터가 너무 중립이라구요. 이걸로는 우리 국민들 설득 안돼요.

제이슨 당연히 안되죠. 과거에서 온 열차, 그걸 어떻게 설명해요?

조사관2 그래도 추정할 수 있는 견해라는 게 있잖습니까?

제이슨 무슨 견해? 여기 유리한 견해? 우리한테 지금 픽션을 쓰라?

조사관2 그게 아니라….

조사관1 야, 여기? 그럼 니가 사는 덴 거기야?

토미 어오.

조사관1 넌 여기가 어디야?

조사관2 조사관님.

제이슨 무슨 말입니까?

조사관2와 토미가 양쪽을 진정시킨다.

조사관1 니 주장 없어? 니 의지 말이야.

조사관2 선배님….

토미 경고합니다.

조사관1 사람들 힘들어 할 거 안보여? 혼돈, 그건 걱정 안 돼? 상대방은 없어, 너는? 여기 너 낳아주고 길러 준 사람들.

제이슨 아, 그래서 이야기를 다시 쓰라?

조사관1 뭐?

제이슨 어느 쪽으로 쓸까요? 당신이 유리한 쪽, 아니면 당신 상대방이 유리한 쪽? 한상해는 살인자다.

조사관1 이 새끼가.

순간 제이슨의 조인트를 까는 조사관1.

제이슨 악.

토미 뭐야?

말린다.

조사관1 이 나라를 니가 뭘로 보는지 모르겠는데. 그거는 수사할 이유가 되면 충분히 수사해. 정치인도 대통령도 응.

조사관2 선배님.

제이슨 차라리 안 밝혀서 중립으로 가는 게 낫지 않아? 당신들 가공하기에.

조사관1 그래, 중립 좋지. 데이터처럼. 그래서 너도 데이터야? 그럼, 지금 나는 데이터를 찬 거네? 그지? 그러니까 아무 문제 없는 거네. 데이터가 아플 리가 없잖아.

조사관2 선배님.

제이슨 그래, 그게 당신을 유지시키겠지. 모욕과 오욕을 참으며 나는 똑바루다. 하지만 이렇게 생각해본 적은 없어? 그 역겨움을 견디는 것이 사실은 두려움이나 외로움을 견디는 것보다 더 익숙해서 그렇다는 생각.

조사관1 이 새끼가.

다시 말리는 조사관2, 조사관1을 내보낸다.

조사관1 놔 봐. 넌 다시 돌아오지 마. 넌 여기 집 아니야.

조사관1, 나간다.

조사관2 (들어오며) 죄송합니다, 죄송합니다. 딴 건 차치하고 자료가 너무 희미합니다. 이제 이런 식으로 우리나라 움직이지 않습니다.

토미 그래, 제이슨 조금 더 견해를.

제이슨 어디에?

조사관2 죄송합니다. 그래도 아무래도 저희 입장을….

토미 본국과 협의하겠습니다. 대신 더 이상 폭력적인 행동은 위험합니다. 그치 제이슨?

조사관2 용서해 주십시오.

조사관2, 고개를 90도로 숙인다.

토미 제이슨….

제이슨 나 저 사람 안 볼래요. 무슨 말인지 아시죠?

조사관2, 고개를 들고 난처한 표정을 짓는다.

조사관2 그래도….

제이슨 이건 기본 아닙니까?

사이.

조사관2 … 그럼, 대신….

제이슨 대신 뭐?

조사관2 … 잘….

토미 (나서며) 아. 저희가 충분히 알았습니다. 가시죠.

조사관2 감사합니다.

조사관2, 느리게 나간다. 발걸음이 무겁다.

제이슨 자료 다 줘버려.

토미 미안해, 제이슨. 내가 다 할게. 조금 더 다듬어서, 어차피 두 버전 되는 거니까.

제이슨 몰라, 나는.

제이슨, 서류를 공중에 확 뿌려버린다.

8.

한상해의 집. 거실과 방.
방엔 한수희, 여의사, 지순, 가짜 정인숙.
거실에는 휠체어에 한상해, 한동교, 한상해 주치의, 법무팀장.
가짜 정인숙이 옷을 입고 있다. 여의사가 청진기를 거둔다.

여의사 다 맞습니다.

수희가 고개를 끄덕이자 비서가 가짜 정인숙을 나가게 한다.

비서 다음 정인숙.

여의사 (지순에게) 이쪽으로 오시죠.

지순이 떨며 앞으로 나선다.

여의사 옷을 벗어주시겠어요?

지순, 치마와 저고리를 벗는다. 그녀의 벌거벗은 뒷모습이 드러난다. 발발 떠는 지순.

비서 우측 가슴 밑 점. 좌측 허벅지 밑 데인 자국. 우측 발뒤꿈치 상처.

여의사, 지순의 상처를 찌른다.

지순 아….
여의사 다 맞습니다.

여의사, 꼼꼼히 그녀를 확인한 후 한수희를 향해 고개를 끄덕인다.
지순, 벗은 옷을 들고 나간다.

수희 (일어서며) 애초부터 이런 건 할 필요가 없었는데… 현재 정인숙을 기억하는 사람은 아버님뿐인데 신체적 특징이야 그냥 아버님이 보신대로 말하면 되는 거 아녜요? (밖에 대고) 예. 맞아요. 다 맞아요. 아빠 말대로.

거실에 있던 사람들이 들어온다.

상해 네 이년… 네 이년.
주치의 영감님.
동교 (법무팀을 보고) 다 됐죠?
법무 잠시만요.
주치의 영감님. 잠시 눈 감으세요.

주치의가 지시를 하자 여의사가 주사를 놓는다. 한상해, 눈을 감는다.

법무 하지만 사투리는 어떨까요. 태생이 서울인데 저분이 쓰시는 말투는 평안도 쪽 방언에 가까워서요.

동교 그건 어렸을 때 잠깐 강화에서 지내서 그런 거구요.

법무 본인에게 직접 들어야겠는데요.

동교 꼭 그렇게까지 해야 합니까?

법무 오해 마십시오. 지금 법적절차일 뿐입니다.

동교 법적절차요?

법무 네, 신원확인을 위해 꼭 필요한 절차입니다.

동교 (한숨을 쉬더니 지순에게) 잠깐 나오시죠.

옷을 다시 입은 지순이 나온다.

동교 왜, 사투리를 쓰시게 된 건지 말씀해주세요.

법무 네, 말씀해보세요.

지순 나… 나는… 어렸을 때… 친척이 개성에 살아서 거기를 잘 놀러다녔어요… 삼촌이 살아서 한동안 지냈는데 그게 버릇이 돼서… 저는 정인숙이에요.

동교 됐습니까?

법무 ….

상해 네 이년- 이 개 같은 년.

상해 소리를 버럭 지른다. 만족한 결과를 얻었다는 듯 수희 웃으며 사인을 주고 수희 측 사람들 퇴장한다. 주치의, 동교에게 괜찮다는 사인을 주고 나간다.

지순 내가 정말로 정인숙 같애요.

동교 저기 오늘은….

제이슨 나가버린다. 토미 따라 나간다.

상해 무슨 말이에요….

지순 그 사람이나 나나 매한가지 처지니까요.

상해 왜요?

지순 밥허구 빨래허구… 망가진 당신을 간호허구… 그러구 나처럼 당신을 만나러 나타나구….

상해 아녜요. 난 그년을 미워했어.

지순 미워한 것두 사랑이에요… 어떻게 사랑이 한쪽에서만 일어나나요. 난 그릏게 배웠애요.

정인숙이 나타난다. 이번엔 맑게 웃는다.

인숙 그래, 울어. 여기서 울지 어데서 울어. 천지에 우리 둘뿐.

지순 천지에 우리 둘뿐.

인숙 외로운 둘.

지순 외로운 둘.

상해 그래두 이렇게 잘 살게 되었잖아요.

지순 맞어요. 그래서 이렇게 잘 살게 되었네요. 하지만 그게 다 무슨 소용이에요. 집 짓고 거기 사람이 없으면.

상해, 운다.

상해 그럼 난 어떡해… 난….

동교 저기….

지순 바람 좀 쐬겠애요.

지순, 나간다. 인숙, 사라진다.

동교 괜찮을 겁니다. 다 잘 돌보고 있습니다. 저희가.

상해 난 매일 밤 꿈을 꿔. 저 아이가 그 열차를 타고 날 또 떠나는 꿈을. 나만 여기다 두고.

동교 적응하게 될 겁니다.

상해 그렇겠지. (사이) 근데 말이야. 저 아이가 만약 돌아갈 곳이 없다면 어떨까? 돌아갈 방법이 없다면….

동교 예?

사이.

다른 어딘가.

제이슨과 토미 앞에 조사관1이 있다.

조사관1 (고개를 숙이며) 제이슨씨, 죄송합니다.

제이슨 뭘요.

조사관1 그게 아니라 제 이름은 안진배입니다. 저도 그저 일하는 사람입니다. 열정이 과해 오버했다고 생각해주시면 고맙겠습니다. 죄송합니다.

제이슨 아닙니다. 제가 더 죄송합니다.

조사관1 싸우면 더 친해진다는 말도 있지 않습니까? 저도 젊었을 때 불의에 맞서 봤고 지금도 그걸 잊지 않고 있습니다. 도와주십시오.

제이슨 보십시오. 그래서 우리는 이렇게 뒤로 가고 있습니다. 죄송합니다.

제이슨, 토미 나간다.

상해 만약 그 열차가 아예 없어진다면?

동교 ….

상해 그 열차가 자꾸 시동이 걸렸다 꺼졌다 한다면서요? 그걸….

동교 ….

상해 정부쪽에서도 난처한 입장이라며. 그러고 미국사람들도 딱히 답이 없는 것 같고.

동교 그거는 일시적 현상이고 저희는 거기서 뭔가 새로운 기술을….

상해 아니야. 내 말대로 해. (사이) 난 늙었어….

동교 제가 있잖습니까?

멀거니 동교를 올려다보는 한상해.

상해 욕심내지 말어. 그거 다 돌아온다.

동교 ….

상해 내가 좀 만나자 그래. 정부 사람들.

상해, 천천히 나간다. 조사관1, 천천히 나간다.
혼자 남는 한동교.

동교 이 씨발, 영감탱이.

다시 열차소리가 그들을 덮는다.

9.

지순이 외투를 들고 제이슨과 토미 쪽으로 온다.

지순 저기요….

토미 어? 지순 씨.

지순 저 부산에 가보고 싶어요.

제이슨 부산이요? (사이) 아. 그거 좋네. 뒤로… 아니 놀러 갑시다. 바람 좀 쐬자. 회도 먹고. 너 회 좋아하잖아.

토미 Raw fish? 세꼬시. 스끼다시.

토미 나간다.

제이슨 (지순에게 다가오며) 그렇지만 거기는 아무도 없을 텐데… 부모님은 80년대에 돌아가셨고 오빠도 93년도에 돌아가셨다고.

지순 좀 봐야할 게 있애요.

제이슨 뭘요?

지순 혹시 내가 놓치고 못 본 게 있을지도 몰라서….

제이슨 아, 애인.

토미가 외투를 가지고 들어온다. 지순이 외투를 입으려 한다.

제이슨 그건 입지 마. 이제 내가 감독이니까.

지순, 입지 않는다.

제이슨 (토미에게) 차 부탁해.

지순 근데, 다리가….

제이슨 아, 토미가 찼어요.

토미 What?!

지순 착하고 옳은 사람이 있었애요. 모두 잘 살려고 했던 사람. 강, 석홍이라구 그랬애요. 이름이… 흰 남방샤쓰 입은 이 말예요. 동경서 대학을 다니다 말었댔어요. 나보다 나이는 어렸지만… 총명했애요. 한가한 시간이면 오라버니랑 나헌테 얘기를 해줬애요.

토미, 뭔가를 적고 나간다. 뱃고동 소리가 난다.
지순의 죽 집이 열린다.

지순 눈먼 왕 이야기. 그 사람이 일본서 갖구 왔단 책을 읽어줬애요.

석홍이 지순*과 오라버니를 앉혀놓고 책을 소리 내어 읽는다.

석홍 왜 너는 아이를 죽이지 않고 이 자에게 주었더냐. (바꿔) 가여워서요. 먼 곳으로 데려가면 아무 일 없겠거니 생각했지요. (목소리 바꿔) 아. 신이여. 아. 신이여. 결국 이것이 진실이었구나. 오. 태양아. 내가 너를 지금 단 한번만 더 보게 해다오. 나는 잉태로부터 저주를 받았고 결혼 안에서 저주를 받았고 내가 죽인 그 사람 안에서 저주를 받았도다. (바꿔) 그러고 나간다….

제이슨 오이디푸스.

지순 네?

제이슨 눈먼 왕 이야기가… 계속 하세요.

사이.

오빠 그러구?

석홍 오늘은 그만 읽지요.

오빠 (답답하다) 왜… 왜 그래?

지순도 못내 아쉽다.

석홍 이건 다 이야기니까.

지순 그래서요?

석홍 이야기니까 다 잊어버리고 이제 현실을 살자…. (웃는다)

지순 얘기를 들었는데 어떻게 잊어요?

오빠 죽 값 내놔.

석홍 그 남자는 나중에 자기 눈을 찔렀습니다. 더 이상 세상을 보지 못하겠다, 그러구.

지순 에구머니나.

오빠 아, 아.

석홍 근데 걱정 마세요. 지금 여기에선 그런 일은 안 일어나니까.

오빠 왜….

석홍 우리는 이 머리가 있으니까. 이 사람처럼 헤매지 않고 사물과 현실을 똑바로 볼 수 있는 거니까. 사람은 생각을 하게 되면 자라게 됩니다. 그리고 남을 볼 줄 알게 됩니다. 그것이 이 눈이 머리에 붙어 있는 까닭입니다. 그러면… 이제 우리가 보아야 할 똑바루는 무엇이냐. 지금 이 전쟁은 우리 민족이 우리 민족을 서로 죽이는 전쟁이 아니라 그 뒤에 미국이랑 중공이 있어서 우리를 꼭두각시처럼 서로 죽이게 하는 거다. 그것을 물리쳐야….

지순 부가 들어오다 이것을 보고 지게작대기를 높이 들며 소리친다.

지순 부 이 빌어먹을 자슥아. 어디까지 와서 또 기딴 소리 까대고 있어. 여기까지 평지풍파 일으킬라구.

석홍이 튄다. 오빠도 같이 튄다.

지순 아부지, 아녜요. 얘기 들었어요. 옛날 얘기.

지순 부 옛날얘기나 자시나 저딴 놈 멕이지 말라우. 명색이 지게꾼이란 놈이 가마 하나 못 지구 책만 드립다 들이다 보고 있으면 거기서 밥이 나와 떡이 나와. 그러구 뭐 부당한 처우? 야, 이놈아. 너 때문에 우리까지 일거리 떨어지게 생겼어. 기카고 너 지금 뭔 행동이야. 버젓이 혼인까지 헌 년이 어떻게 피난판이라고 너두 나두 붙어먹으니까 너두 그랄라구 기래?

지순 오라버니 있쟀애요. 오라버니.

지순 부, 못 마땅한 듯 침을 뱉고 나간다.

지순 부둣가사람들 사이에서도 부당한 일 있으면 못 참고 나섰나봐요… 그런데 오히려 바람은 반대루 불구… 어디 가도 환영 못 받는 처지가 됐나봐요… (사이) 혹시 눈먼 왕 얘기 알어요?

제이슨 약간.

지순 그 뒤가 어뜨케 되요?

제이슨 예?

지순 그 사람은 자기가 아부지를 죽인 사람이란 것을 알고 두 눈을 찔렀다구 그랬애요. 그러구 그 뒷얘기는 해주지를 않았애요.

제이슨 그 뒤에는 그는 지팡이를 들고 광야를 떠돌았다고 다른 책에 씌여 있어요.

지순 다른 책?

제이슨 그 사람 딸 얘기를 쓴 다른 책.

지순 딸이 있었애요? 그 딸은 어뜨케 되었애요? 행복했애요?

제이슨 별로….

지순 (웃으며) 아… 그래서 그 사람이 저한테 담 얘기를 안했겠군요….

제이슨 예?

지순 뒷얘기말예요. 나랑 오라버니랑 한사코 뒷얘기를 들려달랬는데두 들려주지 않았애요.

제이슨 (웃는다) 애인 맞네.

지순 아녜요. 한 번 더 그룷게 말씀하시면 더는 얘기하지 않겠애요. (사이) 하지만 그 사람이 이야기를 시작할 때면 온 세상이 멈춘 것 같앴애요. 난리도 가난도 피난도 폭격도… 모든 것이 까맣게 잊혀졌애요. 꼭 어린아이처럼 말예요….

제이슨 캬-.

지순 그러면서 나도 마음이 편친 않았애요. 즌쟁은 깊어가구 끝날 날은 기약 없고 낼 모레 오겠다는 사람은 소식도 없고 서울사람은 다 죽었다고 그러구 서울이 수복됐다지만 먹고 사는 일은 끝이 보이질 않구… 그러다가 다시 중공군이 들어왔다 그러구….

쿵 쿵 멀리서 포 소리가 들려온다.

지순 이년… 삼년… 그러다가 아부지까지 부둣가에서 짐을 부리다가 허리가 아주 동강이 나게 되었에요….

지순 부 (소리) 아악–.

멀리서 지순 부의 비명소리가 들려온다.

지순 힘에 부쳤애요….

천막에 다시 석홍이 지게를 지고 나타난다.

지순 이러면 다 불편해요. 오지 마세요.

석홍 지순 씨, 나라는 사람은 모두가 불편한 사람이 되고 말았습니다. 왜 마음과 눈은 하나가 아닙니까. 내 눈은 머리와는 붙어있는데 이 가슴이랑은 너무도 멉니다. 당신에게 내 마음을 보인 이후로 부둣가 사람들 사이에서도 이곳에서도 나는 바른 말을 한다고 하는데 그게 더 사람들에게 불편한 일이 되고 마나 봅니다.

지순 살기 바빠 그래요. 그뿐이에요.

석홍 여기까지 못 오면 나는 어떻게 살아야할지 모르겠습니다. 허여멀건 나, 나는 지금 이 시대하고는 어울리지 않는 사람 같습니다. 더 이상 책도 눈에 들어오지 않습니다.

지순*이 그에게 꿀꿀이죽 한 그릇을 갖다 준다.

지순 드세요.

석홍 괜찮습니다.

지순 괜찮아두 드세요. 전 줄 게 이것밖에 읎어요.

석홍 ….

지순 석홍 씨는 좋은 사람에요. 다른 사람들두 말은 못하지만 다 알고 있을 거애요.

석홍 알면 뭐합니까. 말하지도 못하는데.

지순 말할 거예요. 전쟁이 끝나면. 그러니 참을 줄 알아야 해요.

석홍 지순 씨도 그렇습니까.

지순 ….

석홍 답을 안 하시면 그 죽을 먹지 않겠습니다.

지순 … 먹지 않고 어뜨케 살라구 그래요….

석홍 그럼 제가 그 죽을 먹으면 지순 씨도 그걸 알고 있다고 생각해도 되겠습니까. 지금 말은 못하지만 언젠가 전쟁이 끝나고 시간이 지나면 말할 거라고 믿어도 되겠습니까.

지순 즌쟁이 끝나면 말허겠지요. 시간이 지나면….

석홍 (다시 밝게 웃으며) 알겠습니다. 알겠습니다. 그러면 됐습니다. 그거면 충분합니다. 나는 살겠습니다. 열심히 살겠습니다….

용맹히 죽을 먹는 석홍. 뱃고동소리가 길게 울린다.
모두 멈춘다. 이를 바라보는 지순.

제이슨 그럼 이제 말할 수 있습니까?

지순 모르겠애요. 믿지는 않으시겠지만 우린 반팽이가 아니었애요.

제이슨 아니요, 믿어요. 나 완전히 빠져들었는데.

지순 그러다가 휴전이 됐애요. 7월 27일. 똑똑히 기억해요. 사람들이 모두 길거리로 나와 만세를 불렀애요.

사람들 나와 '만세'를 부른다. 제이슨도 태극기를 받아들고 만세를 외친다. 석홍, 사라진다.

아버지1 서울 가면 뭐 할꺼요?

이북피난민 난 함흥으로 가오. 열차 길은 문산에서 끊겼다는데 일단 문산에서 기다려보면서 곧 뚫릴 테니까니 뚫리는 대로 바루 올라가서 기다리는 우리 오마니 모시고 랭면 한 그릇 시원하게 먹어야디요.

아버지1 그 냉면 참 시원하겠소.

이북피난민 고맙수다.

제이슨 랭면-.

지순 그리구 서울로 떠나는 열차들이 생겨났애요. 사람들이 그걸 환도열차라고 불렀애요.

기적소리가 난다.

부산역 승강장. 푹, 푹, 증기소리가 요란하다.

사람들이 하나둘씩 기차에 오른다. 이별에 안타까워하는 사람들.

새로운 기대에 설레는 사람들. 모두들 짐에 작은 태극기를 꽂았다.

이별 남1 나만 믿으라우. 꼭 연락 하갔어. 금방 데리러 오갔어.

이별 여1 연락해라. 니마 내 잊고 그라믄 콱 쥑이뿐대이.

이별 남1 어캐 그라갓어. 금방 다 챙겨개지구 바루 오갔어.

이별남1이 승강장을 올라가다 다시 내려온다.

이별 남1 (다가가며) 정순이.

이별 여1 문디야. 와 실컷 올라갔다 다시 내려오노.

이별 남1 정순이.

이별 여1 와이라노, 사람들이 본다. 어!

이별 남1, 이별 여1에게 키스한다.

제이슨 허.

아동1 아부지. 우리 집 그대로 있을까요?

아버지1 있지. 집이 어디로 가니? 날개가 있어서?
어머니1 뒤안 장독대에 깊이 묻어둔 쌀 그대로 있겄쥬?
아버지1 당연하지. 독은 열어봐두 밑에까진 모를 거야.
아동1 아부지. 나 이제 학교두 가요?
아버지1 학교만 가니? 소풍도 가지. 아이구!

아버지1이 이별남, 여의 키스를 본다.

아버지1 돌아가자.
아동1 왜요?
아버지1 이 길이 더 빨라. 태극기 어딨어. 태극기 잘 챙겨야지.

그들이 열차에 오른다.

지순 허리를 다친 아부지 때문에 한시라도 빨리 가서 냄편한테 도움을 청해야 했애요.

지순 모가 지순*에게 바리바리 보따리를 앵긴다. 지순 부는 목발에 거의 운신을 못하는 지경이다.

지순 모 이거는 문어 말린 거구. 고래고기 좀 쌌어. 양덕이 찾아서 꽉 꽉 맥여.
지순 부 상황을 잘 이르구. 양덕이면은 방법이 있을 거야, 방법이.

멀찍이서 석홍이 나타난다. 지순*을 바라본다.
오라버니가 지순*을 한쪽으로 부른다.

오빠 (책을 건네며) 책… 책을 봐야 돼. 몸은… 반편이지만… 머리는….
지순 오라버니….

오빠 나는 너를 모르겠어… 양덕이는, 기생집에, 상해랑.

지순 모 (나서며) 얼른 가라. 열차 떠난다.

열차의 기적소리가 울린다.

오빠 책… 책을 봐야 돼.

지순 부 이 쓸데없는 놈이 쓸데없는 말을 보태. 얼릉 가. 딱 말 한 마리면 돼. 기카면 내가 다 일으켜 세울 수 있어. 그렇게 전해, 양덕이헌테.

지순이 열차에 오른다.

지순 모 지순아. 지순아.

기적소리가 한 번 더 울린다.

이별남, 여1 떨어진다. 이별남1, 열차에 오른다.

이별 여1 잊지마세요, 내.

이별 남1 기다리라우, 꼭.

지순 그때 봤애요. 그 사람이 저만치서 날 보고 있는 걸. 눈이 마주쳤애요.

석홍 지순 씨-.

석홍이 멀리서 손을 흔든다.

지순 내가 먼저 등을 돌렸어요. 그리구 그 사람도 등을 돌렸겠지, 돌렸겠지… 궁금해서 미칠 것 겉앴애요. 그래서 돌아봤애요. 그대로 있앴에요.

석홍 (손 흔들며) 걱정마세요.

제이슨 (따라하며) 마세요-.

석홍 여기는 걱정마세요. 내가 다 지키구 있을께요.
제이슨 있을께요-.
지순 무슨 소린지 들을 순 없었지만 뭐라고 뭐라고 소리를 질렀애요.
석홍 여기 있을께요. 내가 여기 이대루 있을께요.
제이슨 이대루 있을께요-.

이별 남1 정순이!
이별 여1 광호 씨!
제이슨/석홍 지순 씨-.

갑자기 제이슨이 주저앉는다. 사람들 멈춘다.

지순 … 왜요?
제이슨 화가 나서요.
지순 그짓말 같아서요?
제이슨 진짜 같아서요.
지순 진짜에요. 그래요, 우리는 반팽이가 아니었애요.
제이슨 그래서요-.

석홍 지순 씨-.

기적소리가 난다.
열차가 움직인다. 천천히 플랫폼을 빠져나간다.
이별남1과 이별여1의 절규가 세어진다.
그 사이에 지순과 석홍의 이별은 묻힌다. 열차가 사라진다.

지순 그렇게 출발한 열차가 경산까지 가는데 꼬박 하루가 걸렸애요. 끊어진 길두 있구 중간에 타겠다는 사람두 있구… 가다가 서다가 가다가 서다가… 그렇게 며칠을… 그래두 하나두 싫어하는 사람이 없앴애요. 꿈이 있었으니까. 서울로 가면 뭐를 해야겠다, 이룧게 해야겠다, 저렇게 해야겠다. 열차가 멈출 때면 다들 나려서 솥 걸구 밥을 해먹었애요. 나는 미아리 산다, 나는 시구문 산다, 만나자, 일하자, 놀자, 놀자. 하하호호 웃었애요….

철로를 달리는 열차의 덜그덩덜그덩 소리와 함께 달리는 열차의 내부가 보인다.
승객 여1이 사람들에게 주먹밥을 나눠준다.

이별남1 주먹밥. 우리 복순할멈한테 박수 한번 치시라우요.

모두 박수를 친다.

어머니1 여기 김치도 있어유.
이별남1 김치까지.
이북피난민1 여기 술도 있디요.
이별남1 술까지. 좋구나야.
모두 (노래한다) 닐리리야. 닐리리야. 니나노
서울로 내가 돌아간다. 청사초롱 불 밝혀라
잊었던 낭군이 다시 돌아온다. 닐 닐리리 닐리리야.

지순 그러구 가고 또 가고….

모두들 하품을 하고 잠을 청한다. 어머니가 아동1을 무릎에 재운다.
노래를 부른다.

어머니1 북천이 맑다거늘 우장 없이 길을 나니
산에난 눈이 오고 들에난 찬비로다
오날은 찬비 맞았시니 얼어 잘까 하노라

아 아 어이 얼어자리 무슨 일 얼어자리
원앙침 비취금을 어데 두고 얼어자리
오날은 찬비 맞았으니 녹아 잘까 하노라

노래가 진행되는 동안 지순이 열차 안으로 들어가 잠든 아이의 머리를 쓰다듬는다. 나온다.

지순 그러다가 사흘째 되던 날, 한밤. 열차가 조용히 가는데 기다란 터널로 들어섰애요. 다들 잠들어 있앴애요. 나만 깨있었애요. 그때였애요. 갑자기 쿵, 허더니 뭐에 바친 것 모양, 쿵.

'쿵' 열차가 뭐에 받히는 소리.
'쿵, 쿵, 쿵' 소리 계속된다. 사람들이 잠든 자리에서 그대로 쏟아진다.
열차가 사라진다. 지순이 멍해진다.

제이슨 지순 씨, 지순 씨. 이제 다 왔습니다. 이곳이 영도다리입니다.

뱃고동 소리 들린다.
토미가 들어온다.

토미 오케이. 강석홍. 조사가 다 됐는데… 지순 씨 가족은 조사한 대로 각각 80년대, 90년대에 사망했고 근데 강석홍 씨가 1983년도까지 그 사람들 곁에 있었나봐. 지순 씨 가족.

지순, '아' 고개를 숙인다.

제이슨 ….
토미 강석홍이 1968년도에 변호사가 됐어. 변호사가 되고 나서도 지순 씨네 가족이 운영하던 식당에 도움을 줬던 것 같애. 또 나름 이 지역에서는 유명했던 사람이었던 것 같애. 자료가 많아. 맡았던 사건들이 대부분이 인권관련 사건이고 여기에서는 그런 식으로 유명했나봐. 근데 기록으로 1983년도에 사망을 했는데….

지순 '훅' 눈물이 쏟아진다.
토미, 제이슨을 한쪽으로 끌고 간다.

토미 이게 사인이 분명치 않아. 경산 인근의 산에 올라갔다가 실족사한 걸로 되있는데 사인을 놓고 말들이 좀 있었나봐. 여기 사람들이 의문사다 아니다 막 그러고 있는 거 같애. 여기 본부에서 온 전문. "강석홍, 변호사, 당시 정부에 눈에 가시 같은 존재로, 재야 쪽에 영향력을 끼쳤던 인물, 1983년 사망" 암튼 죽기 전까지 이지순씨네 부모님이 운영하던 식당에 계속 관계했던 것으로 보이고 신원상 결혼도 하지 않았던 걸로 나오네. 사망할 때까지.

지순 울며 자리에 주저앉는다.

토미 그런데 조사를 하던 중 SY 쪽에서 연락이 왔어.
제이슨 누구? 한상해.
토미 아니, 한수희. SY모터스 사장. 그 사람들이 조사한 바에 의하면 강석홍이 죽은 해에 그 사람들의 기록으로 강석홍이 SY, 그러니까 과거 선영시절에 한상해를 찾아와 만난 걸로 돼있대.
제이슨 뭐?
토미 뭐, 그래서 그쪽은 그 강석홍 죽은 게 한상해와 관련이 있다….

어떤 사람이 뒷모습으로 서 있다. (그는 언뜻 보아 한상해 같기도 하다)
다른 곳에 지순 부가 있다. 서로 보지 못하는 곳.

어떤사람 뭐가 필요해요?

지순 부 말이요.

어떤사람 허허. 말을 지금 어디다 쓸려구… 아빠뜨가 낫지 않어요? 뜨신 물 콸콸 나오구.

지순 부 말. 말 한 마리만 있으면 돼요. 그거면 내가 다 일으켜 세울 수 있어.

어떤사람 말 하구 아빠뜨하구 다 드리지요….

어떤 사람 사라진다.

토미 그래서 그 아버지한테 사주를 했다….

제이슨 뭐?

지순 부 (가상의 석홍에게) 석홍이. 나랑 산에 가세. 바람도 쐬러. (이동) 그래. 여기, 여기… 어이.

지순 부가 가상의 석홍을 민다. 그러자
아악- 하며 낭떠러지에서 떨어진 석홍의 모습이 보인다.
사이.
놀라 벌벌 떠는 지순 부.
다른 곳, 소리도 못내고 우는 지순 모.

지순 모 아부지. 아부지.

지순 (울며) 어흐흐흑 –.

지순 부,모 사라진다.

제이슨 말도 안 돼.

토미 아니, 그러고 생각하고 있는 거 같애. 강석홍이 한상해가 최양덕이라는 걸 알았다는 가정 하에서.

제이슨 그걸 누가 알려줬는데?

토미 그걸 알고 있는 사람이.

제이슨 그게 누군데?

토미 나도 모르지. 근데 확실한 건 강석홍이 죽고 갑자기 이지순 씨네 집도 생기고 가게도 커졌어.

제이슨 강석홍에 대한 기록을 갖고 있다는 쪽은?

토미 최근 여러 죽음들이 당시 정권 쪽의 개입이 있었던 걸로 판명이 나니까 그쪽으로 재조사하길 희망하고 있나봐.

제이슨 정부쪽 입장은?

토미 사고사.

제이슨 제길… 제길….

지순 잠깐만요.

석홍, 사라진다.

지순 혹시 즌쟁이 아직 안 끝났애요?

제이슨 … 아직 휴전입니다.

지순 왜 아직 끝나지 않았애요? 60년 이래 흘렀는데 산 사람이래 다 죽었는데 왜 전쟁이래 아직 끝나지 않앴애요?

지순, 일어난다.

지순 맞어요. 이건 다 이야기예요.

사이.

제이슨 예?

사이.

지순 사실이 아니라 누군가 꾸며낸 이야기말예요.

사이.

지순 안 그러면 어뜨케 이런 일이 있을 수 있애요? 하늘 아래. 안 그래요? 맞애요, 나도 이야기에요. 누군가 지금 막 꾸며내고 있는 이야기 속에 들어와 있애요, 내가.

토미가 지순을 보며 제이슨에게 그녀가 머리에 스파크가 났다고 손으로 말한다.

제이슨 지순 씨 아직 확인된 사실이 아닙니다. 누군가 꾸미고 있다구요.
지순 그래요. 꾸미고 있애요.
제이슨 그게 아니라.
지순 부탁이 있애요. 누군진 모르겠지만 그 사람 찾아서 이 이야기 좀 제발 멈춰 달라구 그래줘요, 제발요.
토미 이쪽 의료진 좀 알아볼게….

토미, 나간다.

지순 아녜요. 나 아픈 거 아녜요. 말짱해요. 맞어요. 그짝이 나헌테 츰 그랬죠? 누가 시켰냐고. 맞어요. 누가 나 시킨 거 같애요. 그런 거 같애요. 그러니까 그 사람 즘 제발 찾아줘요, 예?
제이슨 지순 씨. 누가 이런 걸 꾸미고 있는지 모르겠지만 지순 씨는 이야기가 아녜요. 지금 여기에 있어요.
지순 이야기가 아니라면 내가 어뜨케 부산에서 그 열차를 타고 60년을 건너서 여기 왔단 말예요?
제이슨 ….
지순 말씀 못하시겼지요? 나는 말할 수 있에요. 이건 모두 이야기니까.

제이슨 ….

지순 안 그럼 어뜨게 이게 우리나라라고 말헐 수 있애요? 모두들 꿈을 꾸고 희망에 부풀어서 올라가면 어찌하갔다 즌쟁이 끝나면 어찌하갔다 그렇게 말했는데 우리가 어째 이리 될 수 있애요?

제이슨 ….

지순 어뜨케 그 착한 사람이 다른 여자를 죽이고 어떻게 내 아부지를 시켜서 그 불쌍한 사람을….

사이.

제이슨 … 그보다 더한 일도 있습니다.

지순 그렇다면 이 나라가 이야기겠지요. 눈먼 왕이 살았던 그 나라처럼. 맞어요. 그 이야기를 듣고서 내가 지금 깜빡 꿈을 꾸고 있애요. 맞어요. 꿈속에서 내가 아부지도 죽이고 오마이도 죽이고 오라버니두 죽이구.

제이슨 정신 차리세요. 당신은 누구도 죽이지 않았습니다.

사이.

지순 아. 그래서 그 사람이 그렇게 얘기했군요. 이야기니까 다 잊어버리고 이제 현실을 살자… (웃는다) 우리는 이 머리가 있으니까. 눈먼 왕처럼 헤매지 말고. 사물과 현실을 똑바로 볼 수 있는 거니까.

사이.

지순 날 데려다 주시라요. 내레 그 열차를 타고 진짜 현실로 돌아가야겠애요.

제이슨 진짜 현실 어디로요? 집도 없이 못 먹고 가난했던 그 시절로 말이에요? 우리는 어차피 한계가 있는 거라구요. 그게 인간이라구요.

지순 아녜요, 그짝 생각이에요.

제이슨 그럼 그 너머에 인간이 뭐가 있는데?

지순 모르겠에요. 뭐든, 어디든, 언제든.

지순 요지부동.

제이슨 그래요… 그래요….

토미가 급히 들어온다.

토미 제이슨. 제이슨. 열차가, 그 열차가.

제이슨 뭐?

어디선가 쿵쿵 소리가 다시 들려온다.

10.

서울. 정부 관할 모처, 환도열차 보관소.
경비로 꾸민 직원들이 열차바퀴 부분에 폭약을 설치한다.

경비2 (망보며) 빨리 빨리 해.

경비1 (설치하며) 하고 있잖아. 환도열차라고 그랬나. 이렇게 중요한 걸 보관하는데 어떻게 쥐새끼 한 마리….

경비2 이미 다 애기 됐대잖아, 정부 쪽이랑.

경비1 근데 왜 바퀴만 폭파하래? 원래는 전체 다 폭파하는 거 아니었어? 나머진 고철루 쓸려고 그러나?

경비2 (살피며) 이제 스위치만 누르면 돼.

경비1 소리 커?

경비2 임마. 바퀴 몇 개 부서지는 건데 괜찮아. 오케이?

경비1 오케이.

경비1, 2 모습 사라진다.

'펑' 하는 소리와 함께 열차의 바퀴 부분에 연기가 피어오른다.

경비1 (나오며) 됐지? 됐지?

경비2 확인 좀 해보고. (보며) 됐네.

그때 갑자기 열차로부터 시동 걸리는 소리가 난다. 놀라는 두 사람.

경비2 뭐야, 이거. 뭘 만진 거야.

경비1 만지긴 뭘 만져.

경비2 시동이 걸렸잖아. 어떻게 좀 해봐.

그때 열차 내부로부터 사체들이 나타난다.

경비2 아악-.

경비1 저거 유령들 아냐? 저게 왜 여깄어? 보관소에 있었잖아.

경비2 야, 튀어. 튀어.

경비1,2 나간다. 비상벨 소리가 요란하게 울려 퍼진다.

열차가 거칠게 가동되는 소리.

11.

한상해의 집.

한상해, 한동교.

상해 열차가 안 꺼진다면서요.

동교 ….

상해 곧 떠날 것처럼?

동교 ….

상해 (고함) 왜 빨리 없애버리지 않았어요.

동교 폭파 도중에 벌어진 일입니다. 그리고 설령 열차를 폭파시켰다 하더라도 시동은 다시 걸렸을 겁니다. 시체보관소에 있던 사체들도 원래 열차 안으로… 아직까지 현대과학으로 풀 수 없는 일들입니다.

상해 아….

동교 하지만 아버님, 어쩌면 지금이 진짜 기회입니다. 열차에 저희 사람을 태우겠습니다. 그래서 기필코 그 열차의 비밀을 알아내겠습니다, 제가.

상해 지금 어딨세요? 내 각시.

동교 부산에 계십니다.

상해 미국사람들허구?

동교 곧 이리로 모셔 올 겁니다. 아버님이랑 그분이랑 평생 외국에서 살 수 있게 조치를 취하겠습니다.

상해 그 아이는 열차를 탈라구 그럴 꺼에요….

동교 그렇게 되진 않을 겁니다. 제가 그렇게 할 겁니다.

상해 … 왜 그걸 그렇게 할라구 그래요?

동교 … 그게… 제 일이니까요….

한수희가 급히 들어온다.

비서 사장님이….

수희 어떻게 할 거예요? 정부 쪽에서는 다 우리 쪽으로 몰구 있어요.

동교 곧 정리 될 겁니다.

수희 어떻게. 어떻게.

동교 ….

수희 이젠 아빠하고 내 문제가 아니에요.

상해 (동교에게) 동교 씨. 김동교 씨 잠깐 자리 좀 비켜줄래요?

동교 … 예?

상해 내가 딸허구 헐 얘기가 있어서 그래.

동교 예?

수희 못 들었어요?

동교, 나간다.

상해 (동교가 나간 쪽을 보며) 다 버리겠어, 다… 저 아이도. (사이) 나를 그 열차에만 태워준다면, 내 각시랑 겉이. 그럼 저기 저 아이한테 준 거 다 버리겠어….

수희 아빠….

상해, 휠체어에서 일어난다.

상해 이거. (녹음기를 내민다)

수희 ….

상해 정부쪽 사람들허구 열차 폭파허기루 한 거, 그 내용, 그 사람들 목소리, 다 들어있어.

수희 … (받는다)

상해 … 아무도 믿지 말어, 아무도. 그리고 나 총 한 자루만 구해줘.

열차의 시동소리가 그들을 채근한다.

12.

시동 걸린 열차가 숨을 쉬듯 증기를 내뿜고 있다.
그 위에 사체들이 처음 상태처럼 누워있다.
그 앞을 군인들이 지키고 있다.
조사관2가 그 앞에 있다.
지순, 제이슨, 토미가 들어온다.
토미가 사진을 찍으며 열차에 달려들자 군인들이 제지한다.

제이슨 이게 뭐야?
조사관2 열차에 사람을 태울 겁니다.
제이슨 이 열차에 타야할 사람은 이 여자야.
조사관2 그리고 한 사람 더 타게 됐습니다. 한상해 씨입니다.
지순 싫어요.
제이슨 (지순에게) 보셨습니까?
조사관2 (제이슨에게) 더 이상 그런 말 삼가 주십시요. 양쪽 모두 얼굴 붉히는 일 없도록… (사이) 우리는 우방입니다. 그리고 NASA쪽에는 이미 연락 취했습니다.
제이슨 뭐?
조사관2 두 분 손 떼는 걸로.
토미 내가 알아볼게.

토미 나간다.
다른 쪽에서 한수희와 비서, 그리고 한상해가 주치의와 함께 들어온다.

비서 (조사관2에게) 오십니다.
상해 지순아. 지순아.
지순 내 이름 부르지 말아요.

수희 (제이슨에게) 수고하셨습니다.

지순 (제이슨을 잡으며) 안돼요.

제이슨 (토미가 나간 쪽을 가리키며) 확인부터 해야겠습니다.

상해 여보, 나야 나, 양덕이.

지순 아녜요. 난 그 짝 몰라요.

상해 뭘 봤어? 뭘 본 거야? 나야, 양덕이야.

지순 아니에요.

상해 다 내 잘못이야, 당신 혼자 보낸. 갚고 싶어, 늦었어두.

지순 여기서 갚으세요.

사이.

상해 여기 전쟁 중이야. 봐, 계속 전쟁 중이야. 나를 피난민이라구 생각해줘. 날 피난 가는 사람이라 생각해줘.

지순 ….

동교 (소리) 아버지. 아버지.

밖에서 동교가 상해를 부르며 들어온다.
총소리. 비명. 동교가 쐈다. 정적.
한상해가 쓰러진다.

조사관2 뭐야.

군인들이 한동교를 포위한다. 한동교, 총을 내려놓고 손을 든다.
군인들이 그를 제압한다. 주치의가 한상해에게 뛰어간다.

동교 (조사관2에게) 당신들 열차 폭파에 대한 동의, 녹음, 저 한상해 씨가 다 갖고 있어.

상해 아….

동교 당신은 그러면 안됐어. 나한테만은….

조사관2 (군인들에게) 데리구 가.

주치의 머리를 스쳤습니다. 일단 병원으로.

군인들이 한동교를 끌고나간다.

동교 (끌려나가며) 지성아, 이제 내가 보이냐? 개 같이 끌려가는 내가. 이게 한동교다. 이게 나다. 한동교야 이게.

한동교 끌려 나간다.

조사관2 (주치의에게) 괜찮습니까?

주치의 괜찮습니다. 다행히 피만 흘렸습니다.

조사관2 (한수희에게) 무슨 말입니까? 녹음?

상해 말해.

주치의 영감님.

상해 내가 너 줬잖아.

수희 (조사관2에게) 그런 게 있다는 얘기 들은 적 없어요. (주치의에게) 아버님 빨리 병원으로 모셔요.

한수희, 나간다.

조사관2 회장님… 일단 병원으로 가셔야겠습니다.

주치의 일단 응급조치부터 하겠습니다.

조사관2 무전을 받는다.

조사관2 잠시 대기, 대기.

조사관2 나간다.
주치의, 한상해 응급조치 한다.

제이슨 지순 씨, 다 끝났습니다. 이제 가세요. 어디로든.
상해 (주치의를 밀고 일어서며) 이것 좀 놔보아.

일어선 상해의 얼굴에 피. 흡사 눈이 찔린 것처럼.
상해, 더듬거린다. 지순, 움찔거린다.

상해 어디 있니? 앞이 안 보여. 어디 있니? 그래, 가자, 피난. 지순아. 가자. 어서 가.
제이슨 그래요. 이게 바로 눈먼 왕이에요. 그래요, 이 나라는 이야기에요. 이 시간도 이야기에요. 그러니까 가세요.
상해 무슨 개 같은 소릴 하고 있는 거야. 지순아. 지순아. 날 좀 데리고 가.

조사관2 들어온다.

조사관2 (군인들에게) 모시고 가.

군인들, 한상해를 데리고 나간다.
지순이 저도 모르게 따라간다. 제이슨이 붙잡는다.

상해 지순아.

한상해가 끌려 나간다. 순간 밖으로부터 총소리가 난다.

조사관2 (소리) 뭐야?
상해 (소리) 비켜. 비켜. 내가 저 새끼를 죽여버려야겠어.

나가는 조사관2. 지순이 제이슨을 뿌리친다.
다시 울리는 총성. 지순, 멈춘다. 일순 밖이 조용해진다.

조사관2 (소리) 뭐야?
군인 (소리) 맞았습니다.

지순, 순간 멍해진다.
하늘을 올려다 본다. '여기는 어디인가' '나는 누구인가'
사이.

지순 (웃으며) 맞어요, 꿈이에요. 깜빡 속았어요. 괜찮아요. 나는 아무렇지도 않아요. 이제 눈을 뜨면… 이제 말끔해질 거예요. 새 삶을 살 수 있을 거예요.

기적소리가 난다.
지순이 보따리를 집어든다.

지순 다리 조심하세요. 그리구 사세요, 잘. 그짝도 누군가 그토록 만나러 오고 싶은 꿈일지도 모르니까요.

지순이 제이슨에게 고개를 숙인다. 열차가 기적소리를 낸다.
지순이 열차에 오른다.
지순, 원래 자신이 누웠던 자리에 눕는다.
마침내 조금씩 움직이기 시작한다.
열차가 천천히 천천히 멀어진다. 이를 망연히 보고 있는 제이슨.
열차가 점점 더 멀어진다.

13.

암전 중.

조사관2 (소리) 〈로시스카야 가제타〉에 실린 '포예즈드-프리즈락' 열차에 대해서 러시아 사람들은 이렇게 쓰고 있다. 그 열차에 고골리의 해골이 실려 있다고… 실제 고골리의 무덤엔 그의 두개골이 없다고… (사이) 그 여자가 사체들 옆에 눕자 열차는 흔적도 없이 사라졌다. 그렇다면 이런 이야기는 어떨까. 환도열차에 있었던 사체들 13구 중 하나였다 나중에 생존자로 발견된 그녀는 실제로는 이미 죽었던 게 아닐까. 그래서 그녀가 사체들 옆에 눕자 열차가 거짓말처럼 사라진 것 아닐까. 그녀는 다만 그 유령들 중 한 명으로 우리에게 잠시 왔다간 것은 아닐까….

밝아지면 병원 앞.
다리 깁스 푼 제이슨이 벤치에 앉아있다. 그 옆에 의사와 토미.
조사관2가 멀리서 보고 있다. 의사, 토미에게 고개를 끄덕이고 나간다.
제이슨 다리를 털며 일어난다.

토미 (건네며) 이게 다 합의된 보고서야. 뭐 열차 사라졌으니까 특별히 공개할 필요도 없겠지만. 이제.

제이슨 (보지 않는다)

토미 볼 필요 없어. 여튼 데이터는 뽑을 만큼 뽑았고… 참내… 일은 나 혼자 다 하고… 솔직히 안 그래?

제이슨 ….

토미 아, 그러구 한상해 그 사람 죽었어. 노인이 어디서 그런 힘이 나왔는지. 그리고 대신 한동교란 사람, 그 사람이 그 한상해 죽음에 관련된 거로 처리되고 있어. 좌우지간 한국….

토미, 스마트폰으로 뉴스알림이 온다.

토미 오늘의 뉴스. 2014년 4월 16일. 진도 앞 바다에 배가 좌초, 엉? 아, 다행히 승객전원 구조예정. (폰 넣으며) 얼른 가자. 내일 비행기야. 본부에서 빨리 들어와서 브리핑하래. 시끄러웠다고.

제이슨 안 가.

토미 뭐?

제이슨 안 간다구.

토미 왜?

제이슨 나 여기… 못 가.

토미 ….

제이슨 아니, 실은 나 여기 아직 안 편해. 그래서 못가. No hay otra manera de ser cómodo que usted se sienta cómodo.

토미 진짜 편안해지려면 여기서부터 편안해져라.

제이슨 꿈이라도. (웃음) 내가 본 얘기… 겪은 얘기 직접 안하면 아무도 믿지 않을 거 같아서….

토미 그렇지. 여튼 니가 편안하다면 그게 집인 거지.

제이슨 ….

토미 굿 잡.

토미가 제이슨과 악수를 한다.

토미, 제이슨의 어깨를 툭 쳐주고 나간다.

토미 참, 어차피 다들 안 믿을 거니까 이번 일 내 식대로 픽션으로 써볼 건데, 제목이 A Warning From the Past for the Future. 과거로부터 미래로 온 경고. 어때?

제이슨 (웃는다)

토미, 가벼운 경례를 하고 나간다.

혼자 남은 제이슨 괜히 서성인다.
벤치에 다시 앉는다. 문득 운다.

막.

화성인, 이옥

런데 말이야.

내가 이 꽃을 보고서 임금을 생각하면

마나 가슴이 아프냐

하지만 내가 만일 한양에 가서

다시 임금의 얼굴을 보고 이 꽃을 생각한다면

람이 어찌 아름답지 않겠느냐

임금에게서 꽃을

옥 임금에게서 꽃을 보아라

꽃에서 임금을 보지 말고

본 희곡은 2012년 화성시문화재단과
경기도립극단의 의뢰로 쓰여졌습니다.

등장인물

길주 : 홍길주[1]. 20대.
금춘 : 박색(薄色)기생. 20대.
전기수(傳奇叟)[2] : 무명의 이야기꾼. 30대.
이옥[3] : 30대.
정조 : 정조임금. 40대.
석주 : 홍석주[4]. 40대. 길주의 형.

---

1) 홍길주(1786~1841) : 19세기 전기를 대표하는 산문가이다. 연암 박지원 이후 가장 크게 부각된 산문가가 바로 홍길주다. 연암에 견주어 턱없이 덜 알려지기는 했지만 미학적으로 매우 높은 산문을 썼다. 그는 벌열가문 출신이다. 아버지는 홍인모, 어머니는 서영수각으로 부부가 학문적으로나 문학적으로 높은 수준을 자랑했다. 그의 형은 저명한 정치가이자 고문가인 홍석주요, 그 아우는 정조의 부마인 홍현주다. 이렇게 그는 선택받은 가정에서 태어나 안온하게 인생을 보냈다. 과거에 나가기를 포기하여 음직으로 잠깐 지방관을 지낸 초라한 관력이 그의 결함이라면 결함이다.
2) 전기수(傳奇叟) : 조선 후기의 직업적인 낭독가. 조선 후기에는 소설이 수적으로 증가하였다. 향유층이 확대되어 소설은 점차 대중적 기반을 마련하게 되었다. 이러한 시기에 소설을 읽어 주고 일정한 보수를 받던 직업적인 낭독자가 등장하였다. 낭독가 중에는 부유한 가정을 찾아다니며 소설을 읽어주고 보수를 받았던 부류와 도시를 중심으로 사람의 왕래가 많은 곳을 택하여 자리를 잡고 앉아 소설을 읽어주고 일정한 보수를 받던 전기수와 같은 부류가 있었다. 이 극의 전기수는 후자에 가깝다.
3) 이옥(李鈺, 1760-1815) : 조선 후기 정조 때 문신으로 문체반정에 연류되면서 잘못된 글을 짓는다는 공식 낙인이 찍혀 벼슬길에 나아가지 못하였다.
호는 경금자(絅錦子), 매화외사(梅花外史) 이외에도 여러 개를 썼으며 자는 기상(其相)이다. 이옥의 가문은 왕족의 피가 흐르고 있기는 하지만 무반으로 전신한데다가 기축이 서자라는 사실과, 집안의 당색 또한 북인의 일파인 소북 계열이었기 때문에 노론의 세가 막강했던 조선 후기에 소북 출신이라는 배경은 조선 사회에서 주변부로 밀려날 수밖에 없었다.
이옥은 1790년에 과거의 1차 관문인 생원시에 합격하였다. 성균관 동재로 들어가 대과 공부를 시작하지만 때마침 불어닥친 정조의 문체반정으로 인해 타락한 문체를 쓰는 '문제의 인물' 로 거론되었다. 반성문을 하루에 50수씩 지어 문체를 뜯어 고친 연후에야 과거에 응시할 수 있는 벌을 받은 이후에도 정조로부터 문체가 이상하다하여 과거에 응시하지 못하게 하는 '정거(停擧)' 를 당하였다가 군역에 강제로 복무케 하는 '충군(充軍)' 의 벌을 두 차례나 받았다. 정조는 명 말, 청 초에 유행하던 패관소품의 문체를 모방하여 과거시험을 치르는 것을 극도로 경계하여 문체반정을 단행하였으며 연암 박지원도 정조로부터 문체를 타락시킨 주범으로 거론되었다. 그러나 핵심 노론 집안인 연암 박지원에게는 반성문을 지어올리면 벼슬을 주겠다는 관대한 보상책으로 제시되었을 뿐

어린 석주 : 10대의 홍석주.

기생1/ 기생2/ 기생3
친구1 / 2 / 3 / 4 : 홍길주의 친구.
유생1 / 2 / 3 : 이옥의 성균관동기.
사서1 / 2 : 규장각 사서.
내관 : 정조임금을 수행하는.
형방 : 매질을 주도하는 관리.
사령 : 매잡이.
저자 : 수표교에서 이야기를 듣는 사람들.
길가 : 남양부 가는 길 도중에 만나는 사람들.

협창[5] : 의협심 강한 기생이야기 속의 기생.
선비 : 의협심 강한 기생이야기 속의 양반.

이었다. 이후 이옥은 잘못된 글을 짓는다는 공식 낙인이 찍혀 과거시험을 포기하고 고향 남양(현재의 화성)으로 낙향하여 지내다가 1815년 56세로 사망하였다.

4) 홍석주는 1774년(영조 50년)에 태어나서 1842년(헌종 8년)에 생을 마친 조선 후기의 대문장가이자 실학자요, 서지학자다. 그의 가문은 당시의 대표적 경화세족가문이고 그의 삼형제 모두가 세상을 울리는 문학가였다. 한마디로 말하자면 그는 좋은 가문, 총명한 두뇌와 성실함, 건강을 갖추고 태어나 출세에 출세를 거듭한 사람이다. 그의 동생인 홍길주 역시 총명한 두뇌로 소문이 났지만, 재능에 비해 관력은 보잘 것 없었다.
두 형제는 스승과 제자라 해도 될 정도의 나이 차이로 1810년에 홍석주는 홍길주(25세)를 위해 홍씨독서록을 썼다. 그는 책 서문에 "아우 또한 학문에 뜻을 두어, 경사의 여러 책은 그 대략을 섭렵하였고, 그가 짓는 문장은 도도한 물과 같이 끝을 볼 수 없을 정도다. 만약 계속 노력하고 게으름을 피지 않는다면 그 성취는 헤아릴 수 없을 것이다. 그러나 아우는 재주가 높고 민첩하여 얻는 것이 너무 쉽다. 나는 그가 스스로 만족해하면서 그칠까 두렵고, 또 그가 나처럼 마구 책을 읽어 요령을 깨치지 못할까 두렵다. 이에 내가 읽고 얻은 바가 있었던 것과 또 내가 읽고 싶었으나 읽지 못했던 책들을 뽑아 그 목록을 늘어놓고 그 개요를 기록하고나서 아우에게 천하의 책 중에 볼만한 것이 또한 많으니, 너는 모쪼록 힘써야할 것이다"라고 썼다.
홍석주는 이옥과 달리 정조가 총애하였던 문장가 중 하나로 그의 글과 삶은 정조가 바라는 꼭 그것이었다. 동생 홍길주 역시 이단적 글쓰기를 했던 것은 아니지만 형인 홍석주와는 달리 좀 더 넓게 패관과 소품문학에 대한 애정이 더욱 드러난 글쓰기를 하였다.

5) 의협심 강한 기생이야기(俠娼記聞), 이옥의 글.

방안부인[6] : 수칙전의 방안부인.
바깥부인 : 수칙전의 바깥부인. 노파.
시장 : '시기'[7]에 등장하는 사람들.
담배 : '연경'[8]속에서 담배피우는 사람들.

때

19세기 초

곳

한양, 남양부(현재 경기도 화성) 가는 길 일원(一圓).

---

6) 사도세자의 사랑을 받은 여인이야기, 수칙전(守則傳), 이옥의 글
7) 시기(市記), 이옥의 글.
8) 연경(煙經), 이옥의 글.

프롤로그

홍석주, 왕명을 읽는다.

석주 근자에 서양문물과 함께 들어온 헛된 문장들은 사람의 품행을 우스개로 삼아 사백년 유구한 조선의 정신을 뿌리째 흔들고 허망케 하니 이에 흔들리는 조선의 문장을 바로 세우고저 이후로 이러한 글을 짓거나 유포하는 자를 철저히 가려내어 엄벌로 다스릴 것이다. 이는 반상의 구별 없이 철저히 시행될 터이니 이 점 특히 유념하라. 글을 짓거나 읽거나 전할 줄 아는 모든 이들은 부디 흔들리는 세상을 걱정하라.

1.

기생집.

길주와 친구들이 놀고 있다. 시(詩)자랑 중. 흥건하다.

기생1 간밤에 자고 간 그님.
아마도 못 잊겠다.
진흙에 이겨내듯 두더지 자식인지 들쑤시는 그 솜씨.
평생에 처음이요. 흉측히도 얄궂어라
사는 동안 나도 겪을 만큼 겪었으되
간 밤 그 님은 차마 못 잊을까 하노라. (인사)
오랜만에 양반님네가 누추한 기방을 찾아주셔서 저희 모두 긴장하고 있사옵니다. 차례, 차례 앉겠사옵니다.

친구1 일루와라. 일루와. 응?

기생1, 친구1과 2사이 친구1 곁으로 앉다가 친구2 품으로 나풀 쓰러진다.

기생1 에그머니-.
친구2 억-.
기생1 (추스르며 미소 지으며) 어지러워서.
친구2 알았다. 알았어. 길주. 그래 어떤가?

한쪽에 묵묵하니 웃고만 앉아있는 길주.

길주 상(上). 상일세.

길주, 상 밑에서 엽전꾸러미를 꺼내 휙 던진다.
모두들 박수에 환호.
기생2가 나선다.

길주 매월이.
기생2 간밤에 오신 스님, 스님도 남자라고 자고 가니 그립더만
스님의 적삼 내가 벗기고 내 저고리도 내가 벗고
스님 장삼은 내 얼굴 덮고 내 치마는 스님 알머리 덮고
자다가 깨어 보니 우리 둘의 사랑이
적삼으로 하나 저고리로 하나.
못 잊을까 하노라.
친구1 일루와라 일루와
친구2 오호. 이 갸륵한 년.

기생2, 친구2 옆으로 가 앉는다.

길주 상(上). 상일세.

길주, 돈꾸러미를 다시 던진다. 모두들 환호.
기생3이 나선다.

기생3 지금은 이 추월이 늙었으니
친구1 여자는 늙어야 제맛이지.

다 같이 술 마신다.

기생3 반 여든에 첫 경험. 어리둥절 허겁지겁.
죽을 뻔 살 뻔하다 갑자기 달려드니
늙은 여인의 마음이 들뜨는구나.
진실로 이 재미 알았던들
어릴 적부터 사랑을 했을 것이오….
길주 상.

길주, 꾸러미를 던진다. 노래 부른다. 기생들 친구들과 춤을 춘다.

길주 건배!
일동 건배!
친구3 길주 끝내 말 안할 텐가, 이렇게 기방까지 우릴 잡아끈 이유.
길주 그냥 놀자고.
친구3 아니, 그토록 책에만 빠져있더니 무슨 바람이 불어서 그려?
길주 답답해서. 책 속에만 길이 있나?
친구3 거 참. 언제는 책 속에서만 자유가 있다더니.

친구4, 옆에 사과 깎던 금춘이 일어서려 한다. 박색(薄色)이다.

친구1 누구냐, 넌?
금춘 금춘이요.

친구1 너는 춤 한 자락 해봐라.

금춘 나도 시 할라구요.

친구4 아녀. 넌 사과 깎어.

금춘 왜요? 나도 시 잘해요.

친구4 아무리 시를 잘해도… 테가….

금춘 제 테가 어때서요?

친구4 … 사과가 중요하다고. 술자리에서….

금춘 그래도 할래요.

친구1 아녀. 주인장. 여기 사과 한 상자-.

금춘, 일어선다.

금춘 오동나무는 천년을 가도 가락을 간직해 잃지를 않고.
버드나무는 백번 꺾이더라도 새순이 돋아나네 가지마다.[9]
한평생 매화는 꽃을 피워도 향기를 팔지 않는구나.

길주 그만.

친구1 굼벵이도 구르는 재주가 있다더니, 저년이 신흠을 아네.

친구4 일루와라. 일루와. 나랑 놀자. 잘했다. 잘했어.

길주 하(下). 최하

금춘 네?

길주 하라고. 최하

금춘 왜요? 제 테가 못나서요?

길주 니 글을 해야지. 정신없는 년.

금춘 언니 글들도 다 언니 글은 아니잖아요.

길주 니가 그렇게 살 수 있어, 진짜? 오동나무처럼, 매화처럼 절개를 지킬 수 있냐고? 왜 하지도 못할 걸 그럴 듯하게 읊고 있어, 가증스럽게.

---

9) 신흠(조선 인조 때의 문장가)의 글.

금춘　시가 좋잖아요. 맘에도 새겨지고.

길주　진짜 니 맘이 그래? 오동나무처럼 천년을 늙어도 그 곡조를 간직하고, 매화처럼 꽃을 피워도 향기를 팔지 않고, 버드나무처럼 백번 꺾여도 또 새로운 가지 올릴 수 있어?

금춘　그건 아니지만….

길주　지 맘이 뭔지도 모르면서 오동나무에 매화타령은….

친구1　그래, 너 흉내내지마. 우리는 그런 것에 아주 신물이 난 사람들이야.

금춘　그럼, 양반님네는 자기 맘 다 알아요? 알고 살아요?

기생1　야야야. (금춘을 말리며) 아이고 서방님들, 용서하세요. 너 이년 자꾸 귀엽다 귀엽다 하니까.

길주　됐고. 내가 하나 할게. 노래는 아니고 시도 아니고 그냥 얘기, 쓸데도 없는.

친구1　흐흐흐흐 해.

길주　한 기생이 있었다.

친구1　얼쑤

길주　그 이름이… 이름을 뭐랄까… (주위를 둘러보며) 그래, 금춘이라 하지 뭐… 금춘이라는 기생이 있었는데 한양에. 그 아이의 용모와 기예가 한 시대에 최고였다. 게다가 그 아이는 몸가짐이 몹시 도도하여 존귀하고 부유하지 않은 손님에게는 예우를 하지 않았다. 딱 부러진 년이지. 그런 이유에 가깝게 지내는 사람이 많지 않았다. 그런데 어느 해 나라에 큰 옥사가 발생하여 멀리 유배된 자들이 많았다. 제주도로 유배를 당한 선비 중에 그 금춘이라는 기생과 한번 정을 통한 것뿐인 선비가 있었다. 그러자 그 기생은 가진 돈 다 싸들고 제주도로 향했다.

친구1　왜서?

길주　같이 놀자고, 흐.

길주의 이야기 속으로부터….

그 기생 협창과 선비가 등장한다.

협창 같이 놀아요.

친구1 크-.

협창 나으리가 다시 한양으로 돌아가지 못할 것은 정해진 이치요. 굴욕적으로 사느니 차라리 즐기다 죽는 것이 낫지요. 그리 하시지 않을래요?

선비 (웃는다) 어떻게 인생을 즐겁게?

협창 날마다 화주를 장만하여 따라 부어 마시고 취하면 당신을 끌어다 동침을 하고 밤이나 낮이나 쉬지 않고 그리하면 되지요.

선비 그러자! 마시자 그러자 취하자! 노래하자! 사랑하자!

길주 그랬지. 실제로. 몇날 며칠을 술 먹고 노래하고 춤추고.

친구1 오호-.

선비와 협창이 춤을 춘다.

길주 그러다 마침내 그 선비는 정말 병이 들어 죽었다.

선비가 자리에 눕는다.

길주 그 기생은 그 선비를 위해 장례를 아주 화려하게 치러주었다. 그 담에는 또 스스로의 장례를 위한 기물을 장만하고는 남은 재물을 이웃 사람에게 맡기고 이렇게 부탁했다. '나는 살만큼 살았고 재미지게 살았고'.

밧줄이 내려와 있다.

협창 나는 살만큼 살았고 재미지게 살았고 눈치 보지 않고 살았고 내 마음대로 살았으니 후회 없소이다.

길주 그리고 삶을 마쳤다.

금춘 왜 따라 죽어요?

친구4 그냥.

금춘 그냥… (길주를 보며) 멋져요. 자기 생각대로 살면서 세상에 연연하지 않는 거.

친구4 근데 어떻게 너 같은 애가 기생이 됐냐?

금춘 왜요… 나 같은 애는 기생하면 안되요? 원래 여기 잡일했어요… 소리 잘한다고… 방 안으로….

홍석주가 들어온다.
일순 술자리가 얼어붙는다.

길주 왜 그래들? 마셔. 알지? 우리 형님. 연천선생. 홍석주대감. 대제학에 좌의정. 넌 여기 있거라. (자신의 옆을 가리키며)

금춘 예?

길주 여기 있으래도.

금춘 예.

석주 이게 무슨 짓이냐?

길주 기생집에 왔으면 기생 놀이를 해야죠.

석주 기생이 필요하면 후원으로 불러들이면 될 일이지. 갓 쓰고 여기까지 올 이유가 뭐냐.

길주 답답해서….

석주 누가 봐도 우리 후원이 더 넓다.

길주 넓으면 뭘 해? 다 정해져있는데. 여기는 뭐하는데, 여기는 뭐하는데.

석주 홍씨독서목록 때문이냐? 이 책이 좋다. 저 책이 좋다?

길주 ….

석주, 앉아서 아무 술잔에 든 술을 툭 털어 넣는다.

석주 그 기생이야기, 니가 지은 거냐?

길주 떠도는 거예요.

석주 기생에 절개에 거기에 의리에. 관부열녀도 많은데 하필.

길주 기생은 열녀, 안 돼요?

석주 그게 뭐가 글이야? 쿵쾅거리고 그저 한숨밖에 안 나오는 이야기. 힘나는 얘기를 해. 앞을 보는 얘기를.

길주 앞은 개뿔, 옆도 못 보는데.

석주 짜식, 말본새하고는.

길주 ….

석주 앞은 뒤에서 오는 거다. 고전을 모르고서 어찌… 시를 봐라. 그따위 소설나부랭이 보지 말고.

길주 천문학에, 서학에, 천주학에 그게 다 십(詩)디까? 왜 세상은 자꾸 변하는 데 케케묵은 주자요? 400년 봤으면 많이 봤잖아.

석주 변해도 안 변하는 게 있다.

길주 지금, 사방에서 물밀듯이 들어오는데.

석주 다 쓸데없어. 다 날아갈 거야. 엉덩이 붙이고 고전을 봐. 넌 글이 빨러.

길주 자유가 없다구요, 내가 읽는 그 글에. 형님이 권하는 그 글에. 세상은 얼마나 다채롭고 형형한데 그걸 책에다 맞춰요? 책이 그것에 맞추는 게 아니고?

석주 이치야. 그걸 알아야 펜다고.

길주 싸울 거 같소. 피하겠소.

석주 앉아라.

길주 싫어요.

석주 싫어도 앉아라. 그게 조선이다. 그 조선을 지키는 게 우리 같은 사람들 일이고.

길주 답답해. 조선 넘 답답해.

석주 네 이놈, 불행해져. 그런 얘기 좋아하면.

길주 (일어선다)

석주 지금 나가면 다시 못 온다.
길주 다시 안 올 겁니다. 가자 금춘아.

길주, 문밖으로 나선다.

석주 고얀 놈. 덜 떨어진 놈.

2.

수표교.
전기수가 이야기 중이다. 저자 사람들 몇이 모여 있다.

전기수 경상도 청도에 탄재는 성이 신으로 벙어리 검공[10]이다. 이름 없이 호로만 불린 그는 칼을 잘 만들었다. 탄재는 성격이 몹시 사나워서 뜻에 거슬리는 자가 있으면 칼과 망치를 가지고 대들었다.

금춘 서방님….
길주 (금춘을 보고) 허, 이게 뭐래? 내가 왜 니 서방이야?
금춘 그럼 뭐라고 불러요?
길주 니가 날 왜 불러? 그냥 가던 길 가-.
금춘 나리는 어딜 가는데요?
길주 그걸 니가 왜 알아야 되는데?
금춘 좀 알면 안 돼요? 동침한 사이에.
길주 너 기생이야. 난 손님이고.
금춘 나 오늘부터 기생 아니에요. 다 털고 나왔어.

---

10) 칼의 명인, 벙어리 신씨-이옥의 글.

길주 그러니까 계속 털면서 가라고-.

금춘 나리는 어디로 가는데-.

길주 몰라-.

금춘 나도 몰라요. 그냥 아저씨 따라가고 싶어.

길주 왜-.

금춘 멋있어. 허망하고.

길주 참나.

금춘 몸종이라 생각하고 그냥 갑시다. 남자답게 까짓거. 어차피 집에도 못 가잖아.

길주 (전기수 쪽을 보며) 그럼 떨어져. 두 길. 좀 더.

금춘, 떨어진다.
길주, 전기수 쪽을 보며 메모용 서책과 붓을 꺼낸다.
그새 사람들이 좀 더 모였다.

전기수 하루는 경상감사가 그에게 거만하게 명령을 내렸을 때 명령을 전한 심부름꾼을 앞에 두고 자기 상투를 싹둑 잘라 거절한 일도 있다. (반복한다) 경상도 청도에 탄재는 성이 신으로 벙어리 검공이다.

저자1 거 예고편이 너무 길어.

금춘 전기수예요. 사람들한테 한두 푼 받고 이야기해요.

길주 알아, 알어.

금춘 그럼 돈을 내야지.

전기수 (개의치 않고) 이름이 없이 호로만 불린 그는 칼을 잘 만들었다

금춘, 빙긋 웃더니 전기수의 앞주머니에 돈을 찰랑 넣고 온다.
전기수, 주머니를 찰랑 흔들어본다.

전기수 탄재는 검 이외에 다른 물품에도 해박했다.

저자1　시작했다–.

메모를 하는 길주. 집중하는 저자 사람들.

전기수　그런데 어느 날 고을 군수가 그를 찾아왔다. 군수가 탄재의 재능을 시험해보려고 온 것이다. 자, 여기 이게 내가 중국 연경에서 구입한 구슬갓끈이다. 진품이 맞는지 확인해 보거라. (고개를 주억거리며 벙어리흉내를 내며) 벙어리니까 말을 못하니까 손으로 끄덕하고 물건을 보는데 이게 호박으로 만든 가품이라 그런데 이게 말을 할 수도 없고

저자1　어떻게 해, 그럼?

전기수　작대기를 하나 딱 꺼내서 바닥에 선을 쫘악 긋고 겨자를 하나 꽂아서 섬 오랑캐가 호박(琥珀)을 채취하는 시늉을 하였다. (동작해 보이며) 군수는 그것이 뭘 얘기하는 줄 알면서도 모르겠다는 듯 고개를 가로 젓고 눈을 멀뚱멀뚱

저자1　하, 나쁜 놈.

전기수　탄재는 글도 모르고 말도 못하니 답답하기가 요만부득.

저자2　쯧쯧쯧.

전기수　'아, 연경에서 샀다니까' 탄재는 손을 들어 남쪽으로부터 북쪽으로 가서 다시 동쪽으로 오는 시늉을 하였다. 그게 무슨 소리야?

저자1　아, 남쪽인 일본에서부터 북쪽인 중국 갔다가 거기서 바다 건너 동쪽 조선으로 온 가짜라구.

전기수　하지만 군수는 여전히 고개를 가로젓고 탄재는 지랄발광, 일보직전. 기이한 울음을 울더니.

전기수, '우' 울어보인다. 저잣거리 사람들도 '우' 하고 따라 한다.

전기수　그냥 딱 불에 던져 버려.

저자4　에그머니나, 그 비싼 걸.

전기수 근데 타거등. 이게 보석이라면 타지 않을 것이 호박이니까 타거등.

일동, '아하'

전기수 송진 냄새가 진동하고 그제서야 군수가 멋쩍게 흠… 흠… 수염을 흠… 흠….

일동, '흠… 흠….'

전기수 '근데, 니 말에 승복하기는 하겠다면 갓끈을 성치 않게 만든 것은 어쩌려고 그러느냐'.

저자1 이런 나쁜 놈.

저자4 똑같애. 다 똑같애. 갓끈 길게 쓰는 것들은.

전기수 그러니까 탄재가 그 길로 제집으로 달려가 한 줌을 움켜쥐고 돌아와서 군수 손에 쥐어주는데 그게 다 호박이야.

저자4 에고 에고 얼마나 답답했을까.

전기수 얼굴이 울그락 불그락 낯빛이 사색이 된 고을 군수는 연신 헛기침에 다시 먼 산만 멀뚱멀뚱.

저자들 멀뚱멀뚱!

전기수 태어날 적부터 벙어리인 자는 반드시 귀까지 먹는다. 탄재는 벙어리이면서 또 귀머거리였으므로 말할 필요가 없다. 그런데 다행히 그 고을 아전 가운데 수화를 잘 하는 자가 있어 모양을 흉내 내어 말하면 서로 소상하게 그 내용을 이해하였다.

저자4 그래, 그래. 죽으란 법은 없어.

전기수 그런데 그 아전이 탄재보다 먼저 죽었다. 탄재는 그의 집에 가서 그의 관을 때리며 종일토록 개가 울부짖듯이 끙끙대었다.

전기수, 우는 시늉을 낸다. 시늉을 내면서 주머니를 좌중으로 돌린다. '아이고, 아이고' 사람들은 울면서도 돈을 잘 넣지 않는다.

길주, 금춘을 시켜 넣는다.

전기수 (돌아온 주머니를 보고 심드렁히) 그런데 탄재가 아내를 얻었을 때 처음에는 몹시 사랑하였다가 우연히 아내가 월경대를 찬 것을 보고는 몹시 더럽게 여겼다.

저자1 이런, 이런.

저자4 아, 월경대가 뭐가 어때서- 병신 놈이, 지는 새끼 안 나?

전기수 그로부터 부인이 지은 밥을 일체 먹지 않아서 그의 조카가 밥을 지어 죽을 때까지 봉양했다, 끝.

저자4 (일어서며) 예끼, 귀만 버렸네.

저자3 그래, 끝이 안 좋아.

전기수 (정리하며) 실지 얘기가 그래.

저자3 그래도 좀 그래. 얘기가 좀 비려. 막걸리 한 사발 하러 가세.

저자 사람들 퇴장.

길주 꼭 나 같다.

금춘 예?

길주 몰라도 돼.

금춘 왜 벙어리가 아저씨 같어?

길주 (메모를 정리하며) 입 터졌다고 다 정상이 아니다.

전기수가 짐을 다 정리해간다.

길주 저이 좀 잡아라.

금춘 자… 잡아요?

길주 … 그 얘기 어디서 들었냐고, 물어봐.

금춘 말 좀 물읍시다. 그 얘기 어디서 들었소?

전기수 (힐끗 보더니) 기술자가 비법 알려주는 거 봤어?
금춘 그러지이….
전기수 말이 짧네.
금춘 그러네요….

금춘, 길주에게로 간다.

금춘 기술자는 비법이 짧대요.
길주 들었어.
전기수 거 난쟁이똥자루만한 치마폭 뒤에 숨지 말고 나와서 얘기하슈.

길주, 헛기침 한번 하고 나선다.

길주 그래, 출처가 궁금하다.
전기수 누구슈?
길주 이게 대뜸….
전기수 먼저 밝혀야 이쪽도, 안 그렇소?
길주 길주다. 홍길주.
전기수 그러고?
길주 그러고라니?
전기수 뭐하시는 분이시냐고, 직함이.
길주 나는 직함이… 직함이 그렇게 중요해?
전기수 말든가….
금춘 무엄해요. 이 분 형님이 좌의정….
길주 (가로 막으며) 허!
전기수 … 그럼, 홍석주대감….
금춘 (긍정) ….
전기수 (인사를 꾸벅) 죄송하게 됐습니다. 미천한 것이 함부로 대했습니다….

전기수, 더 서둘러 짐을 챙겨 가려 한다.

길주 (멱살을 쥐며) 이놈, 답을 해야 할 거 아니냐.

전기수 안 들으시는 게 좋을 텐데….

길주 왜서?

전기수 그냥… 별로 재미있는 얘기도 아니고… 좋은 얘기도 아니고….

길주 궁금하다잖아, 내가.

전기수 그냥 저기… (사이) 이승사람도 아니고 저승사람도 아닌 사람이 지은 얘깁니다.

길주 너 이놈. 그럼 귀신이 지었단 말이냐?

전기수 그렇진 않지만 그에 버금가는… 어떤 무명씨가….

길주 말을 왜 자꾸.

전기수 물어봅시다. 그게 왜 그렇게 궁금하오?

길주 그냥….

전기수 … (그것 갖고는 안된다)

길주 내 맘이 움직인다. 자유는 뭔가, 그 사람은 알 거 같아서.

전기수 벙어리 이야기에 자유가 어딨소?

길주 처음 듣는 이야기란 말이다. 전에 그런 이야기를 짓는 사람을 들어본 적이 없어. 이야기 만드는 사람의 자유.

전기수 당연하지. 그 사람은 아예 글 속으로 들어가 버렸으니까.

길주 자꾸 이상한 소리만 할래?

전기수 보아하니 글 짓는 사람 같은데 글 안으로 들어가는 것도 모르오?

길주 사람이 어떻게 글 안으로 들어가?

전기수 근데 그 사람은 그랬소.

길주 ….

전기수 위험합니다. 이쯤 그만두시요.

길주 뭐가, 임마. 이놈이 사람을 뭘로 보고?

전기수 천한 이야기니까… 그러니까 사람 달케하고 달아오르면 끝에는 반드시 위험해지니까.

길주 내가, 니 말이 뭔 말인지 안다, 알겠다. 그러니 얘기해. 책임을 묻지 않을 테니. 반드시.

전기수 허허참… 얘기는 하기 싫은데 자꾸 얘기는 하라고 하니 얘기를 하긴 해야 하는데 얘기는 하기 싫고 얘기를 자꾸 하라고 하니 거 참… 허허 참….

금춘 (전기수의 주머니를 가리키며) 주머니….

길주, 돈을 낸다.

전기수 이거 왜 이러쇼? 내가 이러자고….

길주, 돈을 더 낸다.

전기수 이거… 이거….

금춘 인제 더 없어요

전기수 … 그 사람은….

길주 그 사람은…?

이옥의 모습이 멀리 보인다

전기수 이옥이라고….

길주 이옥?

전기수 정조대왕 때….

길주 정조대왕?

전기수, 이야기를 시작한다.

3.

이야기 속 성균관.

앞마당에 유생들이 정렬해 있다.

유생1　뭔 일이야. 갑자기 전하가 성균관까지.

유생2　아, 원체 글을 좋아하시잖아

유생1　아무리 그래도 그렇지. 평상시는 대사성을 보내지 않는가.

유생2　뭐 할 말씀이 있으신가부지.

유생1　긴장되네. 시국이 시국이니만큼.

유생2　그러게.

유생1　근데 낙자가 안 보이네.

유생2　낙자?

유생1　옥이 말일세. 이옥.

유생3　저잣거리 나갔네.

유생1　왜?

유생3　몰라. 붓 들고 책 들고 나갔네. 그 친군 거기가 서실이야.

유생2　거기 어디?

유생3　아, 저잣거리.

유생1　미친 놈. 하기야 저잣거리 얘기가 재밌긴 재밌지.

유생3　자네들 자기 아버지 머리를 대가리라고 부른 효자 얘기 아는가?

유생1　뭔데?

유생3　이옥이가 한 얘긴데 어느 날 효자가 있었는데 그 아버지가 머리가 아파서 약방에 다녀오라고 시켰거든.

유생1　시켰는데?

유생3　근데 병세를 설명해야 되는데 뭐라 잘 설명을 못하겠거든 그래서 온 몸이 쏘삭쏘삭하면서 이빨이 딱딱딱하고 그리고 이 대가리가 막 뽀개질려고 한다고 그러고 말한거거둥.

유생2 그래서?

유생3 그래서 이놈이 아버지 병세를 외우면서, 그대로 약방에 전할려고, 온 몸이 쏘삭쏘삭 이빨이 딱딱딱 대가리가… 그러다가 아참, 아버지 머리를 대가리라고 하면 안되지.

유생1 안되지.

유생3 그래서 몸이 쏘삭쏘삭 치아가 딱딱딱 머리가… 부서질 듯 그렇게 외면서 약방까지 쏘삭쏘삭 딱딱딱 부서질 듯 쏘삭쏘삭 딱딱딱 그러다 도착했는데

유생2 했는데?

유생3 턱 약방영감이 '어디가 아프냐?' 하니까 '우리 아버지 대가리가….'

유생들 킥킥댄다.

유생1 옥이는 왜 자꾸 그런 얘기를 찾아 쓰는지 모르겠네. 자네들 옥이 별명이 왜 낙잔줄 아나?

유생2 왜?

유생1 흐물흐물 낙자처럼….

유생2 아, 낙지. 아 그렇게 짜달막한 낙지도 있어? 혹시 쭈꾸미 아닌가? 쭈꾸미.

유생1 맞네, 맞어.

유생3 그렇게 어리어리한 친구가 머리에 뭐가 그렇게 요상방통한 게 꽉 찼나 몰라.

다시 킥킥댄다.
그때 정조가 어린 청년과 함께 들어온다.
일순간 조용해지는 공간.
이 이야기를 전기수로부터 듣고 있는 길주. 그 옆에 금춘. 술상.

길주 저건 누군가? 임금 옆에 저 어린 아이는?

전기수 홍… 석주….

길주 엥?

금춘 나리, 형님?

전기수 보시오. 거 위험하다지 않았소.

길주 … 계속해보시게….

전기수 대감님이 어렸을 때부터 정조대왕의 총애를 받은 건 아시죠?

길주 들었어, 얘기는.

정조 최근에 이 나라의 문장이 점점 비속해져 패관소품의 문체에 물들어 있고 유교경전은 무의미한 것으로 전락했다. 글은 새로운 것이 만드는 것이 아니라 시간이 만드는 것이다. 옛 것에서 새로운 것을 발견해내는 것 그것만이 글이다. 나머지는 다 잡글이야. 다 날아가 버릴 거야. 최근에 양명학이니 고증학이니 하는데 주자를 그렇게 옆으로 대하고서야 어찌 학문이 선단 말이냐. 석주야.

정조 손짓을 하자 옆에 어린 석주가 앞으로 나선다.

어린 석주 명원 경혜목 공파
수신 무인처 만창울창칠하네
이름 난 동산에 꽃과 나무를 다투어 키우나
크고 작은 나무는 늘 바뀌지 않네.
인적도 없는 곳이
산 가득 울창하고 푸르른 것을 누가 알겠는가?
뿌리를 북돋우는 힘을 빌리지 않고도
스스로 하늘처럼 높은 뜻 지녔네
삶을 사는데도 또한 방법이 있는데
누가 능히 권세 부귀만을 일삼는단 말인가?

정조 이 아이가 쓴 글이다. 나이가 많고 적음이 문제가 아니야. 내가 언제 출신을 가지고 차별하는 거 보았느냐.

유생들 아니옵니다.

정조 고전을 보거라. 시를 봐. 쓸데없이 소설나부랭이 보지 말고. 또한 그러한 연유로 앞으로 성균관 유생들의 과거 시험답안지에 패관잡기와 관계되는 말이 있으면 주옥같은 작품이라도 가장 낮은 점수를 주고, 그 사람의 이름을 확인하고 과거자격을 정지시키고 용서치 않겠다.

유생들 예

정조 이리 내어라.

정조 옆 내관 종이를 내민다.

정조 이옥이 누구냐?

유생1 저기… 아직….

정조 뭐야?

그때, 이옥이 헐레벌떡 뛰어들어온다.

정조 누구냐?

이옥 저기… 뒷간에….

좌중, 킥킥.

정조 누구냐?

이옥 이옥이라 하옵니다.

정조 이게 니가 쓴 글이냐?

이옥, 나와 종이를 받아본다.

이옥 예….

정조 읽어라.

이옥 여인네여 여인네들이여!
차라리 가난한 집 여종이 될지언정
관리 아내는 되지 마소[11]
그대 낭군은 성문 닫힐 무렵 겨우 집 돌아왔다가
새벽닭 울면 되돌아 나간다네

여인네여 여인네들이여!
차라리 관리의 아내가 될지언정
군인의 아내는 되지 마소
일 년 삼백육십일에
백 일은 빈방으로 지낸다네

이쪽 저쪽 킥킥.

이옥 여인네여 여인네들이여!
차라리 군인의 아내 될지언정
역관 아내는 되지 마소. (킥킥)
집안 가득 비단 있다 하여도
이불속은 텅 비어있다네.

좌중 파안대소.

정조 그만! 그만!

정적.

---

11) 이언, 비조 : 이옥의 글.

정조 그게 글이냐?

정적.

정조 넌 무슨 생각으로 그런 글을 썼느냐? 설마 날 능멸하려 듦이냐?

이옥 (부복하며) 천부당만부당하옵니다.

정조 그럼 어찌하여 그런 글을 써-.

이옥 ….

정조 이거야말로 아녀자들이 쓰는 패관잡기가 아니냐. 그걸 쓰고 나라를 다스리는 관리가 되겠다고 과거를 봐?

이옥 ….

정조 말을 해보거라.

이옥 다시… 쓰겠사옵니다.

정조 그건 글이 아니야, 잡설일 뿐. 사람 가슴을 흔들고 먹먹하게 하는 이야기 그게 무슨 글이야. 앞을 봐. 힘을 주는 글을 써. 그것이 배운 자들의 의무 아니냐.

이옥 ….

정조 너를 포함한 성균관 유생 모두들은 앞으로 사륙문 50수를 지어 제출하고 이따위 문체는 깨끗이 씻어버리고 과거에 응시토록 하라. 알겠느냐.

일동 예이….

정조 그리고 너는 그렇게 어리어리하게 다니지 말고 남자답게 호기롭게 품행을 하거라. 알겠느냐.

이옥 예….

정조, 어린 석주 나간다.

유생3 후우… (한숨 쉬고) 과거시험에 제출한 문장도 아니고 일주일에 한 번 우리끼리 돌아간 글인데 그걸 가지고….

유생1 사륙문 50수를 어떻게 써?

유생2 그럼 자네는 문체를 바꿀 텐가.

유생1 그래야지, 별 수 있나. 이제 한가로운 여가도 다 끝이야….

유생3 (이옥에게) 자넨 어쩔 텐가?

이옥 … 써봐야지… 방안에만 틀어박혀서

유생2 하여간….

모두 풀이 죽어 퇴장.

길주 그래서 어찌 됐느냐?

사이.

전기수 몇 달 후 다시 정조대왕의 과문점검이 이어지고 다들 임금에게 합격점을 받으나 이옥의 글은 지나치게 비감에 사로잡혀있다고 다시 책문을 받게 되오. 또한 임금은 그래도 문체를 고치지 않는 이옥에게 화가 나 충군의 벌을 내리지요.

금춘 충군이 뭐예요?

전기수 병역을 산단 말이지. 군대 간다고, 일시적으로.

금춘 양반이요?

전기수 그래, 양반이 창 들고… 그러던 어느 날 임금은 나리의 형님, 홍석주 대감을 데리고 밤길을 나섰는데 그곳이 규장각이었지요.

규장각, 사서들이 불을 밝히고 은밀히 책을 보고 있다.

사서1 '그래서 탐문해보니, 그 사람의 나이는 46세이며, 일찍이 이모를 따라 몸시중의 자격으로 궁궐에 들어왔다가 성은을 입었는데 아무도 그러한 사실을 몰랐다' 세상에… 이런 일이.

사서2 계미년 한 해 전이면 임오년. 그럼 성은이면 사도세자인가?

사서1 허… 이거… 위험천만한 얘기로세.
사서2 그러네. 이런 걸 누가 이렇게 썼단 말인가?
사서1 그게….

그때 들어서는 정조와 어린 석주.
후다닥 책을 감추는 사서들.

정조 무얼 그리 감추느냐?
사서1 그게 아니라… 밤이 늦어 좀 피곤하여….
정조 내 보거라.

책을 받는 어린 석주.

정조 무어냐?
어린 석주 (이리저리 뒤져본다)
사서2 제목이 없사옵니다. 시중에 떠도는 잡글이옵니다. 세상 글이 어찌 돌아가나 동태를 살피고자….
정조 읽어 보거라.
사서1 왕성의 바로 서쪽에 구석 후미진 곳에 조그만 집이 하나 있는데, 그 집에는 두 부인이 살고 있었다. 그 가운데 한 부인은 밖에 기거하며 점쟁이 노릇도 하고 또 바느질도 하면서 살아갔다. 그런데 머리는 빗지 않아 헝클어진 것이 마치 대바구니를 이고 있는 형상이었다. 다른 한 부인은 방안에 거처하였으니, 문안을 엿보지 않으면 그녀가 어떠한 형상인지 아무도 알 수 없었다. 문은, 낮인데도 안에서 빗장을 걸어 두었다.
그러던 어느 날 마을에 사는 할미가 방 안을 몰래 엿보았는데, 홑이불을 뒤집어 뚤뚤 말고서 벽 쪽을 향해 누워 있는 괴이한 여인을 보았다고 한다. 바깥에 기거하는 부인은 간간이 사람들과 어울렸으나, 자신의 출신에 대해서는 일체 말하지 않았다. 그녀와 친

한 사람이 억지로 행적을 캐묻자, 다만 말하기를

노파 (나오며) '나와 우리 집에 있는 사람은 궁궐에서 나온 지 이제 몇 년 되었소'

사서1 라고 말하였다. 그 해를 따져보니 계미년의 한 해 전 일이었다….

정조 뭐라? 계미년이라 하였느냐?

어린 석주 한 해 전이면 임오년이옵니다.

정조 … 내쳐 읽어보거라.

사서1 근래에 탐문해보니 그 사람의 나이는 46세이며 일찍이 이모를 따라 몸시중의 자격으로 궁궐에 들어왔다가 성은을 입었는데 아무도 그러한 사실을 몰랐다.

사서2 송구하옵니다. 저희들도 오늘 처음으로 읽다가 깜짝 놀랐사옵니다.

정조 이 글을 어디서 구했느냐?

사서2 그… 그게… 말해, 어서.

사서1 성균관 유생, 이옥이란 자가 돌아다니면서 채집한 이야기라 하옵니다.

정조 이옥?

사서1 예. 그리 들었사옵니다.

사이.

사서1 그 자는 날마다 저잣거리를 돌면서 떠도는 이야기를 이렇듯 채록한다 하옵니다.

정조 흠….

사이.

사서2 저희가 조사하여….

정조 들어가봐라.

사서1 예?

정조 들어가보래두. 밤이 늦었으니 서각에 불을 끄거라.

사서들 예이….

사서들 물러간다.

정조 석주야. 너는 이 이야기가 어찌 들리느냐?

어린 석주 괴이하긴 하지만 열녀이야기로 들리옵니다.

정조 임오년이면 내 아버님이 돌아가신 해다. 그리고 성은이라 하면 연로하신 선대왕마마는 아닐 것이고… 너는 내 아버님이 어찌 돌아가신 줄 아느냐?

어린 석주 예… 당파싸움에… 뒤주에 갇혀 돌아가셨다 들었사옵니다….

사이.

정조 가슴이 미어지는 구나. 너는 내가 이 이야기를 어찌하면 좋겠느냐?

어린 석주 ….

정조 그 여인을 찾아 그 일을 상세히 묻고 열녀문을 세워 권면(勸勉)하면 어찌 되겠느냐?

어린 석주 다 잊었다는 전하의 말을 사람들은 믿지 않을 것이옵니다.

정조 … 이 이야기를 캐낸 이옥이란 자에게 상을 내리면?

어린 석주 일전의 잡글을 경계하는 어명과 달리 줏대 없다할 것이옵니다.

정조 그럼 그 여인은 살리고 이옥 그자는 죽이면?

어린 석주 ….

정조 그럼 이 여인도 덮고 이옥도 죽이면?

어린 석주 ….

정조 난 평생 그렇게 살아왔다. 마음은 이옥에게 감사하지만 나는 몸이 왕이다. 몸과 마음이 따로인 채로. 가자….

어두워진다.

정조와 어린 석주 퇴장한다.

길주 그래서 어찌됐나? 어찌했어? 임금이.

전기수 몇 달 후 이옥이 충군을 마치고 초시에서 장원을 하여 다시 임금을 뵙게 됩니다. 그러나 임금은 그 자리에서 화를 내며 책문이 격식을 어겼다며 그를 떨어뜨리게 합니다.

길주 이런- 임금이 어찌하여 그리 하였소?

전기수 아마도 아버지에 대한 슬픈 기억은 지우고 좋은 기억만을 갖기 위해 그런 것이 아닐까 싶네요….

길주 그래서 지워져? 기억이?

전기수 그러니까 더 바른 글을 읽으라는 거지.

길주 빌어먹을, 빌어먹을.

전기수 그 뒤 이옥은 하필 그 해 부친상을 만나 고향에서 상을 치르게 되었습니다. 그런데 절차상의 실수로 이옥은 아직 충군 중인 합천관아에 문서를 넣지 않아 병영을 이탈했다는 신고가 들어왔고 사정을 전하였으나 바로 복귀하라는 명령이 떨어졌습니다. 이에 이옥은 이를 해결하려 백방으로 뛰었지만 잘 풀리지 않았고 이옥이 임금에게 그런 사유를 당한 자임을 알게 된 관리는 그 내막을 임금에게까지 전하였습니다.

전기수 임금이 이옥을 불렀습니다.

어전.

이옥이 정조 앞에 있다. 규장각에서의 글을 이옥이 보고 있다.

정조 다 보았느냐?

이옥 예….

정조 실지가 맞느냐?

이옥 … 예.

정조　그 여인 얘길 왜 썼느냐?

이옥　….

정조　말해보거라. 일부러 아무도 곁에 두지 않았다.

이옥　진기해서 썼사옵니다.

정조　내 아버지의 여인이라는 걸 알고서 썼느냐?

이옥　… 예….

정조　어떠한 뜻이 있었느냐?

이옥　아니옵니다. 어떠한 뜻도 없었습니다. 뜻을 갖자고 쓴 게 아니옵니다.

정조　뜻도 없이 이야기를 쓰느냐?

이옥　그저 내가 본 것이… 들은 것이… 가련해서 썼사옵니다.

정조　내가 이 여인을 구하면 세상은 복잡해질 것이다. 그건 너 역시 마찬가지다. 무슨 말인지 알겠느냐? 그러니 고쳐, 그 문체를. 니 뜻은 알겠으니. 눌러, 바꿔. 글을. 그래야 다 살아.

이옥　….

정조　왜, 내 말이 틀렸느냐?

이옥　문체란 사람에 지문과 같아 열사람 이라하더라도 다 다르다 생각되옵니다.

정조　그래서?

이옥　바꾼다 바꾼다 해도 바뀌어지지 않는 것이 몸에 붙어있는 이것이라 생각되옵니다.

정조　거역하는 거냐?

이옥　그게 아니라….

정조　세상엔 말로 할 수 없는 게 있다, 글로도 할 수 없는 게 있다. 그게 뭔지 아느냐?

이옥　….

정조　니 재주가 탐나기는 하지만 지금 세상에는 그것은 불온한 것이야.

이옥　노력했지만 잘 되질 않사옵니다.

정조　그래서 글이 있는 것이다. 노력해도 되지 않으니 그걸 읽으면서 다스리고 또 다스리라고 있는 것이야, 글이. (사이) 하나로 합치라고.

이옥 뭘요?

정조 몸과 마음을.

이옥 힘이… 드옵니다.

정조 더 힘이 들 것이야. 그렇지 않으면….

이옥 벌하시렵니까… 저를….

정조 내가 벌을 하지 않아도 니 스스로 그리 될 거야. 그게 글을 먼저 본 자의 충고니라.

이옥 하지만 그리 되지 않사옵니다. 아무리 고치려 해도 몸이 스스로 그리 되고 마옵니다.

정조 불행해지는데도?

이옥 소인… 모르겠사옵니다.

정조 미혹한 놈. 덜 떨어진 놈. 나가봐라.

이옥, 나가려 한다.

정조 하지만 이것만은 기억해라. 한번 문밖으로 나서면 그 문 안이 그토록 그리운 것이라는 것을. 밖에 누구 있느냐?

내관 (들어오며) 예이.

정조 이옥의 문제를 묻는 자에게 답하라. 한 치의 오차도 없이 법대로 행하라고. 그것은 내 뜻이기 전에 옳은 것이라고.

내관 예이.

전기수 (내려놓고) 이야기는 이제부터가 시작입죠. 이옥은 합천땅으로 향하였습니다. 그리로 가는 도중 들른 어느 고을에서 이야기를 채록하려 아녀자들에게 말을 겁니다. 그러다 관원들에게 잡혀 마치 귀양 가는 사람 취급을 받습니다.

길주 귀양 가는 취급이라니?

전기수 귀양 안 가보셨지요?

길주 말해.

전기수 온갖 빌미를 잡혀 매를 맞습니다. 이옥도 그리되었지요.

어느 동헌.

형방과 사령 앞에 이옥이 형틀에 매여 있다. 형리가 한 대 친다.

아전 남녀상열지사 남녀칠세부동석이거늘 감히 아녀자를 희롱해?

이옥 억… 나는 그럴 의도가 아니었소.

아전 한 대요.

이옥 이보게 말을 하세. 내가 처자들한테 말을 건넨 것은 궁금해서야. 풍기문란이 아니고.

아전 (형리에게) 어서 쳐라!

사령, 내리친다.

이옥 어윽….

형방 두 대요.

이옥 네 이놈. 내가 누군 줄 알고 이러느냐.

형방 성균관 유생나리 아니십니까. 충군 가는.

이옥 그런데도 니가 이래?

형방 몰라요. 우리는 법대로 하니까.

이옥 너 내가 나중에 등청하면 가만두지 않을게야.

형방 서얼 주제에 등청은…? 나중에 두고 보자는 놈 하나도 안 무섭다고들 하더라고요. (신호한다) 어서 쳐라!

사령, 내리친다.

형방 세 대요.

이옥 내가 잘못했네. 내가 잘못했어. 내가 오이밭에서 갓끈을 고쳐맸어.

형방 네 대요.

대꾸 않는 형방. 사령, 내리친다. 비명. 계속되는 매질.
한동안… 비명….
그러다 문득.

이옥 허허허허-. (웃는다)

매는 계속되고 이옥은 웃으면서 이야기한다.

이옥 나를 때리는 저 작자 지금 무슨 생각을 할까, 집에 아이들은 있을까? 저 작자도 오늘밤 집으로 돌아가 웃으면서 아이들의 머리를 쓰다듬겠지.

길주 저게 뭐하는 짓거리냐? 실성한 게냐?

전기수 마음이 몸을 벗어난 거지.

길주 그럼 미치는 거 아니냐?

전기수 미쳐도 특이한 방식으로 미쳤소. 자기를 남처럼 대하게 되었소.

이옥, 웃으며 매틀을 벗어난다.
사령은 그대로 이옥이 묶여 있는 모양 매를 계속 친다.

길주 저거 이옥은 지금 어디에 있는 거냐? 이야기 속에 있는 거냐? 밖에 있는 거냐?

전기수 속에도 있고 밖에도 있지요. 우리도 지금 이 이야기를 하고 있지만 그 안으로 들어와 있지 않소.

길주 이… 이런 해괴한. 어찌하여 저리 되느냐.

전기수 마음이 몸을 떠나 그것을 묘사하고 있소. 아픔은 그것을 이야기로 만들 때 견딜만해진다. 그렇게 얘기합디다, 그 사람.

이옥 곤장 몇 대에 살갗이… 검푸르게 변하고 피가 맺힌다. 이어 10여 대에 이르자 살이 터지고 피가 땅바닥에 흘러 둘러서 있던 사람이 얼굴을 찡그리고 돌아서는 자도 있다.

이옥, 말을 하며 주위를 둘러보다가도 빈 형틀에 매가 닿으면 고통스러운 듯 인상을 쓴다. 그러나 묘사는 계속된다.
그러다 이옥이 운다.

길주 왜 우느냐? 이제 아파서 우느냐?

전기수 궁금하면 직접 물어보시오.

길주 어… 어찌?

길주, 망설인다. 전기수 나선다.

전기수 (이옥에게) 왜 우시오?

이옥 알겠다, 이제. 임금의 마음을. 그도 나처럼 이렇게 몸과 마음이 따로인 채로 살았다는 걸. 그래서 그런 글을 읽으라고 했다는 걸.

길주 그래서 그렇게 했느냐? 굴복했느냐?

전기수 아니요, 그 반대요. 임금은 그것을 합치려 노력했지만 그는 그것을 그냥 받아들였소.

금춘 몸과 마음이 따로 인 채로 사는 것을요?

전기수 ….

금춘 … 아….

길주 그렇게 해서 이옥은 어찌 되었느냐?

전기수 그는 더 자유로워졌소. 매를 맞고 회복을 위해 그는 시장 뒷골목에 허름한 방에 누워있었소. 그러다 문틈 구멍으로 세상을 보게 되었소.

모두 사라진다.

글을 쓰는 이옥.

이옥 내가 머물고 있는 주막은 시장에서 가깝다.[12)]

2일과 7일이면 어김없이 시장의 소리가

왁자지껄하게 들려왔다.

내 거처의 종이창에 구멍을 내어

겨우 눈 하나를 붙일 만했다.

12월 27일에 장이 섰다.

나는 너무도 무료해서 종이창의 구멍을 통해

밖을 내다보았다.

하늘을 보니 대략 정오는 이미 넘긴 때였다.

시장엔 사람들이 넘쳤다.

사람들의 목소리가 넘쳤다.

큰소리로 웃기도 하고 싸우기도 하고 사람들의 소리가 꽉 찼다.

맨발에 항아리를 이고 오는 자가 있고,

굶주린 아이들을 위해 닭을 가지고 오는 자가 있고,

제 몸보다 무거운 지게를 지고 오는 자가 있고,

엿판을 들고 오는 자가 있고,

거드름에 부채를 부치는 자가 있고,

양파와 옥수수를 가져오는 자가 있고,

소금에 절인 물고기를 들고 오는 자가 있고,

물동이를 메고 오는 자가 있고,

여지껏 본 적이 없는 사람들이 내 눈에 다 보인다.

사람들이 다 보였다.

손을 흔들며 헤어지는 남녀가 있고,

갔다가 다시 오는 자가 있고,

---

12) 시장(市記) 이옥의 글.

왔다가 다시 가는 자가 있고, 갔다가 또다시 오며
바삐 서두는 자가 있고….

길주 자유. 매가 오히려 그를 자유케 했다. 이옥이 이겼다.

정조와 어린 석주가 등장하여 이런 이옥을 본다.

정조 너는 자유를 얻었구나.
너는 이제 니 글 안에서 스스로 왕이 되었구나.
나는 궁성의 왕이고 너는 저잣거리의 왕이다.
한 나라에 두 왕이 있을 순 없다.
다시 가거라. 더 멀리 가거라.

봇짐을 챙기는 이옥.

길주 왜 당신이 떠나야 하오?

이옥 나는 없다. 없어졌다. 그래서 자유다.

이옥, 나간다.

길주 빌어먹을! 저 당당한 모습! 어디서 나오는 거냐? 저 힘은…! 제기랄! 따라라. 금춘.

금춘 예….

금춘, 술을 따른다.

길주 가득… 가득….

금춘 넘칩니다.

길주 넘치면 좀 어때?

전기수가 짐을 싸 일어선다.

금춘 (잡으며) 왜요?

전기수 나 바빠. 낼 우리 아버지 제사야.

금춘 아, 왜요?

전기수 어허, 이거 놔.

길주 (취해서) 왜에-.

전기수 거 뭐 그 정도 얘기에 그렇게 평정을 잃고… 위험하다지 않았소.

길주 (가다듬고) 금춘아, 시원한 냉수 한 사발.

금춘 (전기수에게) 금방 올 테니 꼼짝 마시오. (나간다)

전기수 저거 저거 저게 달아가지고… 뭐하는 애길래?

길주 기생이었네. 저래뵈도….

전기수 너 이야기꾼이 얘기하다 물 먹는 거 봤어?

어린 석주가 길주를 본다.

길주 모르겠다 모르겠어. 어떤 게 글인지….

어린 석주 길주야. 그만 돌아가자.

길주 싫어요.

어린 석주 너에게 지금 필요한 건 술이 아니야. 너의 술잔은 그저 한숨만을 부르질 않느냐.

길주 한숨이 어때서요? 그 숨마저 쉬지 못한다면 나는 죽은 목숨입니다.

어린 석주 사람 목숨은 그리 쉬운 것이 아니다. 허망함이 마음을 더욱 짓누를 것이야.

길주 형님이 저를 누르고 있다구요.

어린 석주 아우야. 밖은 슬프다. 이곳은 니가 있을 곳이 아니야. 우리는 해야 할 일들이 많은 사람들이야. 돌아가자 어서!

길주 (손사래를 치며) 싫어요. 싫어. 싫다고-. (취했다)

어린 석주 아우야. 돌아가자.

길주 이게 왜 이래? 이 사람이? 어허, 잡지 마, 나.

이야기 속 사람들 사라진다.

이를 묵묵히 바라보는 전기수.

보따리만 주물럭거리며 아무 말 없는 금춘.

금춘 나리 무엇 때문에 그리 언성을 높이시나요?

길주 니가 알 바 아니다.

금춘 끼니도 거르고 술만 드시면 어찌 하옵니까?

길주 그럼 뭘 먹을까? 무엇을 먹을까?

금춘 전 도무지 모르겠습니다. 저따위 전기수 얘기가 뭐 대단하다고 그리 괴로워하십니까?

길주 니가 뭘 안다고 나서? 뭘 안다고?

금춘 무엇 때문에 나리가 이렇게 괴로워하는지 모르겠습니다. 어찌하면 나리의 마음이 채워지는지….

길주 노래를 해라. 이럴 때 안하고 언제 하느냐.

금춘이 일어나 노래를 한다. 양류가, 부른다.

구슬프다.

길주 (취했다) 춤을 춰 춤을 추란 말이야! 누가 그따위 슬픈 노래를 부르라 했어? 신나고 즐거운 노래를 불러!

금춘의 노래 계속된다.

길주 그만, 그만! 거짓말이야. 거짓말로 슬프고 거짓말로 신나!

노래를 멈추는 금춘.

길주 너 나한테 뭐 얻어먹을 게 있다고 졸졸 쫓아다녀? 그런다고 내가 널 구제해 줄줄 알아? 아무도 못 구해, 세상은, 아무도! 이 병신 같은 년! 꼴같잖은 기생년! 너 어디서 뭘 받고 이러느냐! 우리 형한테 사주 받고 이러느냐?

금춘의 노래는 계속되고 점차 시간이 흐른다.
길주는 잠든다.

4.

주막집. 새벽. 미명.
금춘이 보따리를 챙겨들고 전기수 앞에 있다.
길주는 널브러져 자고 있다.

전기수 땅바닥이 찰 텐데 왜 거기 그렇게 쭈그리고 앉았냐?

금춘 내 인생 원래 땅바닥이에요… 땅바닥에서 땅바닥으로 쭉… 그 바닥인생 너무 서러워 그러다 머리 깎을려고요. 그래서 다 접구 나왔어요. 기생집 말이에요… 어렸을 때 팔려서 종살이하러 들어갔어요… 근데 소리 좀 한다고 그래야 양반나리들 좋아한다고. 그래서 들어갔어요, 방안에. 근데 영 남의 옷 입은 것 같고 … 사과만 깎게 되대… 내가 부모 얼굴을 몰라….

길주, 뒤척인다.

금춘 재밌는 양반 같아서… '니가 그래? 니 마음이 진짜 그래?' 나한테 그러더라구요 저 양반이. 망치로 한 대 맞은 거 같드라고요. 하, 나 눈 튀어나오는 줄 알았어. 떠나기 전에 좋은 나들이되겠다 싶어서 들러붙었어요… 욕심이었나 봐.

전기수 근데 그런 얘기를 왜 나한테 하냐? 부담스럽게….

금춘 참 말씀 잘하시네.

전기수 난 들은 얘기는 다 해버리거등. 그게 직업이라.

금춘 알았소. 잘 계시오.

전기수 근데 걱정 마, 니 얘기는 꺼리가 안되니까. 뭔가가 없어. 남한테 얘기하고 싶은 그 뭔가가. 예를 들어 속세를 떠나기 전에 한번 찐하게 연애나 해보고 싶었다… 그런 거.

금춘 ….

전기수 없음 말고.

금춘 ….

전기수 가봐.

금춘 나가려 한다.

전기수 여비는 있냐?

금춘 내가 거지유? 거지같은 새끼. (나간다)

전기수 (서둘러 챙기며) 이런 이런… 나도 가야되는데….

깨어나는 길주.

길주 여기가 어디요?

전기수 도성 밖 주막집이요. 이야기가 길어져 자리를 잡았고 술을 마셨고 과했소.

길주 몇 시요?

전기수 새벽이요.

길주 옆에….

전기수 사과 깎는 애 말이요? 나리께서 쫓아버렸잖어.

사이.

길주 몸과 마음이 따로인 것으로 살 수 있소?

전기수 살 수 없지. 그래서 글이 있지. 그래서 이야기가 있지.

길주 맞지. 그래서 글이 있지. 글을 읽고 글을 써서 그것을 … 합치라고.

전기수 뭘 또 그렇게까지. 글이란 게 그냥 있는 거지. 몸과 마음 따로 있으니까. 허전하니까 그거 메꿀라고.

사이.

전기수 이제 난 가오. 나리도 그만 돌아가시오. 길 밖 생활이 익숙치가 않을 거외다.

길주 이야기를 더 들려주시오. 이리 되었으니 길을 벗어나고 싶소.

전기수 참내….

길주 돈은 더 내겠소.

전기수 하참. 무엇에다 쓸려고? 쓸 데도 없는 이야기.

길주 쓸 데가 있고 없고는 내가 정하오.

길주, 돈꾸러미를 내민다.

전기수 나는 건소. 저기 경기도 남양부까지. 오늘 제사거등.

길주 그럼 더 좋지. 함께 하세.

전기수 참내….

돈을 거두는 전기수.

5.

꽃이 만개한 사월의 길.

길주와 전기수가 그 길에 접어든다.

길주 그 뒤로는 어찌 되었나?

전기수 그 뒤 이옥은 다시 한양으로 가던 도중 세자책봉과 함께 자신에게 내려졌던 벌에 대한 사면령이 내려졌다는 소식을 들었소. 임금이 이미 병이 깊어 그런 절차를 내렸다는 소문이었소.

길주 잘 되었네. 그럼 이제 과거를 보는 것은 문제도 아니었겠네. 임금도 곧 바뀔 것이고. 그래서 급제를 했느냐?

전기수 그런데 그는 과장으로 향하지 않고 그 길로 발을 돌려 고향으로 향했소.

길주 왜서? 임금이 용서를 했는데. 더 이상 힘이 없는데, 왜서?

전기수 나리 형님 때문에….

길주 뭐?

사람들 나온다. 정조는 병색이 완연하다.

정조 석주야. 나는 이제 곧 죽는다.
세상은 슬픈 곳이다. 괴이한 곳이다.
도처에 그것뿐이다. 나는 평생 슬펐다.
나는 태어나면서부터 슬플 운명을 타고 났다.
석주야. 사람이 슬픔에 빠지는 것을 막아라.
글로써. 너는 그럴 수 있을 것이다.
그들이 어쩔 수 없이 그런 글을 쓴다는 건 나는 이해한다.
하지만 용납하지 못한다.
갈수록 그런 글을 쓰는 이들이 많아질 것이다.

대척점을 만들어라.
건강하고 강건하고 힘을 주는 이야기.
너는 할 수 있을 것이다.
너는 나와 다르다. 너는 출신이 곱다.
그리고 그 힘을 계속 이어라.
홍씨 가문. 세력을 키워라.

길주 ….

어린 석주 알겠사옵니다.

정조 내가 죽으면 내가 막아놓은 많은 것이 어쩔 수 없이 원래 제자리로 돌아올 것이야. 하지만 그것을 멀리 두어라. 멀리 두는 사람이 반드시 있어야 한다.

이옥 (엎드리며) 멀리 있겠소. 중심에 가까이 있지 않겠소.

정조 이옥, 나는 그 자를 사랑했다.
그래서 막았지만 오히려 더 튀었다.
그것조차 막을 순 없었다.
내 그것을 알고 있었다.

어린 석주, 이옥에게 간다.

어린 석주 정조 대왕께선 당신을 사랑하였소. 당신의 마음을 알고 있었소. 그 모든 것을 모든 것을. 가시오 멀리 한양에서 멀리.

전기수 나리 형님이 지키고 있는 도성에 이옥의 자리는 없소이다.

정조와 어린 석주가 퇴장하고, 이옥은 그 쪽을 향해 절을 하고 봇짐을 여민다.

이옥 잘 있거라. 한양아. 다시는 널 보지 못하리.

이옥 혹은 사람들의 노래.

문득 내다본 세상 / 사람 참 많기도 하지
이 곳 한양 / 사람 소리 들려/
한양 할 일도 많고 / 한양 할 말도 많은
한양이여 안녕

내 글 자연을 말하고 세상을 말하는 자유로움
한양 밖에 꽃 피우리라
(후렴)
십리 밖에 멀어지네 (한양)
수많은 정 들은 곳
오늘 지나면 다시 찾지 않으리라 슬픈 내
한양아… 잘 있거라 한양아

이옥이 현실의 꽃길로 접어든다.
이옥, 버릇처럼 메모책을 꺼낸다. 꽃의 일면을 보고 무언가를 쓴다.
꽃에게 묻는다.
꽃이 답을 한다.

사람들이 지나가며 이상하게 쳐다본다.
그 사이 금춘이 슬쩍 나타난다.
몰래 길주 일행의 뒤를 따른다.
그러다 문득 전기수와 눈이 마주친다.
하지만 길주가 보면 사라지고 없다.
길주가 다시 이옥을 좇으면 금춘이 다시 모습을 보인다.
꽃 사이를 헤매는 나비 같다.

이옥이 길가에 앉아 담배를 꺼내든다.

6.

길가.

전기수 우리도 담배나 한 대 태웁시다. 담배 하시지요?

길주 …. (말이 없다)

전기수 담배. 술을 잔뜩 마셔 간에 열이 나고 숨통이 답답할 때, 시원스럽게 한 대 피우면 답답한 기운이 숨을 따라 빠져나간다. 이옥 쓴 글이요. 연경(煙經)이라고.

이옥 담배의 효용. 근심과 번민에 쌓이거나 할 일 없고 무료할 때, 천천히 한 대 피우면 술로 씻어 내리는 것 같다. 허허, 그것참.

다시 담배를 피운다.
길주, 전기수에게 담배를 청한다.
두 사람 담배를 피운다.

길주 정조 대왕도 이 담배를 즐겼다지?

이옥 담배 피우기 좋을 때. 달빛 아래에서 좋고, 눈 속에서 좋고, 꽃 아래에서 좋고, 물가에서 좋고, 누각 위에서 좋고, 길가는 중에 좋고, 배 안에서 좋고, 베갯머리에서 좋고, 변소에서 좋고….

담배를 피우는 제각각의 사람들이 보인다.
몽연하다.

이옥 담배가 맛있을 때.

해당 선비가 담배를 피우며 '하–' 소리를 연신한다.

또 대궐 섬돌 아래로 달려가 임금을 모실 때, 엄숙하고도 위엄 있는 가운데 입을 다물고 오래 있노라면 입 안이 깔깔하다. 겨우 대궐문을 빠져나와 황급히 담뱃갑을 찾아 재빨리 한 대 피우면, 오장이 모두 향기롭다.

신하 하나가 재빨리 나와 담배를 핀다. '하-' 한다.

이옥 길고 긴 겨울밤 첫닭 우는 소리에 깨어 대화할 상대가 없고 할 일도 없을 때, 잠시 부시를 탁하고 쳐서 튀는 불꽃을 피워 천천히 이 불 아래에서 은근히 한 대 피우면 봄기운이 빈 방에 피어난다.

이옥 혹은 사람들의 노래.

달빛이 가득할 때 / 흰 눈이 펑펑 올 때
멍하니 누군갈 기다릴 때 좋고 / 길 걸어 갈 때 좋지~ 하
책상에 앉아 글 읽고서 / 침이 다 말랐을 때
화로에 두었던 담배 한 대 피면 / 달기가 엿과 같지 ~하
술 한잔 할 때 좋고 / 밥 먹은 후에 좋고
화장실 안에서 한 대 딱 피면 / 오장이 향기롭다 ~하
겨울 첫닭 소리에 깨어 / 마땅히 할 일 없을 때
부싯돌 작은 불 얕은 봄기운 / 방안에 피어나네 ~ 하 ~

해당하는 이가 그렇게 한다.
이후도 그렇게 마치 장단에 맞춘 노래와 같다.

길주 여기가 어디쯤 되는가?
전기수 수원부요….
길주 남양부라면 어딘가?
전기수 예서… 한두 식경이오. 바닷가지요, 한적한. 그곳 매화산 아래가

내 집이요.

길주 이옥은 그 후론 글은 안 썼나?

전기수 방금 들은 건 글 아니요?

길주 아니, 그런 글 말고.

전기수 그런 글이라니요?

길주 그런 사소한 거 말고.

전기수 사소하다니요. 천하 만물에 사소한 게 어딨소? 그동안 얘길 뭘로 들은 거요?

길주 ….

전기수 만물이란 만 가지 물건이니 진실로 하나로 할 수 없거니와 하나의 하늘이라 해도 하루도 서로 같은 하늘이 없고.

길주 … 말이 잘못 나왔네.

전기수 허망하네….

길주 잘못 나왔다지 않은가.

전기수 그는 백운필이라고 남양부에 가서 계속 글을 썼소. 새에 대해서 썼고, 물고기에 대해서 썼고, 벌레에 대해서 썼고 꽃, 곡식, 과일, 채소, 나무, 풀에 대해서 썼소.

길주 그걸 왜?

전기수 참나… 답답한 어르신

이옥, 책을 접는다.

이옥 (웃으며) 이 저작에 왜 백운필이라는 이름을 붙였는가?[13]
백운사에서 붓을 들어 썼기에 붙였다.
백운필은 무엇 때문에 썼는가. 마지못해서 썼다.
왜 마지못해서 썼는가? 백운사는 본래 외지고 여름날은 지루하다.

---

13) 백운필을 왜 쓰는가 : 이옥의 글.

외져서 찾는 이가 없고 지루하여 할 일이 없어서다.
내 어떻게 본래 외진 곳에서
이 지긋지긋하게 지루한 시간을 보내야 좋단 말인가.

이옥, 일어서서 걷는다. 두 사람도 따라 걷는다.

이옥 내 형편이 부득불 말하지 않을 수 없다. 그럼에도 불구하고 말하지 않는다면 그만이지만, 굳이 말해야 한다면 부득불 새를 말하고, 물고기를 말하고, 짐승을 말하고, 벌레를 말하고, 풀을 말하고, 꽃을 말하는 것 외에는 다른 방도가 없다.

7.

남양부 매화산 아래.
매화나무 한 그루 섰다. 그 뒤에 금춘이 숨는다.

전기수 (퉁명스레) 이제 다 왔소. 여기가 남양부 매화산 아래요. 더 갈 데도 없어. 앞으론 바다야. 인제 가시요. 난 들어가야 되니.

길주 아 잠깐.

전기수 왜요? 들어와서 제삿밥이라도 자실려구요?

길주 … 내가 맘에 안 드는 점이라도 있나? 같이 잘 오구서 갑자기 퉁명히….

전기수 되물읍시다. 그럼 나리님은 예까지 오시면서 뭐 얻은 거라도 있으십니까?

길주 … 있다고도 볼 수 없고 없다고도 볼 수 없고….

전기수 보이는 건요?

길주 … 그게 참… 딱히.

전기수 당연하지. 글을 입으로만 쓰는데….

길주 뭔 말인가.

전기수 당신 글이 당신 몸 어디에서 나왔소?

길주 어디라니?

전기수 내가 보기에는 당신 입은 당신한테 달렸지만 당신 눈은 당신한테 안 달렸어.

길주 아, 뭔 말이야-.

전기수 그렇지 않고서야 보이는 것도 못 보니 눈뜬장님 아니요? 저기 수풀 속에 숨은 나비가 안 보인단 말이요? 저게 저래 뵈도 나비는 맞어.

길주 예까지 따라왔느냐?

전기수 그 아이를 나무라지 마시오. 제 가진 무늬가 남 같지 않다고 해서 나비가 아닌 건 아니잖소.

길주 저게 나를, 내 정신을 혼미하게 해. 나를 그윽한 어둠으로 이끌어.

전기수 거 좀 달래주시오. 저 아이가 나리하고 죽자고 이 길을 따라왔겠소- 이옥 그 사람이 지은 이야기를 하나 더 해보겠소. 마지막으로. 한양에 콧대 높은 기생이 하나 있었소. 그 아이의 용모와 기예가 한 시대 최고였소.

길주 의리 있는 기생이야기 말이냐?

전기수 맞소.

길주 그게 그 사람이 지은 얘기냐.

전기수 그렇소. 내가 직접 들었소.

길주 그 얘기라면 나도 안다. 이미 충분히. 저것도 그 얘기에 빠져서 나를 쫓아온 거 아니냐.

전기수 나리께서 아는 그 이야기는 무슨 이야기요?

길주 한 세상 허망하고 억울해서 그냥 술 먹고 가면 그만이란 얘기 아니냐?

전기수 쯧쯧… 이옥은 임금을 생각하면서 그 애기를 지었다 했소. 자길 버린 임금을 생각하면서. 그런 임금을 한번만이라도 위로하고 싶다했소.

이야기 속 협창과 선비가 나온다.

협창 같이 놀아요.

사이.

협창 나으리가 다시 한양으로 돌아가지 못할 것은 정해진 이치예요. 굴욕적으로 사느니 차라리 한평생 꽃구경 하다 죽는 것이 낫지요. 그리 하시지 않을래요?

선비 네 이년. 그걸 말이라고 하느냐.

협창 말이 아니지요. 글도 아니지요. 아무 것도 아니지요. 그래도 그게 내 마음 속에 있어요. 말로도 글로도 못하는 그게.

선비 ….

협창 나리님은 무얼 원하십니까. 다시 환도하여 벼슬을 하길 원하십니까? 그럼 제가 돌아가겠나이다.

선비 ….

협창 그럼, 그저 여기서 쓸쓸히 죽기를 원하십니까. 그럼 또 저는 돌아가겠나이다.

선비 ….

협창 죽음과 벼슬 사이에 무엇이 있사옵니까?

선비 ….

협창 소녀에게는 나리님이 있사옵니다. 나리님을 보고 듣고 말하고자 하는 것 그것이 제가 원하는 전부이옵니다.

선비 왜서? 니가 왜서?

협창 나리님을 통해 세상을 보았기 때문입니다.

선비 ….

협창 나리님. 고개를 들어 꽃을 보시옵소서.

이옥 벌레를 보시옵소서. 짐승을 보시옵소서.

협창 제가 옆에서 불을 밝히겠사옵니다.

선비 … 왜서?

협창 그것이 흔하디흔한 천한 것들이 보는 것이옵니다.

선비 꽃과 벌레를 말이냐.

협창 예….

선비 짐승과 물고기를 말이냐.

이옥 예….

선비 그러면 위험한데도? 그러면 불편해지는데도?

협창 위험을 그대로 두시옵소서. 불편을 그대로 두시옵소서.

이옥 지 풀에 지쳐 근심어린 이의 곁을 스스로 떠날 때까지.

선비 춤을 추자. 내가 세상을 잃었으나 너라는 눈을 얻었구나.

둘, 춤을 춘다. 사라진다.

길주 내가 세상을 잃었으나 너라는 눈을 얻었구나.

전기수 이옥은 임금을 사랑하였소.

길주 그런 얘기까지 했단 말이냐, 자네에게? 평생 글을 읽은 나도 모르는 이야기를 한낱 푼돈에 이야기나 파는 너에게?

전기수, 집 쪽을 향해 절을 한다.

전기수 다녀왔습니다. (책을 꺼내며) 이 책은 내 아버지가 평생을 쓴 문집이오. 이 문집을 유품으로 남기시며 당신이 바라보는 세상을 헤아리는 자가 있으면 전해 주라 하셨소. 이옥, 이분이 내 아버지였소.

길주 그래서… 얘기하기를… 저어한 거냐?

전기수 그렇소….

길주 ….

전기수 평생 여기 화성 땅에 살면서 억울해하는 나에게 그는 이렇게 얘기

했소. 임금이 사는 한양에서만 모든 것을 볼 수 있는 것은 아니다. 외로이 떨어진 이 바닷가 매화나무 아래에서도 세상은 다 보인다. 그래서 내가 물었소. 사람들은 모두 어여쁜 꽃이 있는 곳으로만 가는데 아버지 홀로 외딴 바닷가에 있으니 아버지는 어찌해서 꽃에 그리 무심하세요.[14]

이옥 그렇지 않다. 큰 은혜는 큰 은혜를 끊고, 큰 자비는 자비를 끊고, 큰 사랑은 사랑을 끊는 법이네, 또한.

전기수 아버지는 또 이런 얘기도 했소. 이 꽃은 여기 그 옛날 당성[15]에 자주 피는 상서화야.

이옥 그런데 말이야. 내가 이 꽃을 보고서 임금을 생각하면 얼마나 가슴이 아프냐. 하지만 내가 만일 한양에 가서 다시 임금의 얼굴을 보고 이 꽃을 생각한다면 그 마음이 어찌 아름답지 않겠느냐.

전기수 임금에게서 꽃을 보아라.

이옥 임금에게서 꽃을 보아라. 꽃에서 임금을 보지 말고.

전기수 꽃에서 임금을 보지 말고.

이옥 저기 보이는 당성이 그 옛날 고구려 땐 중국으로 가는 커다란 항구였지. 지금은 폐허가 다 됐지만 말이야 내 눈엔 아직도 그 옛날 사람이 다 보인다. 사람이 사람들이. 주름이 보인다… 사람에게서 사람을 보아라.

길주 사람에게서 사람을 보아라.

금춘, 주저앉아 운다.

사이.

전기수 들어가려 한다.

길주 이름이 뭐요?

---

14) 화설(花說) : 이옥의 글.

15) 당성(唐城) : 경기도 화성시 서신면 상안리 구봉산(九峰山)에 있는 삼국시대의 산성.

전기수 나는 이름을 버렸소.

길주 이름을 버리다니?

전기수 나는 내 아버지 이옥이 남긴 그림자일 뿐이오.

길주는 생각한다.

그의 생각 속에서 그 옛날에 그곳(당성)을 드나들었을 무수한 사람들이 나온다.

선비가 대장장이로 나온고,

기생이 야채를 이고 나오고,

어린 석주가 팔초어를 들고 나오고,

정조가 고기를 들고 나온다.

이를 이옥은 책을 펴들고 또 기록한다.

길주가 금춘에게 다가간다.

피우던 담배를 건넨다.

막.

미국 아버지

American father

*Notice

이 희곡은 '2004년 5월 이슬람 무장세력에 의해 참수된 닉 버그' 사건과 그로부터 몇 달 뒤 닉 버그의 아버지, 마이클 버그가 영국의 전쟁저지연합에 쓴 '장문의 편지 한 통'을 모티브로 쓰여졌습니다. 그러나 그러한 역사적 사실 이외에는 모두 허구임을 밝힙니다. 또한 희곡 대사의 일부분이 신문기사, 책, 미국 드라마, 영화에서 인용되었음을 밝힙니다.

누가 그들을 죽이는가*

등장인물

빌 : 윌의 아버지. 50대 후반. 마약중독. 알코올홀릭 등등.
윌 : 빌의 아들. 20대 후반
빌리 : 빌의 환각 속 청년 때 빌. 20대 초반
낸시 : 빌의 환각 속 첫사랑. 20대 초반
데이빗 : 빌의 친구.
헤바 : 윌의 부인. 아랍계. 20대 후반
자말 : 헤바의 아버지.
데르하민 : 헤바의 어머니.
밥 : 윌의 이웃집에 사는 17세 고등학생.
그 외 : 알카에다, 기자, 반전운동가, 아나운서 등
실제인물과 빌의 환각 속에 등장하는 다양한 인물들.

때

2000년부터 그 이듬해까지.

곳

뉴저지주의 저지시티, 외곽에 자리 잡고 있는 가정집.
무대 대부분은 그 집의 거실이고 상수 쪽으로 각 방으로 향하는 통로가 있고 윌과 헤바의 방문은 무대에서 보인다.

하수 쪽은 이 집으로 들어오는 현관문이고 집 자체가 도로의 코너에 물려 있어 무대 전면에 보이는 유리창 밖으로 이 집으로 접근하는 차들을 볼 수 있다. 객석 쪽으로 집 뒤 정원으로 향하는 다른 창문이 가정되어 있고 이는 뉴욕 쪽을 향하고 있다. 전체적으로 깔끔한 집의 틀에 비해 거실은 좀 너저분하다.

1.

전면창의 블라인드에 자막이 투사된다.

「2004년 5월 이슬람의 웹사이트에 알 자르카위(al-Zarqawi)로 보이는 알카에다의 남자들이 이라크에서 일하고 있던 미국인 니콜라스 버그(Nicholas Berg)를 참수하는 끔찍한 비디오가 공개되었다. 얼마 뒤 그의 아버지 마이클 버그(Michael Berg)는 영국의 전쟁저지연합으로부터 반전집회에 참석해달라는 편지 한 통을 받았다. 그러나 그는 그 집회에 가지 않고 장문의 편지 한 통을 썼다. '내 아들 닉(Nick)에 대해 자랑을 하라면 그는 나의 스승이었고 영웅이었습니다. 사람들은 내가 왜 내 아들의 비극적이고 극악한 죽음에 대해 부시행정부를 비난하는데 집중을 하고 있냐고 묻습니다. 나는 내 아들을 잘 알기에, 내 아들을 죽인 그들이 내 아들과 교류했던 어느 곳에선가 내 아들이 매우 특별한 사람이라는 것을 알게 되었을 것이라고 확신합니다. 나는 그들이 그 끔찍한 일을 저질렀을 때 그들이 해도 좋을 만큼 그 일에 아주 몰입하지 않았다는 사실에 위안을 느낍니다. 나는 칼을 휘두른 사람이 그의 손에서 닉의 숨결을 느끼고 그가 실제의 인간이라는 사실을 알았을 것이라 확신합니다. 나는 나머지 4명이 내 아들의 눈을 들여다보았고, 적어도 세계의 나머지가 보았던 그 어슴푸레한 장면이라도 보았다고 확신합니다. 그리고 나는 이 살인자들이 그 짧은 시간 그들이 하고 있는 일을 싫어했을 것이라 확신합니다. 하지만 조지 부시는 결코 내 아들의 눈을 들여다보지 않았습니다…'[1] 우리는 그 편지 속에서 한 인간인 아버지와 아들이 어떻게 혈육이 죽은 고통을 떠나 전쟁과 자본주의를 사유하는지를 보았다. 그래서 혈육이 죽은 고통을 떠나 사유하는 인간을 재현해보고자 몇 가지 사

1) 마이클 버그의 편지 中

실에서 모티브를 얻어 이 극을 지었다. 극적 구성을 위해 인물과 사건과 시간대는 임의대로 구성했음을 밝힌다.」

자막. 다음으로 바뀐다.

「이 이야기는 2000년 미국 뉴욕, 맨해튼과 허드슨강을 사이에 두고 있는 저지시티에서 자신의 아들, 윌에게 잠시 얹혀살고 있는 빌로부터 시작된다. 1. 윌의 집. 어떤 날, 겨울. 이른 오후.」

빌과 밥이 현관문을 열고 들어온다. 양복을 입은 빌의 손엔 신문과 종이봉지에 쌓인 술병이 들려있다. 문을 닫고 밖을 살피는 밥.

밥 아무도 없죠?
빌 다 일 나갔어.

밥, 조심스레 안주머니로부터 소량의 흰색가루가 든 봉지를 꺼낸 후 핸드폰의 안테나를 뽑아 묻힌다.
빌, 잡아채 코에 대더니 깊게 들이마신다. 눈을 감는 빌.

밥 Yo! 난 최상품만 팔아.
빌 백 달러?

빌, 밥에게 돈을 꺼내 건넨다. 밥, 가루봉지를 건넨다.
빌, 소파 쪽으로 가다가 잠시 휘청인다.

밥 괜찮아?
빌 … 응. 인제 가봐.

밥, 가려 한다.

빌 참, 전화번호 주고 가.

밥 번호는 없어.

빌 그럼 내가 너 어떻게 다시 찾아?

밥 그냥 난 길에 있어. 오늘처럼.

빌 길에 있는 널 어떻게 다시 찾아?

문득 서성이는 밥, 어쩔 줄 모른다.

빌 장사하려면 고객을 관리할 줄 알아야지.

밥 ….

빌 쫄았어?

밥 씨발. 내가 왜 쫄아?

빌 욕하지 말고. 떳떳하고 당당하게.

밥 ….

빌 돈 많은 사람들은 더 손쉽게 구해. 잡히지도 않고.

밥 나도 다 안다구. 씨….

빌 그럼 번호는?

서성거리는 밥. 잠시 후 거친 랩을 하며 종이에 번호를 써 건넨다.

밥 내 이름은 밥이야. 총을 살 거야. 날 투명인간 취급하는 놈들은 싹 다 죽여버릴 거야.

빌 그래라.

밥 그러니까 날 무시하지 말라고.

빌 아무도 널 무시하지 않아. 그러니까 이제 가줘.

밥 인간이 만든 거니까 인간이 부술 수도 있어.

빌 그래라.

밥 아저씨도 오늘 처음 하는 거지?

빌 처음이지. 3년 만에. 그러니까 제발 혼자만의 시간을 가질 수 있게 제발.

밥, 여전히 마음에 안 드는지 랩을 하며 나간다.
빌, 한숨을 쉬고 넥타이를 벗는다. 그리고 소파에 앉는다.
코카인 가루를 정렬한다. 들이마신다. 푸 숨을 내쉬는 빌.

빌 좋아.

빌, 웃으며 종이봉지에 쌓인 술을 한 모금 마신다.
귀에서 어떤 음악이 들리는지 손짓을 해본다. 그때 갑자기 실제 음악소리가 거실에서 들리기 시작한다. 빌, 자신의 머리를 만지며 놀란다.

빌 … 좋다. (음악에 취하며) 내가 왜. 이걸.

빌, 눈을 감고 젖어든다.
그때 어디선가 20대의 낸시가 나타나 빌의 뒤로 지나간다.
마치 숨바꼭질을 하는 것처럼, 젖어있는 빌은 보지 못한다.
이번엔 빌리가 나타난다.
어두컴컴한 곳에 들어선 것처럼 빌리 더듬거린다.
그의 옷차림은 어쭙잖은 체크남방에 넥타이까지 매고 단정하게 빗은 머리까지 흡사 처음 데이트를 나가는 60년대 수줍은 청년의 모습이다.

빌리 낸시.
빌 (놀라 일어서며) 어, 누구야?

그러나 빌리는 빌의 말을 듣지 못한다.

빌리 낸시. 장난치지 마. 아버지한테 10시까진 돌아간다고 그랬단 말이야.

빌리, 더듬거리며 다른 곳으로 사라진다.

빌 이거. (머리를 털며 약을 본다) 죽인다.

이번엔 낸시가 다시 다른 곳에서 나타난다.

빌 잠깐만, 세상에. 낸시. 옛날 그대로야.

그러나 낸시는 듣지 못한다.
낸시, 숨바꼭질이 재밌는 듯 웃으며 사라진다.

빌 (약을 보며) 진짜 약만 발전했네. (웃으며) 낸시. 나야. 빌. 내가 아까 누굴 만났는 줄 알아? 데이빗. 그놈. (그러나 대답 없다) 세상에 (약을 보며) 그럼. 아까 그게 나야? 그 촌놈이. 하하.

다시 헤매는 빌리 나타난다. 뒤에서 낸시가 나타나 살금살금 그를 놀래려다 빌리에게 잡힌다.
웃는 둘. 그러자 거실이 그 옛날 헛간처럼 어두워진다.
풀벌레 소리.

빌리 이제 진짜 가봐야 돼.
낸시 쉿. 무슨 소리 들리지 않니?
빌리 무슨…?
낸시 들어봐.

낸시, 눈을 감는다. 빌리, 들으려 애쓴다.

빌리 풀벌레 소리밖에 안 들리는데?
낸시 그게 우주가 움직이는 소리야.

빌리　그… 뤟지….

빌　(낸시를 보며) 이쁘다.

낸시　근데 왜 넌 나한테 키스 안 해?

빌리　그건….

낸시가 빌리에게 키스한다. 떨어진다. 빌리, 얼굴이 붉어진다.

낸시　아빠 때문에?

빌리　그게 아니라….

낸시　사랑은 자연스러운 거야. 전쟁이 부자연스럽지. 오늘 아침 신문 봤어?

빌리　응.

낸시　뭐라고 쓰여 있었지?

빌리　닉슨대통령이 베트남전을 끝낼 거래.

낸시　그래서?

빌리　그래서….

낸시　모든 게 잘될 거다?

빌리　응….

낸시　그 말을 믿니?

빌리　….

낸시　영화에선 뭐래?

빌리　무슨 영화?

낸시　어떤 영웅이 이번엔 우릴 구했냐고.

빌리　헨리 폰다.

낸시　TV는?

빌리　왜 그래, 낸시?

낸시　어떤 코미디언이 해피엔딩을 이끌어냈냐구.

빌리　….

낸시　사람들이 점점 바보가 돼가고 있어. 답답해.

빌리 …….

낸시 우린 여기 이 헛간에서 연습을 할 거야. 우리 극단.

빌 (회상에 잠기며) 맞아. 지구빛극단.

빌리 뭐?

낸시 안티고네. 근데 각색해서. 대사 다 빼고. 몸으로만. 컨템포러리 알아?

빌리 응….

낸시 관객에게 질문을 던질 거야. 중간에 모두 다 알몸이 돼서 객석으로 뛰어들 거야. 이 시대 안티고네는 어디 갔는가, 물으면서.

빌리 넌 나 괜찮아?

낸시 ?

빌리 니들처럼 머리를 기르거나 대마초도 안하고 동성애자를 보면 그래도 놀리는 쪽에 서 있는데….

낸시 (웃는다)

빌리 왜?

낸시 그건 니 자유니까.

빌리 하지만 넌….

낸시 빌리. 자유를 말하는 사람은 먼저 자유로워야 돼. 난 니가 나랑 다른 생각을 가지고 있어도 괜찮아. 그게 자유고 그게 사랑이야.

빌 낸시….

빌리 낸시….

낸시, 웃옷을 벗고 가슴을 보인다.

낸시 육체는 언젠가 쓰다가 낡아지는 것에 불과해.

빌 낸시….

낸시 널 가두지 마. 그럼 넌 영원히 갇히게 될 거야.

낸시, 빌리의 손을 잡아 가슴을 만지게 한다.

낸시 어때?

빌리 부엉이가 울어. 귀가 아파.

낸시 그게 우주가 움직이는 소리야.

빌리, 낸시에게 키스한다. 둘, 엉킨다.
창밖으로 밤하늘에 별이 찬란히 떠오른다. 빌의 눈에 그것이 보인다.

빌 존 바에즈보다 더 이뻤지. 나쁜 년. 그래놓고 데이빗한테 가버렸어.

빌리 더 못 참겠어.

낸시 (빌리 손을 잡고) 이리와.

낸시, 빌리를 데리고 다른 쪽으로 사라진다.

빌 그리고 이젠 영영….

빌, 잠시 회한에 잠긴다. 다시 음악을 들으려 손짓을 한다.
그러나 음악이 나오지 않고 거실이 다시 거실로 돌아와 버린다.
빌, 머리를 툭툭 치더니….

빌 좋았어. 한 번 더.

빌, 한 번 더 약을 하려는데 바깥에서 차가 도착하는 소리가 들린다.
빌, 창가로 나가본다.

빌 윌….

빌, 자신이 늘어놓은 코카인 가루를 치우려는 데 갑자기 윌이 들어와 화장실로 들어가 버린다.

멀뚱히 멈춰서게 되는 빌.

빌 … 왔냐?

월 (화장실에서) 네.

빌 왜 이렇게 일찍 왔냐?

월 (소리만) 전화를 받았어요. TLC 프랭크 위원한테.

빌 아….

월, 화장실에서 나와 손을 털다가 문득 빌의 코카인을 본다.

월 아버지….

빌 (멋쩍게 웃으며) … 그래… 다시 시작했다.

월 약속하셨잖아요?

빌 약속… 은 이제 필요 없어졌다….

월, 한숨을 쉰다.

빌, 자리에서 일어나 다가서며.

빌 내가 오늘 TLC에서 누굴 만났는 줄 아냐?

월 ….

빌 데이빗. 너 데이빗이 누군 줄 알지? 내가 말했잖아. 내 친구 데이빗. 공화당 상원위원. 94년에 민주당에서 공화당으로 옮겨 탄.

월, 기억난다는 듯 고개를 끄덕인다.

빌 그 친구가 TLC 위원장으로 왔드라고.

월 네?

빌 난 몰랐어. 그러니까 당연히 고개 숙이고. TLC 위원들한테. 저는, 이 빌 존슨은 이 뉴욕시에서 개인택시를 원합니다. 제가 비록 나이도 있고 알코올홀릭도 있었지만 2년 동안 재활모임에도 나갔고 지금은 제 스스로를 완벽히 컨트롤할 수 있다고 자부하는 바입니다. 그러니 저에게 제발 라이센스를 주셔서 다시 사회생활에 복귀할 수 있는 기회를 열어주세요 라고… 말을 하려고 했었지….

윌 (앉으며) 그 사람이 아버지한테 불이익을 줬어요? 데이빗?

빌 아니, 그 친구는 오히려 날 반갑게 대해줬어. 웃으면서.

윌 그런데요?

빌 … 그 웃음이 문제였어.

윌 예?

빌, 전면을 보고 설명한다.

빌 자. 여기가 월드 트레이드센터 92층에 있는 TLC 코트야. 난 여기서 있고 내 앞에는 9명의 위원들이 (앞을 가리키며) 반원형으로 앉아서 날 바라보고 있어. 그들 뒤로는 성조기와 그 외에도 3개의 깃발들이 병정처럼 서 있고 그 뒤로 자랑스러운 뉴욕시의 노란 마크가 있고 내 옆엔 내 숨소리까지 기록할 카메라가 있어. 그리고 내 정면에 그 친구가 앉아 있어. 데이빗. 내 차례가 되자 그 친군 옆에 위원들하고 나직이 떠들면서 잰 내 친구다, 오래된 동료다, 한때 월 스트리트에서 일했다 그러고 있어. 그중엔 니가 말한 프랭크 위원도 있었겠지. 그런데 그들은 웃으면서 날 힐끔 힐끔 보면서 날 거기다 가만 세워놨어. 3분 동안… 그리고 데이빗이 말했지. 웃으면서….

빌, 자리를 바꾸며 데이빗의 흉내를 낸다.

빌 빌 존슨 씨. 서류는 봤고 위원님들에게도 보고 받았습니다. 네. 그럼 말씀해 보세요. 과거 본인이 어떤 잘못을 했었고 또 지금은 어떻게 갱생의 노력을 하고 있는지.

사이.

빌 난 아무 말도 안했어.
윌 왜요?
빌 그냥….
윌 아버진 저랑 그걸 수십 번 연습하셨잖아요.
빌 갑자기 하기 싫어졌어.
윌 왜요?

사이.

빌 세상엔 그냥이라는 것도 있잖아.
윌 (한숨)
빌 그러니까 데이빗이 말하드라. 빌 존슨 씨. 고백하고 저희가 그걸 듣기만 하면 모든 건 다 용서될 겁니다. 다시 시작하려면 그래야 돼요. 그게 갱생의 시작입니다. 그때 정신이 팍 들더라. '고백하고 저희가 그걸 듣기만 하면 모든 건 다 용서될 거다… 누가 듣고 누가 용서한다는 거지? 도대체 그 문장의 주어가 누구야? 데이빗? TLC 위원? 아니면 신? 좋아, 신. 그럼 왜 신은 용서의 임무를 그 친구들에게 맡긴 거냐?

그때, 밖에서 헤바가 들어온다. 두 사람과 인사를 가볍게 주고 받는다.

헤바 윌, 일찍 들어왔네. 나 좀 쉴게.
빌 헤바.
헤바 (웃으며) 빌.

헤바, 피곤한 듯 자신의 방으로 들어간다.
두 사람 다시 대화를 이어간다.

윌 아버지, 거긴 법정이 아니라구요. 그냥 영업라이센스를 받는 자리에요. 설령 그 사람이 아버지랑 무슨 원수를 진 사이인지 몰라도 그건 그냥 절차일 뿐이라구요.

빌 넌 몰라. 그 사소한 절차가 얼마나 사람을 망가뜨리는지.

사이.

빌 그래. 나두 알아. 내 잘못도 있지. 적어도 5할은 넘겠지. 마약에. 알코올에. (술을 한 모금 더 마신다) 하지만 그게 다 진짜 내 잘못일까. 젊었을 때는 나도 성실한 월가의 보통 직원이었어. 그러다 어느 날 내 상사가 나한테 더러운 똥 같은 일을 하게 했고 나는 고민 끝에 그 일을 했어. 그리고 난 점점 능력 있는 사람이 되어갔어. 하지만 결국 나도 똥이 되어버렸어… 난 길바닥을 굴러다녔어… (사이) 그때 낸시가 죽는다는 소식이 들려왔어. 낸시.

윌 그 첫사랑?

빌 그래. 내 첫사랑.

그때 다시 낸시가 나타나 헛간 밖으로 사라진다.

빌 허. (약기운이 아직 남아있다는 듯 신기하게) 이제 데이빗한테 가냐?

윌 (빌이 말하는 쪽을 보며) 지금 뭘 보고 말씀하시는 거예요?

윌의 눈엔 낸시가 보이지 않는다.

빌, 헛기침을 하고 다시 얘기한다.

빌 그래서 난 데이빗한테 전화를 했어. 데이빗이 낸시를 데리고 놀았거든. 결혼하고 나서도 쭈욱. (전화를 재현하며) 데이빗. 나야. 빌. 낸시가 죽어가. 그래? 빌. 오랜만이다. 근데 나도 안타깝다. 난 최선을 다했어. 갱생의 기회를 몇 번이나 줬다구. 근데 낸시가 결국 스스로 망가진 거라고. 그걸 낸들 어떡하라고 (사이) 낸시. 데이빗이 너가 스스로 망가진 거라는데? (사이) (낸시처럼) 맞어. 내가 그랬어. 내가 선택한 거야. 자유도. 사랑도. 나, 이제 행복해. 신 앞에.
(사이) 낸시. 그럼 전에 니가 말했던 정의, 평등 이런 건 다 어디 갔어? 젊었을 때 널 그토록 빛나게 했던 그 위대한 정신들 말이야. 빌. 고마워. 행복해. 나 갈게. 어어. 낸시. 낸시… (사이) 저 세상으로… 도대체 뭐가 어떻게 된 거야? 자유, 사랑, 정의, 평등, 이런 거는 이 시간 앞엔 다 추억인 건가? 그걸 나도 인정해야 되는 건가?
(데이빗이 되어) 맞아요. 빌 존슨 씨. 우린 다 나약한 존재들이에요. 그러니 모든 걸 용서하고 삶의 재미를 찾으세요. 이 개인택시로 말이에요. 아들한테 언제까지 신세지고 살 순 없잖아요? (사이) … 데이빗은 오늘 나한테 그걸 말했던 거야.

윌, 술을 한 모금 마신다.

빌 아들아. 정말 그런 거냐. 우리는 나약한 인간이니까 정말 신 앞에 이제 납작 엎드려야 되는 거냐. (사이) 그건 너무 안전해. 그리고 구려. 난 알고 있거든. 보통 사람이 그렇게 될 때 그걸 뒤에서 이용하는 놈들이 있다는 걸. 하나님을 앞에 세우고 그 뒤에서 석유, 무기, 돈, 마약, 섹스를 휘두르는 놈들이 있다는 걸. 그래서 내가 데이빗한테 뭐라고 그랬는줄 아냐? 오늘 그 TLC 코트에서. 니가 그렇게 위원장자리에 앉아있다고 해서 날 두 개로 찢어놓을 순 없어. 난 약물중독과 알코올홀릭으로 살았지만 너처럼 개인과 이 나라 사이에서 이중적으로 살진 않았어. 더구나 결혼한 정치가로 섹스스캔들에 얽혀있었으면서도 이제 그 여자가 죽었다고 안심하는 니놈 앞에서 내 전력 따윈 노상방뇨 정도에 지나지 않아. 어떻게 증거를 들이대볼까.

사이.

빌 그놈 얼굴이 하얗게 질렸어. 허허허.

윌 (이해가 간다는 듯 같이 웃으며) 그래서 이제 어떻게 하실 생각이세요? 아버지.

빌 생각한대로 미래가 되긴 했냐? 걱정마라. 어떻게든 될 테니까. 그래. 난 여전히 불완전한 인간이야. 하지만 죄인은 아니야. 낸시처럼. 난 이제 더 이상은 스스로를 자책하지 않을 거야. 약도 하고 싶으면 할 거야. 아들아, 진짜 나 약 조금씩 해도 된다고 생각한다. 너도 해. 우린 어린애가 아니잖아. 그리고 화도 내고 싶을 땐 내. 인간이니까. 부족하면 부족한대로 하나의 온전한 인간이니까.

빌, 다시 마신다.

빌 '순순히 어두운 밤을 받아들이지 마라.
노년에 날이 저물어갈수록 열 내고 몸부림쳐야 한다.
빛이 꺼져감에 분노하고 또 분노하라.'[2] 딜런 토마스.
허….

사이.

윌 … 하지만 분노로 얻을 수 있는 건 아무 것도 없어요.

빌 그럼 뭘로 뭘 얻을 수 있는데?

사이.

윌 나부터 세워야 해요. 세상이 그렇기 때문에 분노해야 된다는 건

---

2) 딜런 토마스의 詩

다만 말려들 뿐인 거니까.

빌 뭘로 너를 세울 건데?

사이.

윌 … 윤리(ethics)루요.

빌 … 윤리?

윌 우린 이제 자기가 옳다고 생각하는 걸 먼저 찾아내서 그걸 지키면서 살아가야 해요.

빌 맨해튼 한복판에서? 너 혼자?

윌 아버지 자신부터 구하세요. 그래야 바로 볼 수 있으니까.

빌 뭘?

윌 뭐가 진짜인지.

빌 그래. 뭐가 진짜지? 그럼 그걸 누가 진짜라고 너한테 가르쳐줬지? 윤리? 너만 할 때 그게 우리한텐 자유고 정의고 평등이고 그랬어.

윌 아뇨. 그건 다르죠.

빌 뭐가?

윌 아버지가 말하는 자유와 정의와 평등은 세상 사람들이 만든 거지만 제 윤리는 제가 스스로 만든 거니까요.

빌 응?

윌 더 이상 세상 사람들이 만든 가치는 우릴 구할 수 없어요. 뭐 자본주의, 사회주의, 신 이런 거… 그렇지 않아요? (사이) 우린 우리 스스로 각자만의 가치를 만들어야 해요. 옳기 때문이 아니라 내가 그렇게 하고 싶은 것들로요. (사이) 누군가 나에게 넌 누구편이냐 묻는다면 전 그 편을 가르는 사람과 싸울 거예요. 그게 제 윤리에요.

빌 … 개인주의를 말하는 거냐?

윌 아버진 왜 그 사람을 미워하세요? 낸시라는 여자분 때문에? 아니면 아버지가 믿는 그 정의 때문에? 아버지가 틀렸다는 얘기를 하려는 게 아니에요. 사랑 때문에 그 사람을 미워해도 돼요. 정의 때문에 친구를 미워해도 돼요. 다 괜찮아요. 근데 문제는 아버지가 무엇 때문에 무엇을 미워하는지 그걸 먼저 정확하게 아셔야 된다는 거예요. (사이) 그렇지 않으면 먼저 아버지가 무너지게 돼요. (사이) 우린 그 미움 속에서 내가 생각할 때 옳지 않은 것, 그것만을 미워할 수 있어요….

빌 아… 그게 니 윤리라는 거구나.

윌 난요, 이상해요. 아버지가 먼저 자꾸 자기 자신부터 미워하고 있다는 생각이 들어요. 이렇게…. (약을 가리키며)

사이.

빌 미워하지. 나를. 세상을. 그리고… 세상에 속은 날….

그때 빌리가 웃통을 벗은 채로 더듬거리며 나온다.
윌의 눈엔 보이지 않는다.

빌리 낸시. 낸시.

빌 저렇게 바보처럼.

윌 아버지?

빌리 낸시. 어디 있어?

빌 (윌에게 들으라는 듯) 야 이 멍청한 놈아. 낸시는 이제 데이빗한테로 가버렸어. 그러니 너도 깨어나. 깨어나서 어서 그 헛간을 뛰쳐나오라구.

윌 (코카인을 보며) 이거….

빌 그래. 약간에 약의 힘을 빌렸지. 그래서 그게 잘못된 거냐. 이제 난 보이는데. 그래 니 말대로 이렇게 나는 흔들리고 있어. 하지만 흔들리면서 나아가는 게 사람 아니냐?

윌 하지만 분노로는 아니죠.

빌 분노 좀 하면 어때? 인간인데.

윌 상처받으면서까지요?

빌 필요하면. 상처받으면서, 흔들리면서, 나아가는 게 인간이지. 너처럼 너만의 윤리로 무장해버리면 밤새워 뒤척일 필요가 뭐가 있냐?

윌 아버지….

빌 넌 틀렸어. 분노하지 않는 자의 말을 이 세상은 듣지 않아. 넌 아직 그 필요성을 모르고 있어.

2.

자막.

「2. 며칠 뒤 혹은 그 시간이 흐르는 동안.」

한쪽에서 윌과 헤바가 얘기하는 동안 빌은 옷을 갈아입으며 일부러 콧노래를 부르며 창가 쪽에 자신의 가재도구를 늘어놓는다. 흡사 히피처럼. 빌리는 사라지지 않았다. 한쪽 구석에 웅크리고 있다.

윌 (빌을 보며) 아버지 말이 다 틀린 건 아냐. 나도 매일 흔들리고 있어. 나는 매일 스크린 모니터에 숫자를 쳐 넣고 있어. 그럼 다른 사람들이 그 정보를 가지고 지구 반대편에 있는 사람이랑 반대편에 돈을 걸고 자기도 나름대로 숫자를 쳐 넣고 그리고 마감 때가 되면 이기는 사람도 있고 지는 사람도 있고[3] 그런데 그 일 때문에 어떤 마을은 통째로 없어지고… 아버지, 개인택시, 그 돈. 그건 내 월급이 아냐…

---

3) 영화 〈마진콜〉 中

난 어디에 발전소가 생기는지, 천연가스가 개발되는지 전혀 모르면서 그냥 그 일을 하고 있어. 이러다 우리 모두 다 숫자에 잡아먹힐 것 같아. 오늘 또 내가 몇 사람 인생을 날려 보냈어. 근데 아무렇지도 않았어. 커피는 여전히 달콤했고, 사무실에서 내려다보는 세상은 고요하고 아름다웠어. 더 이상 이렇게 살 순 없어.

헤바 윌….

윌 그래서 얘긴데 나 회사 그만 두려고.

헤바 윌.

윌 들어봐. PWI라고 있어. NGO단첸데 작년까지 남수단에 우물을 만들어주는 일을 했어. 그리고 올해부터는 그쪽 주민들을 위해 수도시설과 화장실이 있는 집을 만드는 일을 시작했어. 우리 거기 함께 하면 어떨까?

헤바 뭐?

윌 거기 주민들한테 집을 지어줄 거야. 알잖아. 내 꿈이 목수였던 거. 그렇게 되면 당신이나 나 새 삶을 시작할 수 있을 거야.

헤바 윌….

윌 사람들은 미친 짓이라고 하겠지. 하지만 그건 내가 아는 옳은 삶이야. 적어도 나한테는. 처음엔 힘들겠지만 자리를 잡으면 우리 새로운 곳에서 새롭게 시작할 수 있을 거야. 연봉은 작지만 사는 게 뭔지 느끼면서.

헤바 윌, 나 자기가 무슨 말 하는지 알고 있어. 그런데….

사이.
헤바, 말을 잇지 못한다.

윌 그런데 뭐?

헤바 상황이 조금 달라졌어.

윌 뭐가?

헤바 나 얼마 전에 병원에 갔다 왔어.

윌 왜?

헤바 나… 아이를 가졌어.

윌 … 헤바.

월, 헤바를 안는다. 빌이 지나가며 같이 웃는다.

윌 헤바 사랑해.

헤바 미안해, 윌. 우리 그럴 상황이 아닌데.

윌 무슨 소리야.

헤바 (윌의 손을 이끌고 베란다로 가) 내가 작년에 이라크에 가지만 않았어도. 우리 부모님이 그 친척에게 돈만 주지 않았어도….

윌 괜찮아, 헤바. 그건 다 지나간 일이야. 이제 해법을 찾으면 돼.

헤바 아냐, 이건 자기 생각보다 훨씬 더 심각해. 우리가 돈을 준 친척이 이슬람 무장단체에 들어가서… 평생 미국인으로 살아왔는데 갑자기 입국정지… 한밤중에 멕시코국경을 넘어오느라고 나랑 우리부모님이 얼마나 힘들었는 줄 알아? 우린 웨이버 신청도 안됐어. 그건 그냥 무슬림의 사다카 같은 거였는데… 이제 불법체류자에… 애까지….

윌 아기엄마한테 눈물은 좋지 않아.

헤바 미안해. 자꾸 상황을 어렵게 만들어서. 근데 어떡하지 우리?

사이.

윌, 서성인다. 생각한다. 잠시 후.

윌 아냐, 어쩜 이건 우리 아이가 우리에게 새로운 계기를 만들어 주고 있는 건지도 몰라.

헤바 … 무슨 소리야?

윌 이대로 우리 아일 여기서 키울 순 없어. 우리 아인 새로운 곳에서 살게 해줘야지. 이거 언젠가 한번은 닥칠 일이었어. 우리한테. (사이) 우리, 아이랑 새로운 곳으로 가자.

헤바 윌….

윌 (콧노래를 흥얼거리며 술을 마시고 있는 빌을 보며) 그리고 아버지도….

3.

자막.

「3. 그로부터 한 달 뒤. 윌이 짐을 싸고 있다.」

빌이 윌이 있는 방문에 대고 소리를 지른다.

빌 안된다니까. 차라리 나처럼 화를 내면서 들이대. PWI. 그게 어디 있는 단체인지 모르지만 거기도 틀림없이 후원을 받아서 운영될 거야. 그렇다면 그 후원은 어디서 나오는데.

윌은 넥타이를 찾으며 집안 이곳저곳을 누빈다. 빌은 따라다니며 얘기한다.

빌 예를 들어 Sam Corp가 거길 후원하고 있다고 쳐봐. 한 분기에 150만 달러씩. 그럼 당장 기둥 몇십 개는 세울 수 있겠지. 하지만 국회에 Sam Corp가 추진하는 사업과 반대되는 좋은 법안이 올라갈 때 그들이 어떻게 나올까. 그때 바로 그들의 정체가 드러날 걸. 틀림없이 PWI에 관계된 상원의원들이 몇 있을 거야. 그리고 그놈들은 어쩔 수 없이 그 법안에 반대하는 표를 행사하게 될 거라고. 그걸 뭐라고 부르는 줄 알아? 민주주의를 가장한 장기적인 동반자관계. 미래를 위한 투자. 그게 무슨 의민 줄 알아? 그들이 벌이는 선의는 그냥 장식품이라는 거야. 넌 거기에 놓인 호두까기 인형이고. 그리고 더 이상 쓸모가 없어지면 지원은 중단될 거고 넌 어느 날 망치질을 하다가 멈추게 될 거야. 안된다고. 우린 도망갈 수 없어. 여기서 결단내야 돼. 이 나라에서.

윌, 짐을 싸고 있는 자신의 방으로 들어간다.

빌 제길. 왜 이렇게 철이 없어.

빌리, 한쪽에 의기소침한 듯 다리를 모우고 앉아있다.

빌 잰 또 왜. (빌리에게) Knock. Knock. Knock. 잊어버려. 지금쯤 낸시는 데이빗이랑 그 짓을 하고 있을 거니까. 헛간을 박차고 나가서 니 삶을 살아.

빌리, 귀를 틀어막는다.

빌 좌우지간 젊음이란 건 꼭 겪어봐야 알아. 도대체 신은 왜 젊음을 젊은 놈들한테 준 거야. 나한테 주지.

빌리 ….

빌 고집센 놈.

빌리 ….

빌 저렇게 한심한 게 나라니.

사이.

빌 아냐. 나야. 맞어. 그러니까 저런 게 나타나지. 그래 저런 이미지부터 지워야 돼.

빌, 밥 딜런의 노래를 틀더니 장난스럽게 라이플을 들고 빌리를 겨눈다.

빌 Knock. Knock. Knock. 자네가 사랑하는 낸시는, 전쟁을 반대했고 민권운동을 지지했던 순수한 낸시는, 출세 대신 청바지와 통기타를 좋아했고 총보다 꽃을 사랑했던 순수한 그 여자는 갔다. 그게 그 히피들의 엔딩이다. 인정해라. 그리고 어서 웨이크 업.

빌리 (허공에서 무언가 들리는 듯 손사래를 친다)

빌 (총을 내려놓으며) 참내….

윌과 헤바가 나온다. 윌은 캐리어를 들고 있다. 빌, 음악을 끈다.

빌 그래. 이게 니가 말한 윤리의 최종방식이냐? 도망가는 거?

윌 … 아뇨. 전 도망가지 않아요.

빌 그럼?

윌 전 거기 새로운 곳에 집을 지을 거예요. 돈으로 지어진 집 말고 진짜 나무로 지어진 집을요. 아시잖아요? 저 예전부터 나무 좋아했던 거. 여튼 전, 새로 시작하는 거예요. 말로 말고 진짜 보여드릴게요.

빌 허허허허.

빌, 집안을 서성거린다.

빌 왜 그러냐, 윌. 너 전략적 폐처리란 말 알지?

윌 … 네

빌 그럼 회사에서 왜 환경과 미래란 단어들을 넣은 워크숍을 하는 줄도 아니?

윌 ….

빌 그거 듣고 환경과 미래에 대해 생각하라고? 아니지. 그런 환경과 윤리를 생각할 애들은 빨리 그만두고 집으로 가라 그 말이지. 손님은 왕이다. 그건 손님 있을 때 하는 얘기고. 그걸 우리끼리 있을 때 얘기하면 어떡하냐. 인생은 거대한 사기극인데. (버럭) 왜 그렇게 속냐. 바보같이.

윌 … 그럼 아버지처럼 속지 말고 약이나 하면서 평생 살라구요? 이렇게 헛것이나 보면서?

사이.

빌, 멈춘다.

빌 뭐?

헤바 (붙잡으며) 윌. 지금 정상이 아니셔.

빌 뭐?

헤바 죄송해요.

빌 방금 뭐라고 그랬냐?

헤바 죄송해요.

빌 아니. 그 말 말고 그 앞에 한 말.

헤바 죄송해요.

빌리 맞어. 윌은 보내야 돼.

갑자기 빌리가 빌을 보고 말한다. 놀라는 빌. 다른 사람은 못 본다.

빌 넌 뭐야, 또.

빌리 윌은 순수해.

빌 이런. 이… 이게 무슨 일이야? 부작용이야?

빌, 자신의 머리를 때려본다.

윌 죄송해요. 하지만 헤바 말이 틀린 건 아니에요.

빌리 그러니까 윌은 보내줘야 해.

윌 아버진 지금 아프다구요.

빌 (버럭) 그럼 뭐가 정상인데?

빌리 넌 때 묻었어.

빌 빌어먹을.

빌, 총을 든다.

빌리, 도망간다. 빌 쫓는다.

윌 아버지.

헤바 총알은 치웠어.

빌 그래. 이 한심한 나야. 니가 뭘 알겠냐. 아직도 그 68에 멈춰 서서 자유니 평화니 사랑타령이나 하는 놈이 세상이 어떻게 변했는지 알 턱이 없지.

빌리 너도 똑같애. 세상과 사람을 걱정하는 척하고 있지만 사실은 그냥 낸시가 데이빗한테 가버렸으니까 세상 탓을 대고 있는 거라고. 니 원망과 사회의 잘못을 착각하지 마.

빌 그 입 못 닥쳐.

빌리 낸시는 말했어. 자유로운 사람은 자기부터 자유로워야 된다고. 근데 넌 자유롭지 않아. 윌은 자유로워. 그러니까 보내야 돼.

빌 없애버리겠어.

윌 아버지, 제발.

빌리 (떨며) 하지 마. 하지 마. 무서워. 무서워.

윌 총 내려놓으세요. 제발.

빌 빌어먹을. 니가 보이스카웃할 때 이게 무서워서 집으로 돌아왔을 때 그때 바로 돌려보냈어야 했는데.

윌 아버진 지금 무턱대고 분노하고 있는 거라구요.

빌 분노. 분노. 그래, 그거밖에 할 게 더 있어. 세상이 이렇게 돌아가는데 그래, 나 분노했어. 그런 놈들이 바로 낸시 같은 애들 이용할 대로 이용하다가 이번엔 날 죽이려고 하는 거니까.

윌 그 분노가 돌고 돌아 결국 아버지를 죽일 거예요.

빌 웃기지마라, 임마. 분노가 날 죽이기 전에 크레딧 카드가 나를 덮칠 거다.

윌 아버지. 제발.

빌리 제발.

빌 그래. 나 억울해서 그래. 그럼 좀 안돼? 굳이 하나님한테 무릎 꿇어야 돼? 하느님이 뭔데? 나 하나도 못 살리는 게 하느님이야? 나도 세상인데. 나 하나 못 구하는 하느님이 이 세상을 구할 수 있을거 같애? 그래. 나 지금 개인적 억울함 때문에 이 나라 전체를 욕하고 있다. 근데 그럼 좀 안돼? (사이) 그런 세상은 망할 거야. 아니, 망해야 돼.

헤바 (달래며) 빌. (윌에게) 자기도 그만해.

빌리는 벌벌 떨고 있다.

빌, 숨을 거칠게 몰아쉬더니 총을 내려놓는다.

빌 그래. 지금 나는 안 보이는 걸 보고 있어. 나도 알아. 하지만 그게 진실인데 어떡해. (사이) 그래, 약을 해서 생긴 거라지만 정말 이게 잘못된 걸까. 나는 보이는데. 이 세계가 어떻게 생겨먹었는지. (사이) 나도 너만 할 때가 있었다고.

윌 ….

사이.

빌 너, 레이건 알지. 대통령 역할 했던 그 영화배우? 규제를 풀면서. 노동법을 바꾸면서, 우린 더 잘 살게 될 거라고. 우리나라는 더 건강해질 거라고. 있지도 않은 돈으로 있지도 않은 경제를 돌리면서 그런데 누가 그 핑크빛 미래에 빠져든 줄 아니? 바로 68때 옷 벗고 춤추던 청년들이야. 그 청년들이 돈을 벌기 시작했어. 그리고 점점 변해갔어. 나는 공립학교를 지지하지만 내 아이들에게는 사립학교가 더 맞는 것 같아. 이 일회용기저귀는 자원의 엄청난 낭비지만 쓰기에 편하단 말이야. 더 좋은 일자리가 생기면 거기 가겠지만 고향의 느낌은 잃고 싶지 않아. 그래서 이 친환경 제품은 비싸지만 꼭 갖고 싶어. 어떻게 영혼도 잃지 않고 출세도 할 수 있을까. 어떻게 물질적인 것에 노예가 되지 않으면서도 더 좋은 차, 집을 가질 수 있을까.[4] 그렇게 두 개가 돼버렸어.
(빌리와 자신을 가리키며) 이렇게… (사이) 그런데 그 청년들이 투표를 하고 그 청년들이 가십을 만들고 그 청년들이 할리우드를 지배하게 됐어. 그리고 온 거리에 그걸 도배해버렸어. 나도, 데이빗도… 그런데 낸시는 거기에 맞춰 살지도 못했어.

사이.

빌 어떻게 살 거냐구? 나처럼이 아니면 어떻게? 방법이 딱 하나 있지. 꼭대기로 올라가는 거야. 이 자본주의의 꼭대기. 거기만은 이 바람을 피할 수 있는 곳이니까. 너만은….

사이.

윌 그 꼭대긴, 너무 외로울 것 같아요, 전.
빌 하지만 그게 유일한 방법이야. 내가 안 보이는 걸 보고 있지만 그래서 더 정확히 알아. 돈을 벌어라. 나처럼 안 되려면. (사이) 그래. 힘들지? 힘들면 넘어져도 돼. 그런데 넘어져도 좋은 데서 넘어져. 아프리카는 아냐. 거긴 아무 것도 없어. 니가 그런다고 그 검둥이들이 널 고마워 할 거 같애?
윌 아버지 그들도 똑같은 사람이에요. 피부가 문제가 아니라구요.
빌 그래 피부가 문제가 아니지. 까맣든 하얗든 인간의 그 속성은 변

4) 〈보보스〉_데이빗 브룩스_著. 참조.

하지 않으니까.

윌 … 그래도 전 거기서부터 시작해야 할 거 같아요.

빌 좋은 생각을 해. 좋은 사람을 만나고. 그리고 교회에 나가. 그러면서 버텨. 꼭대기로 올라갈 때까지.

헤바 빌.

빌 사랑이 모든 걸 책임져주진 않는다. 너희들 이제 아버지가 되는 거야. 아버지가 된다는 게 뭔 줄 알아?

헤바 우린 지금 새로운 곳으로 가려고 하는 거예요.

빌 지금은 그게 멋있어 보이겠지. 그렇지만 돈 떨어지면. 윌, 넌 연봉이 30만 달러야. 그런데 PWI에선 3만 달러는 되니? 모아둔 거? 그거 없어지는 거 순간이야. 윌, 왜 돈이 좋은 건 줄 알아? 눈앞에 쌓아둘 수 있기 때문이야. 이런 테이블 위에. 자로 재볼 수도 있어. 보고 냄새 맡고 물건을 살 수도 있어.

윌 아버지도 그 돈 때문에 힘들어지셨잖아요.

빌 (고함) 그러니까 나처럼 살지 말라고-.

사이.

윌 갈게요.

사이.

빌 가면, 진짜 가면 난 널 평생….

윌, 빌을 껴안는다.

윌 아버지….

진정시킨다.

윌 (풀며) 곧 데리러 올게요.

윌, 정중히 빌에게 인사를 한다. 나간다.

헤바 빌… (안아 진정시키며) … 잠시만요.

헤바, 배웅을 위해 따라 나간다.
빌, 멍하니 떠나가는 윌의 모습을 보지 못한다.
대신 한쪽 구석에 있던 빌리, 창가로 나가 떠나는 윌의 모습을 본다.
빌, 궁시렁거린다.

빌 그래, 빌어먹을 새끼야. 너도 낸시처럼 뒈져버려. 너나 낸시나 데이빗이나 다 똑같애. 내 말은 귓등으로도 안 듣는 놈들은 다… 그래, 아프리카놈들이랑 평생 못 박다가 니 윤리가 얼마나 보잘 것 없는지 뼈저리게 느끼면서. 에이 썩을 놈.

4.

「4. 열 달 뒤. 9월 11일. 여름. 오전」

만삭의 헤바가 길을 걷는다. 그때 멀리서 무언가 '쿵' 터지는 소리가 들린다.
헤바 놀라 사라진다. 집안 밝아지면
CNN의 세계무역센터 폭격 중계. 9.11테러의 급보를 알리는 뉴스가 시끄럽다.
빌이 보고 있는 TV의 영상이 창에 반사되어 관객에게 보인다.
비행기가 처박히며 계속 붕괴되는 WTC_세계무역센터와 보도,

끊임없이 나온다. 마치 영화의 한 장면처럼. 거대하다.

이를 보고 있는 빌, 빌리.

빌 (두려움에 사로잡히며) … 이제 하느님도 내 말을 듣는구만. 가만 있자….

핸드폰을 해보는 빌.

빌 그렇지. 될 리가 없지.

빌, 다시 유선전화를 든다.

빌 그래. 원시시대로 돌아가는 거야. 잘했어. 알카에다. 잘했어. 오사마 빈라덴. (누군가 받는다) 잭. 나야. 빌. 알아. 바쁜 거. 사망자확인 좀 하게. 알아. 지금 정신없다는 거. 그래도 무역센터 그 안에 입주해있던 인간들 명단은 있을 거 아냐. TLC 데이빗 잭슨. 그래 위원장… 그래. 내 친구야. 그래. (사이. 상대 쪽 얘기를 듣고) 맙소사. 그래, 고마워. (사이) 데이빗….

전화를 끊는 빌. 흔들린다. 잠시 후, 궁시렁거린다.

빌 … 그래. 데이빗. 뭐라고? 하느님의 이름으로 날 용서한다고? 그 하느님이 과연 니 편일까? 넌 틀렸어. 너만의 편이 아냐. 저 알카에다의 편이기도 하지.

빌리 친구가 죽었어.

빌 인간은 누구나 죽어. 그리고 데이빗 같은 놈들이 얼마나 많이 아랍놈들을 죽였는데 먼저. 가만있자.

빌, 헤바가 듣는 CD 중 'A is for Allah(알라의 뜻이다)'를 튼다.

빌 뉴욕시민들이여. 사랑스러운 내 나라에 국민들이여. 맨해튼에 거주하고 있는 이 잘나빠진 자들아. 이제 눈물을 흘리자. 그리고 우리 같이 버림받은 사람들에게 와서 무릎을 꿇고 빌자.

헤바가 나와 핸드폰이 안 되는지 유선전화를 든다.

헤바 네. 캄팔라요.

빌 헤바 이거 어때? 너네 나라 노랜데.

헤바 세 번째에요. 빨리 좀 부탁합니다. 제발.

빌 다 집어치우고 빨리 돌아오라구 그래. 지금 지 나라가 이 난리가 났는데. 이제 돌아와서 이 나라 빈민들을 구하라고 해. 여기가 더 지을 집이 많다고.

헤바, 전화를 들고 대꾸 없이 들어간다.

빌 쟤는 얘길 하는데.

빌리 헤반 지금 불안해.

빌 모두 불안해. 모두 다 위태위태하다고. 그 속에서 아이들은 태어나고 자라는 거야. 그게 생명의 원리야.

빌리 그건 죽음의 원리야.

빌 생명과 죽음은 붙어있지. 이렇게. (사이) 너 이 나라가 어떻게 만들어진 줄 알어? 이 바닥엔 인디언들의 뼈가 깔려 있다. 그게 무역센터 밑바닥에 깔려 그 110층 높이를 지탱하고 있었다고. 거기 우리가 살고 있었다고. 이 세상은, 버림받고 가라앉은 것들이 밑에서 지탱하고 있다.[5] 데이빗이 오늘 만약 살아있다면 그건 누군가

5) 백무산의 詩 〈인양〉 참조.

가 밑에서 받치고 있었기 때문이야. 하지만 영원히 그렇게 되진 않아. 뒤집어질 거야. 오늘처럼 밑에 있는 것들이 다시 위로 올라갈 거라고. 난 담주부터 쥬코티파크에 나갈 거야. 나가서 더 이상 밑에 깔려만 있진 않을 거라고 소리 지를 거야.

전화벨이 울린다.

헤바, 전파가 약한지 나와서 받는다.

헤바 아. 윌리. 나야. 너무 무서워. 지금. 여기. 우리 언제쯤 거기 갈 수 있어? (사이) 그래. 맞어. 완전히 무너졌어. (사이) 우린 괜찮아… (사이) 춤을 추고 계셔.

빌 정신 차리고 그 썩어빠진 돈 놀음 그만두고 어서 이 버림받은 자들에게 돈을 풀자.

헤바 뭐? 이라크?

통화중인 윌이 한쪽에 나타난다. 그는 반대로 격앙되어있다.

윌 걱정 마. 쿠르드 북부지역은 괜찮아. 알 사드르가 나 때문에 다쳤어. 나 약속을 했어.

헤바 그 사람 친척들은 아무도 없어? 꼭 당신이 가야돼?

윌 모두 다 이라크에 있대.

헤바 이라큰 지금 너무 위험해.

윌 어차피 다음 일은 거기서 할 거야. 내가 먼저 조사해야 돼. 지금 여기 남수단은 난리야. 집들이 완공됐고 사람들이 입주하기 시작했고 날마다 파티야. 고맙대. 나보고. 사람들이. 매일 먹을 걸 날라오고. 천국이야. 여기가 천국. 나 진짜 살아있는 거 같애.

빌 돌아오라고 그래 어서. 여기가 지을 집이 더 많다고.

윌 곧 내가 데리러 갈 테니까. 기다려. 아버지 잘 챙기고. 여보세요?

헤바 윌. 윌.

윌 여보세요? 미안해. 전화상황이 안 좋아. 헤바.

전화가 끊긴다. 윌 사라진다.
헤바, 천천히 수화기를 내려놓는다.

빌 빌어먹을 자식.

빌, 볼륨을 더 올리고 춤을 춘다.
헤바, 방으로 돌아가다 산통이 온다. 배를 잡고 주저앉는 헤바.

헤바 빌, 빌-.

빌, 헤바를 쳐다본다.
빌리, 헤바를 쳐다본다.

5.

자막.

「5. 3개월 후. 이라크전쟁 시작. 자니, 태어나다.
미국, 북한·이라크·이란을 '악의 축'으로 규정. 이라크의 대량살상무기(WMD)를 제거하기 위해, 자국민 보호와 세계평화를 위해, 영국·오스트레일리아와 함께 이라크 바그다드 남동부에 폭격 시작. 다시 처음처럼 겨울」

밝아지면 빌리가 보이지 않는다. 헤바도 보이지 않는다.
빌, 너저분하다. 집안, 술병들로 어지럽혀진 이곳저곳을 뒤지는 빌.

전화를 한다.

빌 (아이 어르는 소리를 내며) 자니, 코 잤어? 뭐 먹었어? 우유? 엄마가 먹을 걸 안 줘? 이런. 엄마 바꿔봐. 헤바. 도대체 먹을 게 어디 있다는 거야. 그건 다 먹었어. 그것도. 돈이 내가 지금 어딨어? 도대체 언제 올 건데? 나도 자니를 봐야 될 거 아냐? 알았어. (끊는다) 도대체 지네 부모네 집에 몇 달이나 가있는 거야. 에이, 불법체류자들. 나한텐 애기도 안 보여주고. 갈려면 먹을 걸 좀 사다놓고 가야지. 난 굶어 죽으라는 거야 뭐야. 총알은 왜 또 다 숨겨놔?

빌, 전화를 한다.

빌 Yo, 밥. 나야. 약은 있어. 근데 먹을 걸 좀 사다줘. 나 이빨이 아파. 그래서 밖에 나가기 싫어. 돈이 없어. 대신 그래, 이 총. 총을 줄 테니까 먹을 걸 좀 갖다줘. 너 총이 필요하댔잖아. 그래 임마. 널 투명인간 취급하는 놈들 다 쏴 죽여 버릴 총. 그래, 임마. 장난치는 거 아냐. 총알? 총알은 임마. 니가 사. 원래 그런 거야 임마. 너 총 가게 안 가봤어? 그래. 그래.

빌, 전화를 내려놓고 잠시 기운이 빠진 듯 앉아있다.
사이.

빌 근데 앤 또 어딜 간 거야? 이 총각. (빌리를 찾으며) 낸시는 돌아올 거야… 넌 때 묻었어… 무서워….

갑자기 초인종 소리.

빌 뭐야. 벌써야.

빌, 문을 열자 현관 앞에 경찰과 기자들이 우르르 서 있다.
일제히 쏟아지는 질문들. '빌 존슨 씨 맞습니까? 아드님이 윌 존슨 맞습니까' '인터넷 보셨습니까?' 등등. 터지는 플래시들.

순간 빌, 문을 확 닫아버린다.

빌 뭐야. 이거… 이거 때문에?

서둘러 약의 흔적을 치우는 빌.
밖으로부터 들려오는 소리.

경찰 (소리) 뉴욕경찰입니다. 잠시 여쭤볼 게 있습니다. 문 좀 열어주시겠습니까?
빌 물어보긴 뭘 물어봐. 당신들 영장 있어?
경찰 (소리) 아… 그런 사항이 아닙니다. 오늘 아침… 아, 일단 문 좀 열어주시겠습니까?
빌 그런 상황이 아니면 그런 상황일 때 와.
경찰 (소리) 그게….
기자 (소리) 비켜봐요. CNN에 메리 샌들입니다. 오늘 오전 빌 존슨 씨의 아드님 윌 존슨 씨가 알카에다에 의해 살해됐습니다. 보셨습니까?
빌 뭐라고?

사이.
그대로 멈춰 서는 빌.

기자 (소리) 오늘 오전 빌 존슨 씨의 아드님인 윌 존슨 씨가 알카에다에 의해 살해됐습니다. 지금 인터넷으로 생중계되고 있는데요. 보셨습니까?

암전.

다시 밝아지면 한쪽에서 기자와 경찰과 사람들에게 둘러싸여 노트북 모니터를 보고 있는 빌. 그 뒤로 자니를 안고 있는 헤바와 그녀를 부축하고 있는 자말과 데르하민.
정지 상태.

다른 한쪽.
무릎 꿇은 윌을 둘러싸고 있는 '무장'과 복면을 한 '알카에다'.
정지상태.

인터넷으로 보이는 윌의 마지막 영상이 창에 투사된다.

아나운서 오늘 오전, 알카에다는 이라크에 있는 그들 은신처 어딘가에서 미국인 노동자 윌 존슨을 참수했습니다. 그리고 이 현장을 전세계에 생중계했습니다.

윌 앞에서 누군가 윌이 읽을 메시지(스케치북)를 넘긴다.
윌, 그것을 읽는다.

윌 나는 지금 진짜 살인자는 미국정부라는 사실을 일깨우기 위해 내 친구, 가족, 그리고 사랑하는 사람들을 부릅니다. 지금 이 일은 그들의 오만과 범죄로 인한 결과입니다. 나는 사랑하는 부모님과 내 아내에게 메시지를 남깁니다. 내 존엄을 구해주세요. 이들과 나는 지금 친구가 되었습니다. 이들과 나는 지금 친구가 되었습니다. 하지만 오늘 우리는 우리 서로가 하기 싫은 일을 합니다. 지금 이라크를 공격하고 있는 미군들을 부릅니다. 나는 이미 미국이 바그다드를 폭격 하던 날 죽었습니다. 그대들이 파괴하는 가족들과 그들의 삶을 생각해 보십시오. 누가 그 폭탄들을 떨어뜨리라고 했습니까? 나도 더 많은 시간을 갖고 싶습니다. 나도 자유를 원하고 내 가족을 한 번 더 만나고 싶습니다. 하지만 배가 계속 가고 있어. 모두가 마찬가지야. 내가 미국인이 아니었다면 얼마나 좋았을까.[6]

무장, 메시지를 내려놓는다. 복면이 말한다.
윌, 눈을 감고 공포를 참기 위해 얼굴이 일그러진다.

알 우리는 미국에게 경고를 보낸다. 아부그라이브 형무소에 있는 우리의 형제들에게 미국이 가한 비인도적 처사에 대해 우리는 단호히 대처할 것이다. 또한 미국을 돕는 모든 나라에 대해서도 이와 같이 경고한다. 이는 알라의 뜻이다.

무장, 윌을 잡는다. 복면이 칼을 들고 윌의 목에 갖다 댄다. 윌, 고통에 겨워 비명을 지른다.

암전.

아나운서 그들은 그렇게 말을 마친 후 윌의 목에 칼을 대었습니다. 그리고 그의 목을… 전 세계는 경악을 금치 못했고… 이날 조지 부시 미합중국대통령은 더 이상 참을 수 없는 분노와 함께….

다시 밝아지면 옆으로 쓰러진 윌.
암전.

다시 밝아지면 윌과 알카에다는 보이지 않고 기자들에게 둘러싸여 있는 빌, 아무 말도 하지 않고 허공만 바라보고 있다.

---

6) IS가 2014년 8월 19일 참수한 미국의 프리랜서 기자 제임스 라이트 폴리 James Wright Foley(40)의 A MESSAGE TO AMERICA_참조

기자들은 연신 빌에게 질문을 해대지만 그들의 말소리는 들리지 않는다.

헤바와 그의 부모, 자말과 데르하민이 울면서 방에서 나온다.
기자들이 그쪽으로 몰린다. 연신 울면서 자니를 달래는 헤바.
기자들, 헤바에게 달려든다. 그러나 헤바는 피한다.
대신 인터뷰를 하는 자말.
데르하민이 헤바에게서 자니를 받아 방에 데려다 놓고 나온다.
다시 기자들 헤바에게 몰린다.

빌, 멍하니 약을 꺼내 혼자만의 공간으로 간다.
그곳에서 약을 한다. 빌리가 나타나 그런 빌을 본다.

창밖으로 밥이 나타나 안의 사정을 보고 얼굴을 찌뿌린다.

빌, 나온다. 바깥이 달라 보인다.
문득, 평소에 윌이 쓰던 물건을 본다.
윌이 일상적으로 화장실에서 나와 그 물건을 집어 든다.
빌, 그런 윌을 자연스럽게 만져본다.

그때, 자니의 울음소리가 들려온다.
두 사람, 울음소리가 들리는 곳을 쳐다본다.
두 사람, 울음소리가 들리는 곳으로 들어간다.

빌 혼자 자니를 안고 나온다.
헤바와 데르하민이 자니를 되받으려 온다.
그러나 빌이 소리를 지르며 이를 밀친다.

빌 저리 꺼져. 이건 내 아이야- 저것들은 다 불법체류자들이야.

소리들이 일제히 살아난다. 기자들이 몰려든다.
헤바가 자니를 되받기 위해 빌에게 가지만 빌, 밀친다.
기자들 사진을 찍는다.

빌 다들 안 꺼져. 구경났어? 다 죽어버려! 미국놈도 아랍놈도 다. 퍽큐! 아메리카! 퍽큐! 알카에다! 퍽큐 에브리바디!

계속 터지는 플래시.

빌 모두 다 꺼져! 내 집에서. 전부 다.

암전.
창 전면에 나타나는 죽은 윌의 얼굴.
그것이 흩어져 별이 되었다 다시 뭉쳤다 사라져버린다.

6.

자막.

「6. 두 달 뒤. 봄. 어떤 날.」

밝아지면 화창한 날씨.
빌, 모든 집안 문들을 가구로 바리게이트를 치고 카우보이 모자를 쓰고 혼잣말을 하며 자니를 어르고 있다. 빌, 이상하게 밝다.
빌리는 구석에 앉아있다.
창밖에서 새소리가 난다.

빌 자니야. 새가 왔다. 우리 자니 보러. (사이) 참, 자니, 씻어야지. (안고 가려다) 참, 씻었지.

빌, 자니를 아기침대에 내려놓고 이제 바닥을 밀걸레질 한다.
그는 정말 일상을 회복한 듯 보인다.
그때 창문 밖으로부터.

반전 (소리) 빌 존슨 씨. 영국전쟁저지연합에서 나왔습니다.

납작 엎드리며 잠시 아무 말도 않는 빌.

반전 (소리) 빌 존슨 씨. 이건 당신만의 고통이 아닙니다. 당신 혼자서는 감당할 수 없습니다. 우리 모두 뭉쳐야합니다.

빌, 라이플을 챙겨들고 서랍장에서 총알을 꺼내 들고 창가로 다가간다.

반전 (소리) 보름 뒤에 영국에서 집회가 있습니다. 그곳에서….
빌 저리 꺼져.
반전 (소리) 진정하시고… 일단 대화를 나눕시다….
빌 시끄러. 난 아무도 필요 없어. 다 필요 없어. (총알을 들어보이며) 더 이상 다가오면 진짜 쏜다. 나 총알 있어. 총알.

밖에서 소리 끊어진다.

빌 빌어먹을 새끼들. 정치하려고. 그래서 이용해먹으려고. 반전이 어딨어? 다 똑같은 놈들. 누가 모를 줄 알아?

빌, 서랍에 총알을 넣고 제자리로 돌아와 라이플을 내려놓는다.
사이.

빌, 다시 밀걸레 쪽으로 가려다 쌓인 술병들을 본다.
한숨을 포옥 쉬어보는 빌.

빌 자니야. 할아버지가 병을 치운다. 이제 치운다.

빈 박스에 병들을 하나 둘 담는 빌. 그러다 병 하나에 술이 남아있음을 본다. 잠시 멈칫하다가 못 참고 마시는 빌. 맛있다. 다시 환각 속에 음악을 들어보려는 듯 손짓을 한다. 그러나 음악이 들리지 않는다.

빌 … 이제 노래도 안 들려.
빌리 … 이건 어때?

빌리가 손짓을 하자 노래 'A is for Allah'가 나온다.

빌 집어치워.

빌, 불같이 화를 낸다.
노래, 사라진다.
빌, 다시 병을 치운다.

빌리 니 분노가 모든 걸 망쳤어.
빌 이런 미친 새끼. 주둥아리 함부로 놀리면 너도 죽일 거야. 윌이 어떻게 죽었는데. 누가 윌을 죽였는데.
빌리 니 분노가 윌을 떠나게 했어… 그리고 넌 그 아이에게 저주까지 부었어.

빌, 병박스를 한쪽으로 꽝 밀어놓고 다시 밀걸레를 잡는다.
민다. 자기를 누르듯이. 꾹 꾹.

빌　… 아버지로서 아들한테 그런 말도 못해? 내가 아버진데. 그건 저주가 아니었어.

빌리　그럼?

빌　그건 나처럼 살지 말라는….

빌리　인정해. 니가 그렇게 사는 모습만 보이지 않았어도 윌은 그런 결정을 내리진 않았을 거야.

빌　지옥이 내 탓이야?

빌리　적어도 넌 윌에게 힘을 줬어야해.

빌　안 준 건 또 뭔데?

빌리　니가 준 건 증오야.

빌　그건 사랑이야. 좀 더 힘을 내라고. 당하지 말고 싸워서 이기라고. 난 아버지야.

빌리　그건 너무 작아. 그건 모든 걸 갈라놓기만 해. 생각해봐. 낸시를 버려서 넌 데이빗을 욕했어. 데이빗을 욕하기 위해서 이 나라를 욕했어. 이 나라를 욕하기 위해서 니 아들에게 저주를 내렸어. 그래도 그게 사랑이야?

빌　그럼 그 알카에다 놈들은 어땠는데. 자기 가족을 죽였다고 무역센터를 폭파했어. 바그다드를 폭격했다고 내 아들을… 그런데도 나는 사랑하니까 그냥 지켜보고 있어야 돼?

빌리　모든 인간이 다 그런 건 아냐.

빌　윤리? 그 끝이 뭐였지? 넌 잘 못 알고 있어. 인간은 그렇게 위대한 존재가 아니야. 내 새끼가 죽으면 분노하는 게 인간이라구. 나를 밟으면 일어서는 게 인간이야. 그게 인간의 윤리야. 그 새끼들도 그런 거고. 그래, 넌 인간이 아니야. 환상이야. 이놈의 약가루가 만든 환상. 그러니까 사라져.

빌, 분을 못 참고 밀걸레를 팽개치고 총알을 꺼내 장전하고 라이플을 든다. 그러다….

빌 아. 니가 나지? 그럼 내가 없어지면 되겠네.

빌, 자신에게 총구를 겨냥하고 눈을 감는다.

빌리 자니는 어떡하고?
빌 제발 사라져. 제발, 제발!

빌, 총을 거두고 어쩔 줄 몰라 한다.

빌리 소용없다니까.
빌 소용있어. 내가 널 만들었으니까.
빌리 헛수고야.
빌 내가 죽으라고 하면 넌 죽을 거야. (사이) 맞어. 그러네.

빌, 마치 생각자체를 없애려는 듯 총을 지팡이처럼 세우고 빌리를 향해 외친다.

빌 죽어– (입으로) 탕.
빌리 (다가오며) 빌, 무서워.
빌 웃기지 마. 넌 환영이야. 넌 안 무서워.
빌리 빌.
빌 저리가. 탕
빌리 빌.
빌 꺼져. 환영놀이는 이제 끝이야. 탕.

그때 갑자기 진짜 '탕' 하는 소리와 함께 빌리가 쓰러진다.
멈추는 빌, 허공을 쳐다본다. 신기하다는 듯 웃는다.

빌 허허허허. 거봐. 내가 말했잖아. 내가 할 수 있다구. 그래, 난 내 생각으로 얼마든지 할 수 있어. 그래, 난 이제 건강해, 하.

화창한 창밖을 바라보며.

빌 이제야… 이제야 좀 편해지는구만. 하, 날씨 죽이는구만.

창밖 풍경이 햇살에 반짝인다. 빌, 그 햇살을 만져본다.
어디선가 쿵쿵대는 폭음이 들려온다.

빌 소리 좋아. 그래 이 소리. 그래, 이게 내 노래야. 사라져. 없어져. 깨끗하게.

빌리, 사라진다.
빌, 궁시렁거린다.

빌 … 내 이름은 욘 욘슨.
위스콘신에서 일하죠.
그곳 제재소에서 일하고 있죠.
거리를 걷다가 만나는 사람들
그들이 내게 "이름이 뭐요?" 하고 물으면
이렇게 대답하죠. 내 이름은 욘 욘슨. 위스콘신에서 (반복)[7]

그때 밖으로부터 차가 다가와 서는 소리가 들리고 쿵쿵대는 폭음이 사라진다.
빌, 라이플을 챙기고 다시 창가로 다가간다.
창밖엔 헤바와 그의 부모들.
빌, 잠시 머뭇거리더니 자니를 안아 자신의 방에 두고 나온다.

---

7) 커트 보네거트, 〈제 5 도살장〉 中

헤바 (소리) 빌- 저예요. 헤바. 잔 한번만 보게 해주세요.

빌 (밀걸레를 다시 잡으며) 어. 자니는 잘 크고 있어. 그러니까 걱정 말고 가서 잘 살어.

자말 (소리) 사돈어른. 헤바가 죽습니다. 며칠 전에도 자살시도를 했습니다.

빌 네. 그렇게 나약해 빠져서 어떻게 살아요.

데르하민 (소리) 분유만 먹고 아이는 못 살아요. 자니에게 젖 좀 물리게 해주세요.

문득 멈추는 빌.

빌 … 제기랄. 끝까지 귀찮게 구네.

헤바 기저귀라도 갈게 해줘요. 제발.

잠시 생각에 잠기는 빌. 현관문 쪽으로 간다.

빌 (밖에 대고) 그럼 기저귀만 갈어.

빌, 바리게이트를 치우고 문을 연다.
헤바가 부모와 함께 들어선다. 빌 앞에 먹을 것을 내려놓는다.
빌, 허겁지겁 먹는다.
헤바, 변한 집안의 풍경을 보고 울음을 터뜨린다.

빌 여긴 눈물 따윈 사치야. 먹어. 이거 먹어. (자신이 먹던 것을 내밀며)

헤바 (받으며) 안 울게요. 자니는 어딨어요?

자신의 방을 가리키는 빌. 헤바, 데르하민과 함께 방으로 들어간다.
울면서 자니를 안고 나와 다시 자신의 前 방으로 가는 헤바와 데르하민. 빌, 물을 마신다.

자말, 머뭇거리더니 입을 연다.

자말 … 사돈어른. 제가 지금 어르신의 마음을 1프로도 짐작하지는 못하겠지만 그래도 조금은… 이해할 수 있습니다.

빌 (멈추며) 사돈께서 절 이해하신다고요?

자말 전 자식을 잃어본 적은 없지만 끔찍하게 억울한 일을 당한 적은 있습니다.

빌 그래서요?

자말 힘을 내십시오. 설령 평생 이 나라에 등을 돌리게 된다할지라도.

사이.

빌, 화장실로 간다.

빌 눈물나는군요.

자말 이 나이가 되면 진짜 우리를 괴롭히는 게 뭐가 있습니까. 그것밖에 더 있습니까.

화장실로부터 빌의 오줌소리만이 들려온다.

사이. 적막.

빌, 다시 나와 밀걸레를 잡는다.

빌 진짜 저한테 원하는 게 뭡니까?

자말 … 아이를 돌려주십시오. 헤바는 아이가 없으면 죽을 겁니다. (사이) 우리가 아무리 불법체류자라지만 그 아인 우리의 핏줄입니다.

빌 왜요? 자니를 데리고 있으면 이제 진짜 미국인이 될까 봐요?

자말 이건 순수한 겁니다. 부모가 자식을 찾는. 사돈도 그건 알 수 있지 않습니까?

빌, 걸레질을 멈춘다.

빌 … 내 아이는 죽었습니다.

자말 … 죄송합니다. 그렇지만 헤바는 그 아이를 키울 겁니다. 건강히. 그렇지 않으면 헤바도 죽을 겁니다. 그건 윌도 원치 않을 겁니다.

빌 그걸 사돈이 어떻게 알아요?

자말 윌은 제 아들이기도 했습니다….

자말, 오열하며 무너진다. 빌, 더 이상 밀 수 없게 된다.

빌, 걸레를 놓고 참을 수 없는 비통에 머리를 감싸쥔다.

쿵쿵쿵. 어디선가 폭음이 다시 들려온다.

사이.

빌, 고개를 든다. 폭음, 사라진다.

빌 (다시 밀걸레를 잡으며) 그래, 이라크에서 죽은 내 아들의 아이를 데리고 있다면 아무도 사돈이 진짜 미국인이라는 걸 부정할 순 없겠죠. 잘하면 정부에서 돈도 나올 수 있을 테고….

자말 말 함부로 하지 마십시오. 윌리는 제 아들이기도 했습니다.

빌 (멈추며) 이런 게 무슬림 스타일입니까?

자말 사돈어른. (사이) 윌을 죽인 그 사람들과 우리가 다르다는 것은 사돈어른도 아실 겁니다. 같은 무슬림이지만 다 같은 사람은 아닙니다. 우리 역시 이중의 고통을 당하고 있습니다. 같은 민족이어서 겪는 고통. 사랑하는 가족이 죽어서 겪는 고통.

빌 민족? 가족? 사돈들이 저랑 가족이라고요? (사이) 가족인데 지금 그 가족이 뭐가 필요한지 모르겠습니까?

자말 … 어디서부터 이렇게 잘 못 됐습니까….

빌 제가 한 말입니다. 사돈이랑 방식은 다르겠지만 그들도 사돈네 신을 믿는 사람들이에요. 그런데 이제 와서 우린 다른 사람이다 그렇게 말할 수 있어요? 그 사람들이 사돈이 믿는 그 알라의 이름을 대고서 내 아들을 죽였어요. (사이. 다시 밀며)

자말 사돈어른… (사이) 저도… 죽을 것 같습니다….

자말, 말을 잇지 못한다.

데르하민, 나온다.

데르하민 … 우리 딸은 윌과 결혼했고 지금은 혼자가 됐어요.

빌 그래서 진짜 미국사람이라도 된 것 같아요?

데르하민 우린 미국사람이에요.

자말 데르하민.

빌 그래요. 가서 미국사람처럼 사돈네 삶을 사세요. 그게 절 도와주는 길이에요. 생존. 그걸 위해서 슬퍼하고 그걸 위해서 신을 믿을 뿐이죠. 언제 하느님이 인간의 편이었던 적이 있어요?

데르하민 알라는 그런 신이 아닙니다. 저희를 미워하더라도 부디 저희 신을 미워하진 말아주세요.

빌 신이라… 그 신을 내 앞에 데리고 와 보세요. 내가 내 아들처럼 목을 따버릴 테니까… 인간들이 그렇게 살고 있으니까.

자말 … 왜 같은 하느님을 믿는데 이렇게 됐습니까?

사이.

자말, 다시 무너진다. 빌도 얼굴을 감싸쥔다.

데르하민 (자말을 붙들며) 여보.

자말 (데르하민에게) 가자. 신이 관여하실 거야.

데르하민 오늘도 그냥 가면… 이건 우리 모두가 달린 문제라구요. (울며) 헤바가 죽어요. 나 여기서 접시 닦으면서 헤바 키웠어요. 그 아이 그렇게 래그헤드(raghead)라고 놀림 받았어도 기 안 죽게 키우려고 발버둥쳤어요. 지킬 거 다 지키고. 그러면서도 언제나 불안해하고. 아랍, 미국이 어딨어요? 난 진짜 이 나라를 내 나라로 생각했어요. 그런데 이 모양, 이 꼴로….

자말 그만해

데르하민 난 못가요. 못가요.

빌 이봐요. 우리도 힘들어요. 그러니까 더 이상 귀찮게 하지 말고 좀 가세요.

사이.

자말 가자. 더 이상 우리말이 안 들려.
데르하민 안돼요.

그때 빌리가 다시 나타난다.

빌리 보내 줘. 자니는.
빌 (놀라며) 뭐야? 넌 죽었잖아.
빌리 난 죽지 않아.

빌, 총을 다시 든다.
자말과 데르하민 놀란다. 그들의 눈에는 빌리가 보이지 않는다.

빌 빌어먹을.
데르하민 (숙이며) 엄마야.

자말도 같이 숙인다.

빌리 이제 자니까지 죽일 거야?
빌 무슨 소리야. 내가 살릴 거야.
빌리 약에 취해서 총이나 쏘면서?
빌 끊을 거야. 유모를 둘 거야.
빌리 돈 있어?
빌 … 빌어먹을.
데르하민 저거 저거 뭐하는 거야? 지금.

자말 (가리키며) 저 약….

빌리 아이에겐 엄마가 필요해. 넌 엄마가 아니야.

빌 그럼 어떻게 저런 인간들이 자니의 엄마야? 고통을 이해하니 나라 따윈 버리고 신이나 믿으라는 게 엄마야?

데르하민 세상에. 경찰을 불러야겠어.

자말 아무도 못 건드려. 지금 저 사람.

빌리 (다가오며) 보내야 돼.

자말 가자.

빌 (자말과 데르하민을 보며) 아, 시끄러. 집중이 안 되잖아.

그때 헤바가 자니를 안고 나온다.

헤바 빌, 자니가 안 울어요.

빌, 멈춘다. 데르하민, 달려가 본다.

데르하민 세상에….

빌 (총 겨눈 채로) 자니는 날 닮아서 울지 않아.

헤바 아니야. 꼬집는데도 소리를 안내요.

데르하민 아 (꼬집으며) 우는데 소리가 안나.

빌 비켜. 니들이 뭘 안다고 그래.

빌, 총을 내려놓고 자니를 빼앗는다. 뺏기지 않으려는 헤바. 소리를 지르는 빌. 놓는 헤바.

헤바 빌. 자니, 지금 병원에 가야돼요.

빌 아냐. 엊그제도 내가 기저귀를 갈았어.

빌리 넌 지금 정상이 아냐.

빌 시끄러. 난 지금 어느 때보다 정상이야.

빌리 병원에 데려가야 돼.

빌 안돼. 누가 모를 줄 알아? 병원에 가면 당장 저것들이.

빌리 그럼 죽일 셈이야?

빌 죽긴 왜 죽어? 내가 버젓이 살아있는데. 내가 이렇게 건강한데.

빌리 빌.

빌 꺼져. 탕.

빌리 빌.

빌 사라져. 탕.

빌리 제발.

빌 이 나약한 놈아. 탕.

그때 '꽝' 하고 울리는 총소리. 빌리가 또 쓰러진다.

빌, 웃는다. 이를 보는 멍한 헤바의 부모.

빌 허허허허. 자니야. 이제 이 할아버지가 뭐든지 할 수 있다. 완전히.

데르하민 … 혼자… 완전히….

자말 돌아가자. 이미 늦었다.

헤바 안돼. 아빠. 자니가. 경찰을 불러줘, 제발.

자말 그럼 다 죽어.

헤바 그래도.

순간 헤바의 뺨을 때리는 자말.

잠시 정적.

자말 정신 차려. 산 사람은 살아야 돼.

헤바 아….

데르하민 내 새끼.

헤바 엄마.

데르하민, 헤바를 안는다.

자말 데리고 나가.

헤바 안돼.

데르하민 여기 있으면 다쳐.

헤바 안돼-.

자말 끌어내.

자말, 힘으로 헤바를 끌고 나간다.

헤바 (끌려가며) 아빠, 나 자니 없이 못 살아. 자니가 윌이야. 내 남편 윌. 내 윌- 내 윌-.

데르하민, 나가려다

데르하민 하늘에서 당신아들이 와서 당신을 저주할지도 몰라요. 아들 보기 부끄럽지도 않아요?

빌 탕… 가세요. 제발….

데르하민, 나간다.
사이.
빌. 문을 닫고 자니를 안고 다시 바리게이트를 친다.

빌 살아있는 것들이 더 잔인해.

사위가 조용하다.
문득 적막감을 느끼는 빌.
갑자기 춥다.

빌 제길… 근데 또 왜 이렇게 추워. 지금 몇 월이야.

문득 폭설이라도 내리는 듯 매서운 칼바람소리가 들린다. 빌의 귀에.

빌 추워… 추워… 왜 이래….

빌, 두꺼운 옷을 찾아 입는다. 추운지 더 껴입는다.
빌, 불안한 듯 주위를 둘러본다.
밖은 화창한데 빌의 귀에만 칼바람 소리가 들린다.
어두워진다.

7.

자막.

「7. 그날 밤」

밝아지면 더 꽁꽁 쳐진 바리게이트. 그 사이에 옷을 잔뜩 껴입은 빌이 자니에게 우유를 먹이려 하고 있다.
빌리는 보이지 않는다. 바람소리가 계속 되고 있다.

빌 잔, 소리를 내봐. 제발. 우유? (우유병을 가져다댄다. 그러나 먹지 않는다) 그래, 먹기 싫음 먹지마. 먹지마. (빌, 우유병을 던진다) 아. 추워. 자니야. 잠시만. 할아버지가 추워서. 잠시만.

빌, 자니를 안고 품안에서 코카인을 꺼내 들이마신다.
사이.

바람소리가 사라진다. 다시 여느 봄 밤이 된다.
한숨을 내쉬는 빌.

빌 아… 이제 괜찮다… 괜찮다… (문득) 그래, 자니. 춥지?

빌, 코카인을 조금 묻혀 아이의 코 밑에 바른다.

빌 (웃으며) 그래. 이제 괜찮지? 그래 그래. 놀랐지? 많이. (다독거리며) 이제 아무도 없어. 아무도… (사이) 그래, 자니 이제 누가 나타나도 이 할애비가 지켜줄게. 아니, 아예 이번 기회에 둘이서 요세미티 파크로 가자. 내가 거길 알아. 내가, 이 할애비가 아빠 피해서 숨던 곳이 있어. 거기서 이 할애비랑 둘이만 살자. 거긴 이 나라보다 더 오래된 나무가 있다. 거기다 집을 짓자. 이 아빠 집 잘 짓는다. 나무를 아주 잘 다뤄. 어렸을 때 목수를 해도 될 것 같다고 아빠가, 이 할애비의 아빠가 말씀하셨지. 너네 아빠도 어렸을 때 얼마나 나무를… (사이. 문득 윌이 생각난다) 윌.

사이.

빌 … 나무를 좋아했지….

빌, 가슴이 무너진다.
사이.
멍하게 된다. 그때 다시 처음 낸시의 환영이 나타났을 때 음악이 들려온다. 빌, 그 음악을 듣는다. 그 음악을 타고 낸시가 나타난다.
빌에게 다가온다.

낸시 (웃으며) 빌….
빌 (놀라며) 낸시.

낸시 그래 나야, 낸시.

빌 너… 이제 날 알아보는 거야?

낸시 그럼, 빌. 난 늘 여기 있었어. 니가 날 언제나 생각하고 있었으니까.

빌 맞어….

낸시 널 안아주고 싶어….

빌 ….

낸시 너 너무 힘들어 보여. 빌.

빌 낸시….

낸시, 빌을 안는다.

빌 내 아들이 죽어버렸어.

낸시 알아.

빌 넌 데이빗한테 가버렸고.

낸시 알아.

빌 데이빗이 널 죽였어.

낸시 그래.

빌 세상이 날 버렸어.

낸시 알아.

빌 보고 싶었어. 한 번도 잊은 적 없어.

낸시 나도.

빌, 낸시에게 키스한다. 낸시 받는다.
그날 그 헛간처럼 거실이 변한다.
풀벌레 소리가 다시 들려온다.

빌 달콤해….

낸시 이제 울지 마. 모두 다 지나가.

빌 그래. 난 이제 안 울어.
낸시 그래. 널 믿어. 넌 강한 애니까.
빌 맞어. 난 강해.
낸시 인간은 강해.
빌 … 인간은 모르겠고 난 강해.
낸시 너도 인간이야.
빌 난….

둘, 웃는다. 빌, 자니를 침대에 누이고 온다.

낸시 그래. 받아들여. 모든 걸.
빌 모든 거 뭐?
낸시 사는 거, 죽는 거, 미워하는 거, 질투.
빌 너처럼?
낸시 응, 우리는 모두 결국 이렇게 돼.
빌 이렇게 뭐?
낸시 죽음.
빌 죽음….
낸시 그 너머에서 우린 다 만나. 너 아들도 나도 모두 거기서 만날 거야.
빌 … 그럴까?
낸시 빌, 담배 하나 줄래?
빌 … 담배?

빌, 갑작스러운 질문에 당황하며 담배를 찾는다. 그러다 서랍장을 본다. 그러자 낸시, 천천히 일어나 총알이 들어있던 서랍장에 간다. 그리고 서랍을 열어 총알 대신 담배를 꺼낸다.
불을 붙인다. 낸시, 빌을 보며 담배연기를 내뿜으며 그 옛날처럼 천진하게 웃는다. 빌도 따라 웃는다. 기이하다.

담배를 피우며 낸시 천천히 빌 앞을 지나 자니에게 간다.

낸시 (자니를 보고 웃으며) 어머, 널 닮았다.
빌 … 맞어. (웃으며)

사이.

낸시 (연기를 내뿜으며) … 데이빗이 왔어.
빌 뭐?
낸시 데이빗, 죽었어. 우리들의 친구.
빌 싫어.
낸시 죽으면 결국 다 만나.
빌 죽으면 만날 거야.
낸시 그 전에 너한테 할 얘기가 있어서 왔어.
빌 할 얘기 뭐?
낸시 자니. 자니를 가게 해줘.

그때 어디선가 데이빗이 나타난다.

데이빗 빌. 나야. 데이빗.
빌 (인사를 받지 않는다)
데이빗 믿을지 모르겠지만 TLC 코트에서 널 모욕하려고 그랬던 게 아냐. 빌.

사이.

빌 넌 낸시를 죽였어.
데이빗 ….
낸시 그렇지 않아. 빌. 나 그냥 아파서 죽은 거야.

빌 뭐가 널 아프게 했는데?

낸시 (한숨을 쉰다)

빌 (데이빗에게) 넌 결혼하고 나서도 낸시를 만났어. 넌 94년도에 민주당을 떠났어. 넌 그 모든 걸 숨기고 국민들 앞에서 정의를 말했어.

데이빗 맞어. 난 그랬어. 모든 걸 숨겼어.

빌 그리고 월스트리트에서 내가 똥이 돼가고 있을 때 돈은 호화주택이고 권력은 석조건물이라고 했어.

데이빗 맞아. 그랬어.

빌 그리고 사람들 앞에서 안 그런 척했어.

데이빗 맞아. 난 안 그런 척했어.

빌 그러면서 사람들한테 고백하라고 했어.

데이빗 맞아. 그랬어. 그게 나였어. 그래서 살면서 늘 불안했어 난. 내 말과 행동은 일치하지 않을 때가 많았으니까. 그래서 더 그렇게 살았어.

빌 (일어나며) 그렇게 어떻게?

데이빗 자유. 정의. 평등. (사이) 자유롭지 않고 정의롭지 않고 평등하지 않으니까 자유롭고 정의롭고 평등하자고.

빌 무슨 소리야.

데이빗 (더 다가오며) 인간은 불완전해. 그래서 그 불완전을 채울 무언가를 누군가는 끊임없이 말해야해. (사이) 난 그걸 내 스스로 말한다고 생각하고 부끄럽지만 그렇게 살았어. 이런 말을 한다고 해서 내 죄가 없어진다고 생각하지는 않아. 하지만… (사이) 무역센터가 무너지는데… 내가 있던 무역센터가 무너지는데… TV속에 그 건물이. 내가 지금 있는 그 건물이. 잠시 후 모든 게 캄캄해졌어. 완전한 암흑. (사이)

빌의 귀에 9.11때 그 폭음이 다시 들린다.

데이빗 아주 짧았던 순간. 생각했어. 난 이렇게 무너지는구나. 안에서.

빌, 라이플을 지팡이처럼 든다.

빌 그래. 알았어. (사이) 그래. 너희들은 내가 하두 고통스러워서… 내가 너무 미안해서… 만든 환상이야.

낸시 아냐. 우리는 환상이 아냐. 늘 니 마음속에 있었어. 언제나.

빌 알아. 하지만… (사이) 너희들은 날 잊었어. 그러니까 이제 나도 너희들을 잊을 거야.

데이빗 빌.

빌 내 아들은 도와주러 거기 갔어. 그런데 오히려 그놈들이 내 아들을 죽였어. 어떻게 인간이 그럴 수 있어?

낸시 빌….

데이빗 빌.

빌 사라져.

순간 들리는 총소리. '탕'
한방에 쓰러져버리는 낸시와 데이빗.
다시 거실로 돌아오는 거실. 밤.
빌, 뭔가 주절주절댄다.

빌 … 내 이름은 욘 욘슨.
위스콘신에서 일하죠.

갑자기 거실이 윌이 떠나던 그날 아침처럼 밝아진다.
한쪽에 '윌'이 나타난다.

빌 윌.

윌 아버지.

빌, 뛰어가 윌을 안는다.

빌 내 새끼. 윌. 너구나. 윌. 윌. 보고 싶었다.

윌 저두요. 아버지.

빌 그래. 내 새끼… 그래… 넌 괜찮아. 환영이어도. 여기 있어줘. 제발.

사이.

빌, 윌의 넥타이를 풀어준다.

빌 그러게 내가 가지 말라고 했잖아. 멍청한 놈. 그래도 잘 왔다. 이제 어디 가지마.

윌 아뇨. 전 가야죠. 전 죽었으니까.

빌 죽어도 사라지지 않아. 사람은. 내 마음속에서.

봐봐. (누운 낸시와 데이빗을 가리키며)

윌, 고개를 끄덕인다. 웃으며.

윌 아버지 저 배고파요.

빌 … 그래, 뭘 좀 먹자. 이리와.

빌, 윌을 앉히고 먹을 것을 가지고 와 그 옆에 앉는다.

둘, 사이좋게 먹는다.

빌 헤바가 가져 온 거야. 이거.

윌 헤바 잘 있죠?

빌 아, 한잔할까?

빌, 술을 가지고 온다. 윌에게 준다. 윌 마신다. 빌도 마신다.

둘, 웃는다.

윌　헤바 좋은 사람 만나겠죠?

빌　걱정 마.

윌　어떤 사람을 만날까요? 아마 저보다 말 잘 듣는 남자 만나겠죠.

빌　멍청한 놈. 이별한 여자는 마음에 두는 거 아니야. 두 사람한테 다 안 좋아.

윌　아버지도 그랬어요?

빌, 말없이 술을 마신다.

빌　아니.

둘 웃는다.
그때 쓰러졌던 낸시가 일어나 앉는다.
빌과 윌, 그런 낸시를 보고 웃는다.
낸시, 빌에게 술병을 뺏어 쭈욱 마신다.

낸시　캬.

빌, 윌, 낸시 모두 웃는다.
이번엔 낸시, 누운 데이빗을 일으켜 술병을 건넨다.
데이빗 술을 쭈욱 들이켜고 좋은 술이라는 듯 나직이 탄성을 지른다.

데이빗　음.

그때, 빌리 스케치북을 안고 나타난다.
술병을 받아 마신다. 콜록거린다. 모두 웃는다.

윌　잘 지내시네요, 저 없이도.

빌　그러네.

윌 그러니까 이제 자니를 돌려주세요. 헤바한테… 저도 엄마가 없어서 외로웠잖아요… 아버지도 그랬고… 그러니까 자니는 엄마한테 돌려주세요.

빌 … 그럼 난 어떻게 살라고?

윌 아버진 할 수 있어요. 아버지는 강한 분이에요. 전 늘 아버지를 존경했어요.

빌 … 아니 난 할 수 없어.

윌 분노를 버리세요. 아버지 자신을 세우세요.

빌 어떻게?

사이.

윌 … 아버지. 담배 하나 줄래요?

빌 응?

빌, 기이하게 윌을 쳐다본다. 그러자 윌, 자연스럽게 일어나 총알이 든 서랍장으로 가 같은 서랍을 열고 담배를 꺼내 불을 붙인다. 연기를 내뿜는다.

윌 그래도 길속에서 찾아야 해요. 전 불행하지 않았어요. 길진 않았지만 봤어요. 길속에서.

빌 뭘?

윌 사람을요. 그냥 사람을요.

빌 그 사람이 널 죽였어.

윌 하지만 우린 친구가 됐어요.

그때 빌리와 복면을 하지 않은 양복을 입은 남녀들이 윌이 참수 때 읽었던 스케치북을 들고 나타나 빌 앞에 그것을 내민다. 그들은 흡사 잠재적 알카에다 같다.

다시 나오는 쿵쿵거리는 소리.

빌 … 월, 넌 지금 내 환상이야.
월 맞아요. 전 아버지의 환상이에요.
빌 그럼, 넌 그렇게 말 못해.

빌, 움츠려들며 구석으로 피한다.
낸시와 데이빗도 일어나 그런 빌을 쳐다본다.

월 하지만 세상은 우리 뜻대로 안됐어요.

환영들이 더 빌에게 다가온다.

월 그날 우리는 우리가 하기 싫은 일을 서로 했어요. 우리는 모두 울었어요.
빌 아냐, 아냐. 지금 그 말은 니가 TV 속에서 그들이 써준 대로 읽은 거잖아.
월 하지만 제 마음이기도 했어요.
빌 월, 넌 너무 착해. 넌 그걸 읽지 말고 그때 한마디라도 했어야해. 그들은 나쁜 사람들이라고. (다가오는 양복을 입은 이들을 보며) 알카에다는 나쁜 사람들이라고.
월 그럼 아버진 영영 진짜를 바로 볼 수 없어요. (낸시와 데이빗을 가리키며)
빌 안돼. 안돼. 난 그런 진실 따윈 인정할 수 없어. 그럼 난 아무것도 아니야.
월 맞아요, 아버지. 우리는 아무것도 아니에요.
빌 안돼. 안돼.
월 (다가오며) 푸세요. 마음을. 그리고 보세요. 진짜를.

환영들이 더 빌에게 다가온다.

빌 다가오지 마.
윌 아무도 아버지를 미워하지 않아요.
빌 아냐. 미워해. 미워해. 그래, 내가 날 미워해.
윌 아버지.
빌 제발-.

그러자 갑자기 울리는 '탕' 소리.
순식간에 모두 쓰러져버린다.
낸시도 빌리도 남녀들도 윌도.
거실이 핏빛으로 물들었다 다시 그날 밤으로 되돌아온다.
빌, 멍하니 서 있게 된다.
빌, 천천히 걸어본다. 누워있는 환영들 사이를.
천천히. 천천히.
그들은 모두 죽은 것 같다.

빌 하느님. 하느님. 아. … 여기가 나네. 내가… 나네. 아.

빌, 울기 시작한다.

빌 아… 아….

바닥을 만지며 오열하는 빌.
한참 그러다 자니를 본다. 자니에게 다가가 들어 안는다.
그리고 전화를 한다.

빌 헤바. 빨리 와줘. 헤바. 그래 나 정상이 아닌 거 같아… 니 말처럼…그래. 헤바. 난 이 아이 아프게만 할 거야. 그동안 미안했어.

잘 부탁해. 헤바.

빌, 전화를 끊는다.
사이.
빌, 이제 어떻게 할 줄을 모른다. 그러다….

빌 난 미쳤어. 그러니까 이런 게 보이는 거겠지… 그래, 내가 미쳤어, 내가 세상이야… 내가 멈춰야 돼. …우리가.

빌, 천천히 자니를 내려놓고 침대 밑 머리맡에서 편지지를 꺼내 무언가를 쓰기 시작한다. 창으로 투사되는 빌이 쓰는 편지.

편지 (영상) 내 아들 닉Nick에 대해 자랑을 하라면 그는 나의 스승이었고 영웅이었습니다. 사람들은 내가 왜 내 아들의 비극적이고 극악한 죽음에 대해 부시행정부를 비난하는데 집중을 하고 있냐고 묻습니다. 나는 내 아들을 잘 알기에, 내 아들을 죽인 그들이 내 아들과 교류했던 어느 곳에선가 내 아들이 매우 특별한 사람이라는 것을 알게 되었을 것이라고 확신합니다. 나는 그들이 그 끔찍한 일을 저질렀을 때 그들이 해도 좋을 만큼 그 일에 아주 몰입하지 않았다는 사실에 위안을 느낍니다. 나는 칼을 휘두른 사람이 그의 손에서 닉의 숨결을 느끼고 그가 실제의 인간이라는 사실을 알았을 것이라 확신합니다. 나는 나머지 4명이 내 아들의 눈을 들여다보았고, 적어도 세계의 나머지가 보았던 그 어슴푸레한 장면이라도 보았다고 확신합니다. 그리고 나는 이 살인자들이 그 짧은 시간 그들이 하고 있는 일을 싫어했을 것이라 확신합니다. 하지만 조지 부시는 결코 내 아들의 눈을 들여다보지 않았습니다….

빌, 펜을 놓는다.
영상, 사라진다.

빌, 천천히 라이플을 든다.
그리고 총알이 있는 서랍장으로 간다. 총알을 라이플에 장전한다.
자기 머리에 갖다 댄다.
잠시 멍하니 앞을 바라본다.

빌 (중얼거리며)
… 내 이름은 욘 욘슨.
위스콘신에서 일하죠.
그곳 제재소에서 일하고 있죠.
거리를 걷다가 만나는 사람들
그들이 내게 "이름이 뭐요?"하고 물으면
이렇게 대답하죠.

탕.
빌, 쓰러진다.
누워있는 환영들 사이로.
그들과 하나가 된 것처럼.

무대 어두워지고 처음처럼 전면 창의 블라인드에 자막이 투사된다.

「2004년 5월 이슬람의 웹사이트에 알 자르카위(al-Zarqawi)로 보이는 알카에다의 남자들이 이라크에서 일하고 있던 미국인 니콜라스 버그(Nicholas Berg)를 참수하는 끔찍한 비디오가 공개되었다. (자막이 흐르는 동안 밥, 빌의 총을 가져간다) 얼마 뒤 그의 아버지 마이클 버그(Michael Berg)는 영국의 전쟁저지연합으로부터 반전집회에 참석해달라는 편지 한 통을 받았다. 그러나 그는 그 집회에 가지 않고 장문의 편지 한 통을 썼다. 우리는 우연한 기회에 그 편지를 보고 한 인간인 아버지와 아들이 어떻게 혈육이 죽은 고통을 떠나 전쟁과 자본주의를 사유하는지를 보았다. 그래서 혈육이 죽은 고통을 떠나 사유하는 인간을 재현해보고자 몇 가지 사실에서 모티브를 얻어 이 극을 지었지만 우리는 실패했다.」

자막 다음으로 넘어간다.
빌 역을 맡았던 배우가 일어나 객석을 향해 선다.

「실제 마이클 버그는 살아서 그 편지를 썼지만, 빌을 만든 우리는 그 빌을 끝내 살려내지 못했다. 그가 살아서 오늘도 여전히 반복되는 그 테러를 어떻게 견디고 있는지 도저히 알 수 없었기 때문이다. 왜 모두가 정상인데 세계는 더욱 비정상인가. 마이클 버그는 현재 살아있는 것으로 알려져 있다. 2017년 미국 어딘가에. 하지만 PEACE NOW를 외치던 2008년까지의 활동 이후로 현재 어떤 모습도 보이지 않고 있다. 우리는 그가 빌처럼 죽지 않기를 간절히 기도한다. 하지만 어떻게 그에게 그렇게 하라고 말할 수 있을까.」

영상으로 실제 마이클 버그가 반전집회에서 자신의 아들 닉 버그에 대한 얘기를 하며 PEACE NOW를 외치는 모습이 나온다. 관객은 빌 역할을 한 배우와 영상 속 마이클 버그를 동시에 보게 된다. 잠시 후 나머지 쓰러져 있던 배우들도 일어나 객석을 향한다. 그들 뒤로 실제 마이클 버그가 썼던 편지의 全文이 흐른다. 낸시 역을 한 배우는 담배를 피우며 이를 본다.

막.

마이클 버그의 편지 全文

이 메시지는 니콜라스 버그(Nicholas Berg)의 아버지 마이클 버그(Michael Berg)가 2004년 5월 16일 영국 전쟁저지연합(THE STOP THE WAR COALITION)에 보낸 편지입니다. 이 편지는 2004년 5월 22일 토요일 긴급 집회에서 낭독될 것입니다.

TO. 전쟁저지연합(The Stop The War Coalition)

전쟁저지연합의 집회에 참석하여 발언을 해달라는 당신들의 관대한 제안을 읽고, 제 마음은 슬픔으로 넘쳤습니다. 그리고 이 제안이 그 넘치는 슬픔을 약간이라도 담을 수 있는 용기로서 제안되었음을 알게 되었습니다. 나를 아는 사람들은 내게 어떻게 TV카메라 앞에 설 수 있느냐고 물어봅니다. 그리고는 내가 세계의 사람들을 향해 이야기하고 있다는 사실을 알게 됩니다. 7주 전에는 나는 이런 일을 할 수 없었을 것입니다. 게다가, 7주 전이라면 나는 이런 일을 할 필요도 없었습니다. 전 세계가 편지, 이메일, 전화를 통해 내게 밀려들지도 않았을 것입니다. 내게 내가 필요한 힘을 쏟아 부어 넣어주지도 않았을 것입니다.

내 아들 닉(Nick)에 대해 자랑을 하자면, 그는 나의 스승이었고, 영웅이었습니다. 그는 내가 아는 가장 친절하고, 예의 바른 사람이었습니다. 그보다 더 친절하고 예의 바른 사람을 나는 알지도 못하고, 본 적도 없습니다. 여러분은 그가 보이스카웃을 그만두었다는 사실을 아십니까? 왜냐하면 그들이 그에게 권총을 쏘는 법을 가르치려 했기 때문이었습니다. 아이러니하게도 바로 그가 주검이 되어 돌아온 바로 그 도버(Dover)공군기지에서 말입니다. 닉도 역시 내게 필요한, 세계에 그에 대해 말하기 위해 또한 필요한, 그리고 그의 평화의 메시지와 세계의 사람들로 구성된, 그가 나누었던 가족과의 형제애를 전하기 위해 여전히 필요한 힘을 내게 쏟아 넣었습니다.

사람들은 내가 왜 내 아들의 비극적이고 극악한 죽음에 대해 부시 행정부를 비난하는 데 집중을 하고 있냐고 묻습니다. 그들은 말합니다. "당신은 그를 죽인 5명의 남자에 대해 비난하지 않습니까?" 나는 그들에 대해 부시 행정부와 똑같이 비난하고 있다고 대답했습니다. 하지만 이것은 틀렸습니다. 내 아들을 잘 알기에, 그들이 내 아들과 교류했던 어느 곳에선가 이 사람들은 내 아들이 매우 특별한 사람이라는 것을 알게 되었을 것이라고 나는 확신합니다. 나는 그들이 그 끔찍한 일을 저질렀을 때, 그들이 해도 좋을 만큼 그 일에 아주 몰입하지 않았다는 사실에 나는 위안을 느낍니다. 나는 그들이 그를 존경하게 되었다고 확신합니다. 나는 칼을 휘두른 사람이 그의 손에서 닉의 숨결을 느끼고 그가 실제의 인간이라는 사실을 알았을 것이라 확신합니다. 나는 나머지 4명이 내 아들의 눈을 들여다보았다고, 적어도 세계의 나머지가 보았던 그 어슴푸레한 장면이라도 보았다고 확신합니다. 그리고 나는 이 살인자들이 그 짧은 시간 그들이 하고 있는 일을 싫어했을 것이라 확신합니다.

하지만 조지 부시는 결코 내 아들의 눈을 들여다보지 않았습니다. 조지 부시는 내 아들, 닉을 알지 못합니다. 그리고 그는 더 나쁜 사람입니다. 조지 부시는 그 자신도 한 아버지이지만, 나의 고통을 또는 내 가족과 닉의 죽음에 비통해 하는 세계 사람들의 고통을 느낄 수 없습니다. 왜냐하면 그는 정책을 만드는 자이고, 그의 행위에 대한 결과에 부담할 필요가 없기 때문입니다. 조지 부시는 그의 정책이 매일 죽이고 있는 사람들 뿐 아니라, 니콜라스의 마음도, 미국 민중들의 마음도 볼 수 없습니다. 도널드 럼스펠드는 이라크 포로들에 대한 성적 학대에 대해 책임지겠다고 말했습니다. 아무런 결과가 없다면 그가 어떻게 그 책임을 질 수 있습니까. 닉은 이 부시 행정부에 의해 선언되고, 눈짓과 끄덕임으로 이루어진 두 정책의 결과물들을 스스로 감수하였습니다. 그리고 나는 내 아들의 생명을 앗아간 그 살인자들보다 자리에 앉아 생명을 앗아가고 아직 살아있는 사람들의 생명을 파괴하는 정책을 입안하는 사람들을 훨씬 더 참을 수 없습니다.

닉은 군대에 간 것은 아니었습니다. 하지만 그는 병사였습니다. 그는 병사로서의 원칙과 헌신을 가지고 있었습니다. 닉 버그는 아무런 개인적 목표에 대한 기대도 없이 사람들을 돕기 위해 이라크로 간 평화의 병사였습니다. 문제는 그가 단지 한 사람이었다는 것이었습니다. 하지만 그의 죽음으로 그는 이제 많은 사람이 되었습니다. 여러분이 그것이 위험할 때라도, 여러분의 가슴에서 옳다고 생각하는 것을 하기 위해 여러분의 모든 것을 바치는 진정한 이타적인 정신, 이 정신은 닉을 아는 사람들 사이에서 퍼져나갔으며, 그러한 그룹도 퍼져나가 전세계로 퍼져나가고 있습니다. 내가 이런 글을 이라크에 있는 모든 병사들과, 그 병사들의 가족을 위해 쓰고 있는 지금 이 시간조차도 말입니다. 그들은 모두 이라크에서 평화를 위해 일하고 있다고 믿고 있을 것입니다. 말하겠습니다. 닉은 당신의 형제입니다. 닉은 부숴진 것들을 재건하는 일을 돕는 것을 통해서 뿐 아니라, 그의 평화와 사랑의 메시지를 통하여서 평화를 얻는 일을 도우려 거기에 간 것입니다.

미국이 9월 11일 공격을 받던 날, 그 악명 높던 날, 우리는 무엇을 했어야 했을까요? 나는 우리가 이전에는 결코 하지 않은 일들을 그때 했어야 했다고 말합니다. 우리가 우리의 적이라 딱지 붙인 사람들에게 이야기 하는 것을 중단하고, 그들의 이야기를 듣기를 시작해야 합니다. 이 작은 행성에서 우리의 평화로운 공존을 위한 전제조건을 다는 일을 중단하고 자유롭게 그리고 자율적으로 살기 위한, 그것이 이스라엘이든 팔레스타인이든 이라크든 모든 국가의 주권을 진정 존중하려는 모든 인간들의 요구를 존중하고, 인정하기를 시작해야 합니다. 다른 사람들이 맞추어 살아야 하는 법을 만들고 나서 우리를 위한 별도의 법을 만드는 일을 중단하라는 모든 인류의 요구를 존중해야 합니다.

우리는 모두 대량살상무기의 통제가 백악관에 있다는 사실을 알고 있습니다. 그리고 조지 부시는 그 중 일부의 무기들을 세계에 사용했습니다. 그의 무능한 지도력은 대량 살상무기 중 하나입니다. 그것은 사건들의 연쇄반응을 일으켜 내 아들을 불법적으로 구금하게 만들었습니다. 네, 맞습니다. 내 아들을 구금하고 있던 권력은 바로 미국 정부였습니다. 아무도 이라크 경찰이 미국의 FBI와 군대를 지휘하고 있다고 믿지 않습니다. 부시 대통령, 그 구금은 고조되는 폭력의 세계로 내 아들을 밀어 넣었습니다. 그의 구금이 아니었다면 그 세계는 그가 다시 내 품으로 돌아오게 했을 것입니다. 팔루자에 대한 포위공격으로 이어진 그 끔찍한 사건이 벌어질 때까지 뿐 아니라, 이라크 감옥에서 벌어진 끔찍한 일들에 대한 폭로로 내 아들의 멋진 인생을 죽음으로 끌고 간 복수가 있을 때까지 그 구금은 내 아들을 이라크에 잡아 놓았습니다.

내 아들의 인생은 끝이 났습니다. 하지만 그의 일은 계속될 것입니다. 전에 한 명의 평화의 사도가 있었던 곳에서 나는 지금 수천의 평화의 사도들을 보고 듣고 있습니다. 그들 한 사람 한 사람에게는 말로 할 수는 없지만 똑같이 느끼는 수천 이상의 사람들이 있습니다. 닉 버그는 그의 신념에 따라 행동한 사람이었습니다. 우리, 이 세상에 사는 사람들은 이제 신념에 따라 행동하는 것이 필요합니다. 우리는 대서양의 양쪽에 있는 악인들에게 전쟁으로 신물이 나 있다는 사실을 알게 해 줄 필요가 있습니다. 맞습니다. 우리는 자살 폭탄테러와 서로를 죽이는 것을 중단하기 위한 길을 찾는 이스라엘과 팔레스타인의 실패에 신물이 나 있습니다. 우리는 평화의 성과를 막고 있는 현재적 조건을 가지고 각자의 길로 입장하는 협상과 평화회의에 신물이 나 있습니다. 우리는 세계의 평화를 원합니다. 지금 당장.

나는 물어 보아야 합니다. 우리의 지도자들, 그리고 세계의 지도자들이 평화보다 더욱 가치가 있어서 잃게 될까 두려워하는 것이 무어란 말입니까? 많은 사람들이 닉과 나의 가족을 위해 기도를 해줍니다. 나는 그들의 생각에 감사를 드립니다. 하지만 나는 그들에게 그들 기도 안에 평화의 기도를 포함해줄 것을 요청합니다. 나는 그들에게 기도보다 더 많은 것을 해줄 것을 요구합니다. 나는 그들에게 지금. 백악관, 전 세계 대통령 관저에, 그리고 그들이 숨어있을 지도 모르는 산속의 별장에 있는 정치인들과 지도자들에게서 당장 평화(PEACE NOW!)를 요구할 것을 요청합니다. 그 정치인들에게 여러분이 지금 당장 평화(PEACE NOW!)를 원한다는 사실을 알도록 해줍시다. 그리고 그들에게 여러분이 평화를 얻지 못한다면 지도자로서 더 이상 여러분을 위해 일하지 않는 것이라는 사실을 알게 해줍시다. 당장의 평화(PEACE NOW)를 요구하라! 당장의 평화(PEACE NOW)를 요구하라! 지금 당장 평화를(PEACE NOW)! 지금 당장 평화를(PEACE NOW)! 지금 당장 평화를(PEACE NOW)!

위기의 시대 폭력과 그에 대한 사유

— 〈미국아버지〉를 중심으로 —

김숙현 (동국대학교)

본 연구는 지젝의 폭력에 대한 사유를 기반으로 〈미국아버지〉를 분석한다. 지젝이 구분한 주관적 폭력과 객관적 폭력 그리고 신적폭력을 텍스트의 인물들이 처한 환경과 그에 따른 행동, 그리고 그들 죽음과 연계하여 살펴보고 있다. 특히 텍스트에 드러난 객관적 폭력, 즉 비가시적인 구조적 폭력과 상징적 폭력을 살피는 가운데 탈냉전 이후 탈이데올로기, 탈정치라는 언어의 베일에 가려진 민주주의와 그 경제적 토대인 세계자본주의를 이데올로기로 호출하여 그 폭력을 드러내는 한편, 레비나스로 대표되는 '타자의 윤리' 너머의 윤리적 폭력을 신적폭력과 연계하여 논의하고 있다.

무엇보다 본 연구는 구조적 폭력에 대항하는 저항폭력의 한 방식으로서의 죽음과 비폭력적 폭력의 방식으로서의 죽음이라는, 죽음의 두 양상을 각각 행위화, 신적폭력이라는 개념 구분 속에서 살펴보고 있다. 이는 벤야민의 신적 폭력에 대한 지젝의 해석과 적용에 있어 라캉의 사유와 어떻게 만나고 있는지를 웅변해주는 중요지점이다. 그 결과 신적폭력, 즉 '진정한 행위(act)' 에 함의된 정치성은 물론 탈정치시대의 '정치' 를 전경화하고 전면화한다.

1.

사회주의의 몰락과 더불어 자유민주주의의 승리와 자본주의의 전 지구적 확장은 과거의 지난한 이분법적 정치투쟁을 대체하는 현상으로 새 세기 삶의 지형도가 되었다. 그러나 극한의 폭력으로 점철된 근대사가 냉전종식과 더불어 거대담론의 와해라는 화두 아래 탈역사, 탈정치, 탈이데올로기라는 희망의 21세기를 개시했지만 그 모두가 공허한 제스처에 불과한 것임이 드러나게 되는 데에는 그리 많은 시간을 요하지 않았다. 빈발하는 테러와 전쟁, 내전, 종족분쟁이라는 또 다른 방식의 위기와 위험이 '안전' 을 위협하는 가운데 지구화의 현실은 도처에 잔혹한 폭력을 생생하게 재생해내고 있는 중이다.

이슬람 무장세력 알카에다와 IS를 비롯한 국제적인 테러리스트의 테러가 반복되는 가운데 전쟁과 같은 '예외상태' 가 상례화 되었음은 물론, 최근에는 시리아 난민의 위태로운 비인간적 실상과, 그들 수용문제와 관련한 각국의 경제논리에 의한 폐쇄정책과 그로 인한 갈등이 동시대 세계의 위기를 단적으로 반향해내고 있다. 더불어 '국경없는의사회' 병원에 미군이 행한 오폭, 미국 이스라엘이 함께 하는 사우디아라비아 주도 연합군의 친정부군 오폭은 내부로부터의 혼돈을 위태롭게 보여주고 있다. 그것은 예기치 않은 긴급사태는 그 누군가만을 '배제' 하는 것이 아닌 우리 모두를 법적 예외상태에 놓이게 할 수 있다는 암시로도 읽힌다.

2015년 연초에 발생한 일본인 참수사건과 근래의 방글라데시에서의 일본인 남성 총격 사건 등은 테러에 있어서 비교적 안전하다고 생각했던 한국인도 이제 더 이상 예외는 아니라는 생각에 공포에 떨게 했다. 물론 한국의 현재는 북한과의 대치국면 속에서 크게는 핵으로, 그리고 '중동인권' 을 상기시키는 '북한인권' 과 관련한 제국의 시선 속에서 구조적인 불안과 위기 속에 놓여있다.

그런 한편 한국사회는 98년 IMF 이후 정치경제의 지형이 급격하게 바뀌고 이윤추구를 절대시하는 신자유주의의 가장 모범적인 국가 중 하나로 변했다. 하지만 OECD 자살률 1위의 자살공화국이라는 이름표와 재난자본주의의 형태로 읽히는 '세월호' 와 같은 사건에서도 확인되듯이 사회적인 윤리와 가치는 실종 된 채 빈부격차와 그에 따른 삶의 피폐화는 심화되고 잔혹한 범죄에 비인간화 역시 극대화되고 있는 실정이다.

이러한 국내외적 상황에서 이데올로기의 종언 이후, 탈이데올로기 시대의 폭력에 대한 탐색은 삶의 현재를 읽는 중요한 지표가 될 수 있을 것이다. 세계자본주의와 신자유주의, 민주주의로 대표되는 동시대 환경 안에서, 그럼에도 여전히 만연하는 도처의 폭력, 그 적대와 외상에 대한 사유는 어떤 정치성을 함의하는가? 그리고 이와 같은 동시대적 기후를 연극은 어떻게 대면하고 사유하고 있는가? 세계자본주의, 신자유주의, 민주주의라는 언어적인 우산 혹은 구조적인 문제와 맞닿은 시대적 증상, 폭력을 연극텍스트를 통해 살펴보고자 하는 이유이다.

일상에 침투한 세세한 폭력까지 성찰하려면 상당수의 작품들이 본 연구의 대상이 될 수도 있겠으나, 이 글은 근래의 이러한 세계의 위기적 상황을 인지하면서 동시대적인 통찰을 견지하고 있다고 판단되는 〈미국아버지〉[1]와 더불어 폭력에 대해 사유해보고자 한다. 그 외에도 전 지구적 자본주의 안에서의 미국의 헤게모니와 권위주의적 중국이 갖는 위협적 폭력을 물밑 배경으로 하고 있다고 판단되는 〈차이메리카〉와 레바논 내전의 폭력과 진한 상흔을 다룬 〈그을린 사랑〉, 역시 레바논 내전을 배경으로 자기서사의 치유적 방식으로 상처를 다룬 〈구름을 타고〉, 그리고 후기자본주의의 폭력/권력의 작동방식을 특유의 기법으로 보여준 〈THE POWER〉와 같은 최근에 공연된 작품들은 본 연구와 일맥을 이룬다.

일별한 작품 중 유일하게 국내작가가 쓰고 직접 연출한 작품이 〈미국아버지〉라는 점도 있지만 특히 이 작품이 주목을 끄는 이유는, 21세기 위기의 폭

1) 장우재 작 · 연출로 2014년 10월 30일-11월 8일까지 이해랑예술극장에서 공연되었다. 본 연구에서 참조하고 인용하는 공연 및 대본은 바로 그 당시의 공연과 대본이다. 이후 본 연구의 인용문의 쪽수는 이를 기준으로 한다.

력 속에 우연하게 내맡겨진 누군가의 이야기가 이 시대 우리 모두의 비극적 징후를 포착하고 있다고 판단되기 때문이다. 배경은 미국이지만 신자유주의를 롤러코스터 타듯 빠르게 습득한 한국사회와 무관하지 않은 동종의 공감대를 형성하며 성찰을 촉발하는 작품으로 이해되는 것이다. 다양한 작품을 대상으로 보다 넓게 확장된 연구는 향후의 과제로 남기고, 본 연구에서는 〈미국아버지〉를 중심으로 21세기 탈이데올로기 속 이데올로기와 그로부터의 폭력에 대해 벤야민(W. Benjamin)의 폭력 개념을 전유한 지젝(S, Žižek)의 성찰을 배경으로 사유해보고자 한다.

2.

폭력은 인간의 생물학적 본성 즉 인간의 어두운 본능이자 파괴적 정념으로 이해되어 왔다. 따라서 이성과 합리를 기반으로 하는 근대화 과정에 있어 폭력은 극복 제어되어야할 반 문명과 야만의 요소라는 논리로 연결되었다. 이는 국가독점 폭력의 합법성이라는 신화와 어우러지면서, 각종 법과 사회제도의 그 근간을 이루어 국가 등 문명화 제도 자체의 폭력에 대한 본격적인 비판을 유예시키도록 했다. 하지만 인류 역사상 가장 철저하고 가장 체계적이며 가장 조직적으로 자행된 홀로코스트와 같은 폭력 메커니즘의 핵심에 존재하는 것은, 다름 아닌 폭력 수단을 독점한 국가라는 것을 그간의 연구는 말하고 있다. 바로 이와 같은 문제의식, 즉 문명화 과정과 폭력의 상호연루성, 법이나 제도화된 구조, 정치권력 등의 형태로 국가가 독점한 폭력에 대한 근본적인 문제제기와 관련되는 대표적인 철학자가 벤야민이다.

벤야민은 자신의 글 『폭력비판을 위하여』에서 '신화적 폭력'과 '신적 폭력' 개념을 사용하여 일찍이 독일의 법 철학자 칼 슈미트(Carl Schmitt)가 구분한 '법 정립적 폭력'과 '법 유지적 폭력'을 신화적 폭력으로, 그리고 법을 폐기시키는 새로운 차원의 개념인 '신적 폭력'을 들여오게 된다. 벤야민은 '법'에 있어서 사실상 법정립의 폭력과 법유지의 폭력은 확연하게 구분되지 않고 혼합되어 있기에 법의 정립을 순수한 이성적 판단근거로 볼 수 없으며 오히려 법이 법을 유지시키는 폭력과 연결되어 있듯이 법의 정립과 유지는 상호연계되어 있다고 언급한다. "모든 폭력은 수단으로서 법 정립적이거나 법 보존적"이라는 것이다.[2] 독일어 '게발트(Gewalt)'가 폭력뿐만 아니라 합법적 권력, 힘, 권능, 강제력 모두를 지시하는 것처럼 근대적 법질서 속에서 법과 폭력은 분리불가능한 일체를 이룬다. 다시 말해 폭력은 법 정립의 단계뿐만 아니라 법이 관철되고 실행되는 과정에도 깊숙이 연루된다는 것이다.[3] 이로써 그는 법과 폭력 그리고 국가와 폭력의 관계에 대한 철학적 비판의 길을 연다.

그리고 지젝은 벤야민의 법 정립적 폭력과 법유지적 폭력, 즉 법으로서 정의되는 신화적 폭력과, 법 파괴적인 신적 폭력을 전유하여 폭력개념을 성찰함으로써 폭력에 대한 사유를 본격적으로 촉발시킨다. 법이나 사회질서, 국가 등 근대적 구조와 체계 속에 근원적으로 내장된 폭력의 문제를 이론적으로 접근한다는 점에서 벤야민을 토대로 하고 있지만 특히 지젝은 전 지구적 자본주의를 배경으로 폭력의 논의를 현재화하고 있다는 점에서 주목된다. 그의 『폭력(Violence)』[4]에 대한 논의는 특히 벤야민이 법과 폭력, 정치와 폭력의 내밀한 연관을 폭로하고 중지시키는 수단으로 개념화했던 '신적폭력'을 탈정치적인 전지구적 자본주의 체계 내 동시대적 의미망 속에 호명함으로써 주목을 끈다.

---

2) 발터 벤야민, 『역사의 개념에 대하여, 폭력비판을 위하여, 초현실주의 외』, 최성만 옮김, 길, 2012, 96쪽.

3) 승인된 폭력과 승인되지 않은 폭력을 구분하는 주체, 근대적 법질서 속에서 법적 목적의 정의를 보증하는 수단의 적법성은 바로 법 자체이다. 즉 폭력은 법에 의해 합법성이 정의되고 법은 승인된 폭력에 의해 정의를 실행 정립한다. 이렇게 정의의 주체이자 정의의 원천으로 일치된 법은 자연적 목적에 의해 합법화될 수 있는 경우까지 포함하여 모든 폭력을 법적 주체로서의 개인에게서 빼앗아 그들의 폭력을 승인되지 않은 폭력으로 범주화하여 승인된 폭력을 독점한다. 벤야민이 말하는 폭력의 법 정립적 성격 또는 법 정립의 폭력적 계기란 이를 일컫는다. '법은 폭력을 정의하고 폭력은 법을 정립한다'가 주요메시지인 것이다. (이문영, 「폭력개념에 대한 고찰-갈퉁, 벤야민, 아렌트, 지젝을 중심으로」, 『역사비평』 106호, 역사비평사, 2014, 336쪽 참조)

지젝은 폭력의 유형을 세 가지로 구분한다. 주관적(subjective) 폭력과 상징적(symbolic) 폭력, 그리고 구조적(systemic) 폭력이 그것이다. 그리고 주관적 폭력과 대별하여 상징적 폭력과 구조적 폭력을 객관적(objective) 폭력이라 칭한다. 주관적 폭력이란 직접적이고 가시적인 폭력 즉 범죄, 테러행위, 사회폭동, 국제분쟁과 같은 것이다. 지젝은 이를 세 가지 폭력 중 가장 가시적인, 일부의 폭력에 불과하다고 말한다.

지젝은 눈에 보이는 폭력에만 주의를 집중시키기보다는, 그와는 비교할 수 없을 정도의 파괴적인 객관적 폭력에 눈을 돌릴 것을 주장한다. 먼저 상징적 폭력은 습관적인 언어사용을 통해 재생산되는 사회적 지배관계 속에 분명하게 나타나는 것뿐만이 아니라, 그보다 근본적인, 하이데거가 '존재의 집' 이라 칭한 언어자체에 들어있으며 언어가 의미세계를 대상에 부과할 때 따라붙는 폭력을 지칭한다. 그리고 구조적 폭력이란 국가폭력이나 공권력의 남용, 착취구조나 억압기제와 같은 이상 기능이 아니라 그 체계가 지극히 정상적으로 작동할 때 발휘되는 것을 말한다.

다시 말해 주관적 폭력이 정상적이고 평온한 상태를 혼란시키는 것처럼 보이는 데 반해 "구조적 폭력은 바로 이 '정상적인 상태' 에 내재하는 폭력"으로, 이것이 가시화되지 않는 이유는, 그것이 바로 우리가 통상 "무엇인가를 주관적으로 폭력이라고 판단하는 그 기준이 되어주기 때문"이라고 한다. 그는 이러한 비가시적인 구조적 폭력을 우리가 이해하고 반드시 숙고해야 한다고 강조한다. 그래야만 폭력에 대한 인식을, 단지 명확히 식별가능한 행위자가 저지르는 "주관적 폭력의 '비이성적' 폭발로만" 이해하지 않을 것이며, 그로써 '폭력에 대항하며 관용을 장려하는, 그러한 우리의 노력을 지탱해주는 바로 그 폭력을 식별할 수 있게 된다' 는 것이다.[5]

이러한 맥락 속에서 지젝은 벤야민의 신적폭력을 소환하여 동시대 주객관적 폭력과 비폭력적 관용(tolerance)의 윤리 너머의 폭력을 성찰한다. 지젝에게 있어 신적폭력[6]은 라캉의 주체화 과정, 즉 윤리적 주체의 탄생과 연

4) S, Žižek , *Violence; Six Sideways Reflections*, New York: Picador, 2008(『폭력이란 무엇인가』, 이현우, 김희진, 정일권 옮김, 난장이, 2011). 이하 본 연구에서의 인용은 원서를 참조, 번역서의 쪽수를 기술한다.

결될 수 있다. 이는 상징질서를 절단함으로써 실재계로 향하는 것으로, 즉 필연적이거나 계기적인 것이 아닌 근원적인 우연 속에서 선언되는 것이지만 그 역시 주체의 결정, 실천(praxis)과 연동하는 행위라는 점에서 라캉이 말하는 진정한 행위(act)라고도 말할 수 있을 것이다. 상징계의 회로를 단절하고 '순수충동' 혹은 죽음충동의 주체로 나가는 안티고네의 정치적 '행위'와 접맥되어 벤야민의 신적폭력이 지젝에게 정독되고 있는 셈이다. 이렇게 지젝이 벤야민의 개념에서 취한 신적폭력은 라캉의 정신분석학에 대한 지젝의 현재적인 사유라고도 할 수 있다. 이렇게 그는 폭력을, 폭력과 비폭력이라는 이분법적 구도의 경계 밖에서 사유함으로써 한편으론 우리의 삶을 규정하는 체제의 이데올로기와 그의 벽에 갇힌 우리의 굳은 인식을 다각적으로 깨고 있다.

3.

3.1.

지젝이 특히 주목한 것은 자본주의의 근본적인 구조적 폭력이다. 지젝에 의하면 이 전지구적 자본주의체계의 폭력은 그 이전 시대의 어떤 직접적인 사회-이데올로기적 폭력보다도 훨씬 더 섬뜩하고 불길한 것이다.

---

5) 위의 책. 22-5쪽 참조.

6) 지젝에 의해 해석된 벤야민의 신적 폭력 개념을 크게 3가지로 나누어 보면 이러하다. 첫째, 신화적 폭력이 법의 지배를 만들기 위한 수단이라면 신적 폭력은 세계의 부정의를 보여주지만 그러나 어떤 의미를 갖고 있지 않은, "의미 없는 기호(sign)"이다. 두 번째 신화적 폭력이 존재의 질서 속에 있다면 신적 폭력은 사건(Event)의 질서에 속한다. 세 번째, "신적 성격을 보증해주는 대타자는 없으며 그것을 신적 폭력으로 읽고 떠맡는 위험은 순전히 주체의 몫이다". 즉 신적폭력은 "대타자의 도구가 되어 행위를 한 자"들의 행위와 무관한 주체의 결정과 필연적인 관련을 맺는다. 단적으로 "인간의 무능을 감추기 위한 폭력적 '행위로의 이행'과는 무관한", "구조화된 사회적 공간 바깥"의 실재계를 향해 있는 것이다.(위의 책, 275-7쪽 참조)

"… 모든 계층의 사람들과 때에 따라서는 모든 국가의 운명까지도 자본의 이 '유아론적' 투기적 춤사위에 의해 결정될 수 있다. 자본은 자신의 운동이 사회적 현실에 어떤 영향을 미칠 것인지에 대해 무관심하며, 오로지 수익성이라는 목표만을 추구한다. (중략) … 자본의 형이상학적 춤사위… 바로 거기에 자본주의의 근본적인 구조적인 폭력이 존재하며, 이 폭력은 자본주의 이전 시대의 어떠한 직접적인 사회-이데올로기적 폭력보다 훨씬 섬뜩하다. 이 폭력은 더 이상 구체적인 개인들과 그들의 '악한' 의도의 탓으로 돌릴 수 없으며, 순수하게 '객관적'이고, 체계적이며, 익명성을 띄기 때문이다. 여기서 우리는 라캉이 말하는 현실과 실재의 차이를 볼 수 있다. '현실(reality)'은 부단한 상호작용과 생산과정을 행하는 실제 사람들로 이루어진 사회적 현실을 말하며, 실재(the Real)는 사회적 현실에서 일어나는 일을 결정하는, 냉혹하고 '추상적인' 유령과 같은 자본의 논리이다."(밑줄 필자)[7]

2014년 창작산실 대본공모 최우수작으로 선정되어 같은 해 공연된, 장우재가 쓰고 연출한 〈미국아버지(An angry American man)〉는 이러한 '전지구적인 신자유주의적 자본주의'와, 그로부터 이어지는 국제적인 테러와 '테러와의 전쟁'이라는 구조적인 폭력과 주관적인 폭력이 서로 맞닥뜨리는 지점 속에서의 어떤 '개인'의 비극을 그려낸 작품이라는 점에서 주목을 요한다. 작품은 한국이라는 지역성을 버리고 미국 '시민', '빌'을 중심으로 9.11테러뿐만이 아니라 동시대 전 세계인의 삶의 토양인, 자본주의 이데올로기를 정면에서 마주하고 있다. 근래의 공연 중에서 이러한 소재나 주제적 접근이 국내 작가 겸 연출가로서는 유일하다는 것은 차치하고서라도 국내 연극텍스로서는 최소한 단 한 번도 있어본 적도 상상해 본적도 없는 '미국아버지'를 주인공으로 삼았다는 점에서 흥미를 이끈다. 2001년 쌍둥이 빌딩 폭파가 그저 하나의 스펙터클로만 머무는 먼 나라의 이야기가 아닌 우리 삶과 긴밀한, 정치적으로 유의미한 연계성이 있지 않냐는 작가의 히스테릭한 질문을 감축하

---

7) 위의 책, 39-40쪽.

도록 하여 그 의미를 진지하게 되묻게 한다는 점에서 특히 그러하다.

이 연극은, 2004년 5월 이슬람 무장세력에 의해 참수당한 닉 버그의 아버지 마이클 버그가 영국의 전쟁저지연합에 장문의 편지 한 통을 쓴 사실을 모티브로 쓰였다. 실제의 사건을 소재와 시공간적 배경으로 취하면서도 작품은 화가 난 '미국'의 '아버지', 빌의 허구적 이야기에 맞춰져 있다. 간략하게 작품 내용을 살펴보면 이러하다. 과거 젊은 날의 빌('빌리')은, 기성체제의 가치와 제도를 전면 부정했던 60년대 미국 학생운동에 가담한 여성운동가 낸시를 사랑한다. 하지만 그녀는 이른바 자유섹스 옹호자로서 빌의 친구 데이빗과도 사랑을 나누게 되고 이를 목격한 빌은 심한 배신감을 맛보게 된다. 이후 성인이 된 낸시는 정치에 입문한 데이빗에게 버림받게 되며, 행려병자로 죽음을 맞게 된다. 그리고 빌은 한때는 잘나가던 월가의 "늑대"였지만 결국엔 그들 공동체에서 배제당하는 낙오자가 되어 약물중독에 빠지게 된다. 그리고 모든 면에서 빌에게 열등감을 안겨준 데이빗은 철새처럼 당을 옮겨다니며 나름 성공한 정치인이 되었지만, 바로 그곳 WTC 쌍둥이 빌딩 테러로 인해 죽음을 맞게 된다. 빌은 자신의 인생에 실패를 안겨다준 미국에 가해진 테러와, 역시 자신에게 패배감을 맛보게 한 데이빗의 죽음을 호쾌하게 웃으며 자축한다. 하지만 그도 잠시, 안정된 직장을 박차고 NGO단체에 가입하여 미국을 떠난 아들이, 알카에다에 의해 참수 당하는 사태를 맞게 된다. 그런 그가 손자와 함께 살아가겠다고 세상과 소통의 문을 차단하지만, 계속되는 내적인 갈등 후에 결국 손자는 며느리에게 넘겨주고 자신은 자살로 생을 마감한다.

극중 시간은 2001년 9.11 전후, 노년의 빌이 약물중독에서 벗어나려는 시도를 포기한 채 다시 약물에 빠지는 것에서부터 극은 시작되며 아들의 죽음 이후 자살을 함으로써 극은 종결된다. 그렇기에 빌의 젊은 날과 관련된 과거의 이야기는 빌의 회상 혹은 환영을 통해 극중시간이자 빌의 현재 시간에 삽입되어 드러나게 된다. 그리고 이 전체이야기를 감싸고 있는 것은 연극의 맨 처음과 맨 끝, 무대 후면 자막에 투사되는 '닉 버그의 아버지 마이클 버그가 실제로 쓴 편지가 이 연극의 모티브이다'로 시작되는 내용의 글이다.

그와 같은 구조 속에서 작품은 과거 60년대 닉슨 대통령시절 월남전에 반대했던 68학생운동과, 현재 부시 정권하에서의 '이라크와의 전쟁'을 서로 교차시키고 있다. 그럼으로써 자본주의와 전체주의 등 기존 제도와 세계의 부조리에 항거하며 해방과 자유를 주장했던 68학생운동의 주역들이 성인이 된 다음 후기자본주의와 기성의 정치체제를 대표하는 공간으로 들어가 '돈을 벌기 시작하고 투표를 하며 지배'하는 그 과정에서의 이중성을 포착한다.[8)]

먼저 주인공의 이름 빌, 'bill'은 계산서, 증권, 지폐를 뜻하는 말로, 통칭하여 '돈'을 환기시킨다. 자본주의와 핵심적으로 연계되는 단어이기도 하지만 세계자본주의의 본령인 월스트리트, 그 곳에서 돈을 벌었던 '빌'을 되비추는 이름이기도 하다.

"2000년에서 그 이듬해", 빌은 아들에게 얹혀살며 당시 부시정권이 내세운 '마약과의 전쟁'에 저항이라도 한다는 듯 마치 "히피처럼" 약물에 취해 산다. 빌은 젊었을 때 "성실한 월가의 보통 직원이었"다.[9)] 하지만 '상사가 시킨 "더러운 똥 같은 일을 하게"된 후, 나중엔 자신이 똥처럼 변해갔고, 결국 함께 한 범죄가 아닌 단독으로 한 범죄 때문에 회사에서 잘린다. 이후 재취업도 좌절되어 더욱 심한 약물중독에 빠지게 된다. 후기자본주의의 핵심적 공간으로 들어가서 적응하는데 성공을 거두었지만 이내 월가의 도덕적 타락 속에서 스스로 헤어 나오지 못한 채 낙오자가 되고 만 것이다.

하지만 낙오된 가장 큰 이유는 회사 내부에서의 경쟁에서 뒤진 탓이다. 한때 그는 자신이 월가의 '늑대'인 줄 알고 "개장 후 한 시간 반이 중요해. 보이는 족족 물어뜯어… 어머니가 관심 있어 하시면 어머니도 붙들고 늘어져"라면서 "다 잡아먹을"기세로 살았으나 동료들의 배반과 배제로 낙오된 후 실은 다른 동료가 '늑대'였음을 깨닫게 된다.[10)] 그런 빌은 마약중독에 알코올

---

8) "나는 공립학교를 지지하지만 내 아이들에게는 사립학교가 더 맞는 것 같아. 이 일회용 기저귀는 자원의 엄청난 낭비지만 쓰기에 편하단 말이야. 더 좋은 일자리가 생기면 거기 가겠지만 고향의 느낌은 잃고 싶지 않아. … 어떻게 영혼도 잃지 않고 출세할 수 있을까. 어떻게 물질적인 것에 노예가 되지 않으면서도 더 좋은 차, 집을 가질 수 있을까." (장우재, 앞의 대본, 22쪽)

9) 위의 대본, 11쪽.

10) 위의 대본, 57-8쪽.

릭인 자신의 현재에 대한 책임이 자기 자신에게도 있지만 자신을 '거짓말하게 하고 비인간적으로 만드는 이 나라 이 시스템'[11]에게도 있다고 그에 대한 분노를 토해낸다.

작품은 피할 수 없는 경쟁이 곧 신자유주의의 새로운 폭력임을 드러낸다. 그러나 자유경쟁이라는 구조적 폭력은 말 그대로 자유롭게 수용하고 자발적으로 내면화시키는 방식으로, 즉 폭력을 감내하는 형태로 나타난다. 자유경쟁의 목표는 경제규모의 지속적 확장이며, 확장은 경쟁의 필연적 결과이다. 신자유주의 사회는 더 많은 성과를 낳고 소비하도록 충동하고 추동한다. 그러기 위해서는 스스로 더 많이 일하고 더 많이 생산하는 일에 나선다. 그러나 그것은 타자에 의한 강요가 아니라 자기주도적인 자발성이라는 이름하에 이루어진다. 이것이 바로 자본주의의 극단적 흐름인 신자유주의의 폭력적 상황의 기초를 이루는 것이다. 사회를 경쟁원리로 채우는 신자유주의적 통치체계에서 개인은 승리를 위해 기꺼이 자발적으로 감내하면서 자신도 모르는 사이에 구조적 폭력을 정당화한다. 개인들의 자기착취, 폭력의 가해자와 피해자 모두 자기 자신이 되는 것이다. 폭력이 폭력으로 인식되지 않는 한, 신자유주의 시대의 폭력은 개인의 자유를 보장하는 가운데 이루어진다는 점에서 가해와 피해라는 이분법적 도식을 넘어선다. 폭력이 자발적으로 내면화되어 가해자가 실종되어 버린 상태 내지는 가해자와 피해자가 동일해 폭력을 당하면서도 폭력의 책임을 물을 수 없는 상태의, '탈폭력적 폭력'의 형태를 띠게 되는 것이다.[12]

세대가 다르지만 빌의 아들 윌 역시 이와 같은 문제에 직면해 있다. 빌의 불안이 약물로 향하게 했다면 윌이 호소하는 불안은 자신의 숫자놀음이, 지구 저편의 그 누군가의 죽음과 연계되어 있다는 도덕적 고민으로 향하게 한다. 그의 호소는 빌과는 다른 방식으로 세계자본주의의 본령인 월가와 더불어 자행되는, 구조적 폭력을 선명하게 제시한다.

---

11) 위의 대본, 11쪽.
12) 이찬수, 「탈폭력적 폭력-신자유주의 시대 폭력의 유형과 종교」, 『종교문화연구』 23(2014), 310-8쪽 참조.

"아버지 말이 다 틀린 건 아냐. 나도 그래. 그렇게 둘로 살아. 내가 매일 하는 일이라곤 고작 스크린 모니터에 숫자나 처넣는 것이야. 그럼 겉만 번지르르한 다른 사람들이 그 정보를 가지고 이해하는 척 지구 반대편에 있는 사람이랑 반대편에 돈을 걸고 자기도 나름대로 숫자를 처넣고 그리고 마감 때가 되면 이기는 사람도 있고 지는 사람도 있고…. (중략) 난 불안해. 우리 모두 다 이러다 돈에 잡아먹힐 것 같아. 오늘 또 내가 몇 사람 인생을 날려 보냈어. 근데 아무렇지도 않았어. 커피는 여전히 달콤했고, 빌딩에서 내려다보는 세상은 고요하고 아름다웠어"(밑줄 필자)[13]

고민의 결과 윌은 '돈에 잡아먹힐 것 같은' 현재를 벗어나 NGO구호단체와 함께 아프리카로 가겠다고 결심한다. "돈으로 지어진 집 말고 진짜 나무로 지어진 집"을 짓는 목수가 되어서 살고 싶다고 말한다. 하지만 빌은 그에 대해 이렇게 꼬집어 말한다. 윌이 참여하려고 한 바로 그 단체의 후원은 기업이 할 것이고 기업을 지지하는 법안은 기업과 연관된 상원의원들이 민주주의를 가장한 동반자적 관계를 통해 투자하는 것이라고, 그러니 결국 "그들이 벌이는 선의는 그냥 장식품"일 뿐이라는 것이다.[14] 작품은 이렇게 표층에 드러나는 후원과 자선이 가난을 이용한 이윤추구행위와 연관되며, 그리고 의회민주주의란 결국 그와 같은 자본을 지지하는 장치임을 드러내고 있다.[15] 빌이 "자본주의를 돌렸던 놈들… 장사치들보다 더 위에서 그걸로 온몸을 꽁꽁 무장하고 있는 정치가 놈들"[16]이라며 그들을 증오하는 이유이다.

---

13) 장우재, 앞의 대본, 15쪽.
14) 위의 대본, 18쪽.
15) 지젝은 "자선은 경제적 착취라는 얼굴을 감추고 있는 인도주의적 가면"으로, "선진국들은 원조와 차관 등을 통해 미개발국가들을 '도움'으로써, 그들 스스로가 후진국의 빈곤에 연루돼 있으며, 공동책임이 있다는 핵심적 쟁점을 회피한다"고 말한다(지젝, 앞의 책, 52쪽). 스타벅스 커피를 마시면서 그 커피의 이윤 몇 프로가 아프리카 어린이를 돕는다고 생각하는 자본주의 세계시민들의, 비가시적 폭력에 대한 무감각한 응대도 이와 공모한다.
16) 장우재, 앞의 대본, 12쪽.

빌이 폭로하듯, 이 "거대한 사기극"[17]의 핵심에 있는 '자유민주주의' 혹은 '의회민주주의'에 대한 불신에 찬 의혹의 눈길은 이 작품의 저변을 은밀하게 구조화하고 있다. 그 의혹은 그대로 미국의 '이라크 전쟁'과, 그리고 그 곳에서 참수 당했던 예의 그 죽음의 의미를 재구성하게 한다. 작가가 배치해 놓은 실제 편지, 그러나 전혀 다른 두 사건의, 전혀 다른 시점의 두 편지를 비교해보면 유사점을 읽어낼 수 있다.

먼저, 극중 인물 윌이 이라크에서 참수 당할 때 읽은 편지를 보자. 윌의 편지, 즉 '미국에 보내는 메시지'는 2014년 8월 19일 IS에 의해 참수당한 미국의 프리랜서 기자 제임스 라이트 폴리(James Wright Foley)의 실제 편지이다.

> "나는 지금 진짜 살인자는 미국정부라는 사실을 일깨우기 위해 내 친구, 가족, 그리고 사랑하는 사람들을 부릅니다. 지금 이 일은 그들의 오만과 범죄로 인한 결과입니다. 나는 사랑하는 부모님과 내 아내에게 메시지를 남깁니다. 내 존엄을 구해주세요. 이들과 나는 지금 친구가 되었습니다. 하지만 오늘 우리는 서로가 하기 싫은 일을 합니다. … 나는 이미 미국이 바그다드를 폭격하던 날 죽었습니다. 그대들이 파괴하는 가족들과 그들의 삶을 생각해보십시오. 누가 그 폭탄을 떨어뜨리라고 했습니까? … 내가 미국인이 아니었다면 얼마나 좋았을까"(밑줄 필자)[18]

다음은 이 연극의 맨 마지막에 자막으로 나오는, 닉 버그의 아버지 마이클 버그가 당시 전쟁저지연합에 보냈던 실제 편지 내용이다.

> "… 사람들은 내가 왜 내 아들의 비극적이고 극악한 죽음에 대해 이 나라 행정부를 비난하는 데 집중하느냐고 묻습니다… 나는 칼을 휘두른 사람이 그의 손에서 닉의 숨결을 느끼고 그가 실제의 인간이라는 사실을 알았을 것이라 확신합니다. 나는 나머지 사람들이 내 아들의 눈을 들여다보았고… 그리고 나는 그 살인자들이 그 짧은 시간 그들이 하고 있

17) 위의 대본, 20쪽.
18) 위의 대본, 29-31쪽.

는 일을 싫어했을 것이라 확신합니다. 하지만 그것을 보지 못한 사람들이 있었습니다. 이 나라 대통령은 결코 내 아들의 눈을 들여다보지 않았습니다… 죽음에 대해 비통해하는 세계 사람들의 고통을 느낄 수 없습니다. 왜냐하면 그는 정책을 만드는 자이고, 그의 행위에 대한 결과를 책임질 필요가 없기 때문입니다…"(밑줄 필자)[19]

그런데 빌에게 나타난 아들 월의 환영도 자신의 죽음과 관련해서, '불행하지 않다' 고 얘기한다. 이에 빌이 그들이 널 죽였다고 말하자, 월은 "하지만 우린 친구가 됐어요"라고 말하고, 다시 '그 메시지는 그들이 써준 대로 읽은 것 아니냐' 는 빌의 말에, 월은 '그렇지만 그것은 자신의 마음이기도 했다' 고 말한다. 그리고 제임스 라이트 폴리의 '미국에 보내는 메시지' 에서와 똑같이 월은 "그날 우리는 우리가 하기 싫은 일을 서로 했어요"라고 말하고는, '힘들었다고 해서 내가 본 그들을 부정할 순 없다' [20]라는 말을 반복한다. 그 무엇보다 아버지 마이클 버그가 쓴 글 중, 죽음에 대해 그 어떤 고통도 느끼지 못하고 결과에 대해 어떤 책임도 없이 폭탄을 투하하는 미국의 정책입안자와, 눈을 마주보고 숨결을 느끼며 칼을 휘두르는 이슬람 무장세력 요원을 상호 대비시켜놓고 있는 부분은 주목을 끈다.

작품은 자유민주주의 혹은 의회민주주의 하에서 행해지는 비가시적인 구조적 폭력의 문제를 드러내고 있다. 그렇게 전지구적 자본주의 질서와 그 헤게모니 그리고 이와 공모하고 있는 서구의회민주주의를 비판하고 나아가서는 '자유' 이데올로기까지 다시 생각게 하는 것이다.[21] 작가 장우재가 자막에

19) 위의 대본, 64-5쪽.

20) 위의 대본, 53쪽.

21) 지젝은 미국의 이라크 공격에 대한 세 가지 진정한 이유를 라캉의 ISR(상상계, 상징계 그리고 실재계)의 보로메오 매듭으로 표현한다. '첫째로 서구 민주주의에 대한 이데올로기적인 믿음, "민주주의는 인류에 대한 신의 선물이다"라는 부시의 말, 둘째, 새로운 세계질서에서의 미국의 헤게모니에 대한 단언, 셋째, 경제적 이해관계, 즉 석유라는 것이다. 그리고 이 세 가지가 시차(parallax)처럼 취급되어야 한다고 말한다. 즉 하나가 나머지의 진리라는 것이 아니며 진리는 오히려 그것들 사이에서의 관점의 이동 그 자체라는 것이다. 민주주의 이데올로기라는 상상적인 것, 정치적 헤게모니라는 상징적인 것, 경제

선명하게 제시한 마이클 버그의 글은, 부시정권이 모든 급진주의적 이념에 대항하여 민주주의를 이데올로기로 주창하고서는 의회중심의 자유주의와 세계시장을 방어한다면서 인권을 유보하고 있다는 점을 상기시켜준다. 이 작품의 원제 '누가 그들을 죽이는가'[22]는 바로 이러한, 미국 행정부의 폭력에 대한 작가의 자기반영적인 궁극의 질문일 것이다. 지젝 역시 "구조적 폭력이야말로 주관적 폭력을 낳는 원인"[23]임에도 우리는 대체로 가시화된 주관적 폭력의 폭력만을 더욱 주목하게 된다고 말한다. 예컨대 가시적인 이미지로 드러나는 단 한 명의 총살은, 어마어마한 살상 무기가 내재된 버튼 하나로 수천 명을 살상하는 일보다 큰 거부감을 느끼게 한다고 한다. 지젝은 이를 "지각의 착각(perceptual illusion)"과 비슷한 일종의 윤리적 착각이라고 말한다. 이는 우리가 추상적 추론능력이 엄청나게 발전해왔음에도 우리의 정서적 윤리적 대응은 오랜 본능적 반응에 길들여져 있기 때문에 고통 받는 장면을 직접 목격하면 동정을 느끼게 된다는 것이다.[24]

그런 한편 아들 윌이 죽고 난 후 코카인 환각상태에 빠져 사는 빌이, 환영으로 등장한 아들에게 사라지라고 총 쏘는 시늉을 하자, 동시적으로 TV에는 컬럼바인 고등학교 총기 난사사건에 관련한 속보가 나온다.[25] 1999년 실제

라는 실재가 매듭을 형성하고 있다는 것이다.' 그렇기에 전쟁을 정당화함에 있어서 중심적 역할을 하는 민주주의 및 민주주의 수호에 대한 참조가 의문시된다고 본다. 그러나 그럼에도 불구하고 그것이 오늘날의 사회를 특징짓는 지배구조라는데 근본적인 문제가 있다고 진단한다(슬라보예 지젝, 박대진, 박제철, 이성민 옮김, 『이라크: 빌려온 항아리』, 도서출판b, 2004, 15쪽 참조).

22) 창작산실 공모 당선작 당시 원제목이다. 후에 공연을 통해 〈미국아버지〉로 변경했다.

23) 지젝, 『폭력이란 무엇인가』, 앞의 책, 70쪽.

24) 위의 책, 76쪽.

25) 고등학생들이 12명의 학생과 1명의 교사를 죽이고 23명에게 큰 부상을 남긴 이 사건에 대해 주류언론은, 그들이 정작 큰 이유도 없이 살인을 저질렀다는 점에 대해 폭력적인 비디오게임과 자극적인 음악이 총기난사의 원인이 됐을 거라 보도한 바 있다. 하지만 다큐멘터리 영화감독 마이클 무어(Michael Francis Moore)는 이 사건을 소재로 '보울링 포 컬럼바인(Bowling for Columbine)'을 제작해, 미국건국부터 코소보 사태에 이르기까지의 역사를 돌아보며 사건의 원인이 '폭력에 기반한' 미국사회라고 진단한 바 있다. 또한 컬럼바인 고교가 세계 최대 무

로 발생한 이 사건은 미국사회에 큰 충격을 준 바 있다. 무엇보다 '미국' 이라는 '국가' 의 본질에 대해 다시금 묻고 반성하도록 추동한 사건으로 사회적인 주목을 받았다. 이는 또 다른 측면에서의 폭력의 역사 속 미국을 드러낸다. 이는 빌의 대사, '무역센터 밑바닥에는 인디언들의 뼈가 깔려 110층 높이를 지탱하고 있다'[26]와 맞물린다. 그리고 그것은 다시금 '이라크의 자유' 로 명명된 미국의 공습과도 연결되는 효과를 자아낸다. 그것은 문명화와 폭력, 국가 정립과 국가 유지의 수단으로서의 폭력 너머, 탈 이데올로기 시대의 이데올로기의 정립과 유지라는 폭력의 신화적 기제를 상기시킨다.

3.2.

빌의 자살과 더불어 이 연극의 엔딩에는, '전쟁과 자본주의를 넘어, 아버지와 아들이라는 혈연을 떠나 사유하는 인간' 을 재현해보고자 몇 가지 사실에서 모티브를 얻어 이 극을 지었지만 결국 '실패' 했노라는, 작가의 글이 타이핑되어 자막에 투사된다. 실제 아버지 마이클 버그는 살았지만, 작가는 그의 '살아냄' 과 '용서' 를 이성으로는 이해하지만 잘 이해할 수 없었다고도 쓰고 있다.[27] 메타적인 연극적 장치이자, 작가의 자기 고백적 언설이다. 작가가 애써 강조한 '실패' 는, 우리 삶을 근거 짓는다고 믿는 환상의 이데올로기적 언표들 그 외부의 사유란 애초 불가능하다는 인식에 대한 선포에 다름 아니다. 그런 의미에서 사유의 실패가 아닌, 존재조건에 대한 근본적인 성찰로 이해할 수도 있을 것이다.

빌은 아들 윌의 죽음 앞에서 수많은 생각을 하지만, 그리고 실제 사건의 아버지 마이클 버그가 했던 것처럼 편지도 써보려고 하지만, 그 어느 것도 할 수 없다. 그리고 스스로에게 총구를 겨눈다. 부과된 폭력의 고리를 자기

기 제조기업 록히드 마틴 직원들의 자녀들이 많이 다니는 학교라는 점도 영향을 미쳤을 것이라고 설명했다(http://blog. daum.net/philook/15719664).

26) 장우재, 앞의 대본, 26쪽. 실제 공연에서 장우재는 소음에 가까운 반복되는 총소리와, 그리고 환영으로 등장한 인물들이 그 총소리에 쓰러지는 반복적 행위로 그에 대한 연출 의도를 드러내고 있다.

27) 위의 대본, 63-4쪽.

파괴적인 방법으로 끊어내려 하는 것이다. 외부로 향할 폭력을 내부로 투사시킨 것이라고도 볼 수 있다. 그가 죽음에 직면하여 관객을 향해 질문하듯 건네는 대사는 어느 누구도 책임질 수 없는, 아무도 책임지지 않는 현재의 난국을 제시한다. 그런 의미에서 빌의 자살은 일종의 저항의 제스처로 읽힌다.

> "… 난 개인적인 이유 때문에 분노했고 그걸 들어주지 않는 세상을 욕했어… 하지만 내 아들은 그렇지 않았어… 내 아들은 알 자와히리를 잘 몰라. 알 자와히리도 내 아들, 윌을 몰라. 그들은 그렇게 서로 모른 채로 그날 아무도 모르는 일을 했어. 그럼 누가 알아야 할까… 왜 모르는 사람끼리 이런 일이 생겨야만 하는지를. 누군가는 대답해야 돼. 안 그러면 우린 방법이 없게 되는 거야"(밑줄필자)[28]

> "그걸 모르는 사람들의 문제라는 걸 말하고 싶어. 이 나라 미국을 지키는 금박 하느님에게. 그리고 그 곳에 폭탄을 떨어뜨리는 정책을 만드는 너희 같은 사람들에게… 나는 이렇게 망했다고… 우린 이렇게 망했다고. 그걸 꼭 알려주고 싶어."(밑줄필자)[29]

슬픔의 눈빛, 고통의 눈빛을 모른 채, "폭탄을 떨어뜨리는 정책을 만드는" 사람들에게 "이렇게 망했다"는 것을 알려주고 싶다는 것이다. 물론 알리고 싶은 방식은 자신의 죽음을 통해서이다. 그렇다면 이러한 죽음을 어떻게 이해할 수 있을까. 무엇보다 그가 극의 시작에서부터 계속 취했던 불안과 우울 속 넋두리에 가까운 불만을 마지막까지 쏟아 내놓고 있다는 점에서, 그의 자살은 대타자에게 말을 걸면서 반응을 불러내려고 애쓰는 행위화(acting out)[30]

---

28) 위의 대본, 62쪽.
29) 위의 대본, 63쪽.
30) 행위화(acting out)와 행위이행(passage à l' acte)에 대해서는, 슬라보예 지젝, 김소연 · 유재희 옮김, 『삐딱하게 보기』, 시각과 언어, 1995, 96쪽. 딜런 에반스, 김종주 외 옮김, 『라깡정신분석사전』, 인간사랑, 1998, 427-30쪽 참조.

로 볼 수 있을 것이다. 그의 자살은 대타자를 향해 투정을 부리며 대타자의 인정을 요구하는 것으로, 그런 의미에서 그의 행동은 마지막까지 대타자를 확고히 믿고 있다고 볼 수 있다.

한때 적어도 '옳은 것을 위해서 일어섰고 도덕을 위해서 투쟁했으며, 가난을 물리치려고 했지만 가난한 사람이랑 싸우지는 않았던, 희생도 하고 이웃을 걱정했던 나라', "별을 향해 전진"하며 "인간답게 행동했"던 나라 미국, 그러나 그와 반대로 '우리가 이제 잘하는 것은 딱 3가지, 인구 당 감옥에 가는 비율과 천사가 진짜라고 믿는 성인비율 그리고 국가방위비'[31]라는 빌의 회상과 한탄은, 법과 질서를 향해 투정은 부리되 결국 그러한 틀을 통해서 변화도 가능할 것이라는 믿음이 전제된 것이라고 볼 수 있다. 따라서 그의 행동/자살은 환상(fantasy)의 공식 내에 있는, 여전히 상징적 그물망 내에 남아서 자신의 말에 귀를 기울여 주지 않는 아버지에게 전하는 메시지로서의 제스처라 할 수 있는 것이다. 권위에 메시지를 보내는 제스처, 다시 말해 이러한 행동은 자신의 고통을 인정받고자 대타자를 도발하는 것과도 같은 것이다.[32]

살펴본 바와 같이 작품 속에서의 그의 이중적인 태도는 마지막 죽음의 모습과도 상통한다. 그는 자신이 사는 땅에 대해 분노하고 증오하면서도, 그럼에도 미국을 떠나 새로운 삶을 살려는 아들 윌을 붙잡으며 차라리 자신처럼 화를 내면서 들이대라고 충고한다. 그리고 이 지옥에서 유일하게 탈출하는 방법이 딱 하나 있는데 그것은 이 세상의 꼭대기에 올라가는 것이라고 말한다. '세상에 어떤 일이 있어도 바람 한 점 안부는' 무풍지대, 바로 '거기로 올라가면 더 이상 아무 일도 일어나지 않는다'고 말한다. 그러기 위해, 교회에 나가면서 이런 상황을 버텨내라고 충고한다.[33] 또한 "자식이 죽어가는데 병신들. 평화나 찾겠지. 미친것들"[34]이라고 말하면서도, 어느 행동도 하지 못하고 코카인에 취해 자신의 환영들과 머문다. 그의 환영 속 낸시는 삶도 죽

31) 장우재, 앞의 대본, 14쪽.
32) 레나타 살레츨, 박광호 옮김, 『불안들』, 후마니타스, 2015, 72-4쪽 참조.
33) 장우재, 앞의 대본, 20쪽.
34) 위의 대본, 36쪽.

음도 미움도 질투도 다 받아들이라고 충고하고 아들 윌 역시 분노를 멈추라고 한다. 그와 반대로 자신의 젊은 날의 빌리는 알카에다의 잘린 목을 가져다주기도 한다. 그것은 모두 그의 내면에서 그려낸 갈등의 표출이라 할 수 있다.

빌은 '화난' 채로 자신을 파괴하는 방법을 택한다. 하지만 그 스스로 말한 바와 같이, 아들 윌의 죽음과 자신의 문제는 결국 그들 자신만의 고통일 뿐 그들에게 일어난 일련의 사태에 대해 정작 어느 누구도 책임은 없다. 미국시민 빌과 그의 아들 윌은 더 이상 국가가 보호하는 시민이 아니라 벌거벗은 생명, 호모사케르가 된다. 이렇게 이 연극은 몫 없는 자들, 벌거벗은 생명, 호모사케르가 특정 그룹이나 일부의 사람들에 해당하는 것이 아니라 어느 순간 우리 모두는 벌거벗은 생명이 되는, 그러한 순간에 내몰릴 수 있는 위기의 시대에 살고 있다는 경각심을 촉구한다. 우리 모두가 잠재적으로 호모사케르라는 사실, 그것은 우리 중 일부는 완전한 시민인 반면 다른 사람들은 배제된다는 것이 아니라 예기치 않은 긴급사태는 우리 모두를 '배제' 시킬 수 있다는 것이다. 지젝이 호소한 바 그대로 작가 장우재 또한 이 위험한 시대, '예외상태' 가 상례가 되어버린 현 시점에서 우리 모두가 벌거벗은 생명체로 환원되어 문자 그대로 법적 공백 상태에 처해 있음을, 그래서 역으로 예외상태를 정상으로 인지해야함을 통찰하고 있는 것이다.

3.3.

주목할 것은 빌과는 다른 윌의 태도와 죽음이다. 구조적 폭력 앞에서 대타자의 반응을 살피고 메시지를 보내면서 저항의 한 징표로써 자기파괴적인 폭력을 통한 행위화를 보여준 빌과 달리, 윌이 보여준 태도는 일면 '아프고 약한 타자' 를 적극적으로 '환대' 하며 그를 위해서는 죽음도 불사한 행위를 실행했다고도 볼 수 있다.

윌은 높은 연봉을 받는 안정된 직장을 가진 미국인이다. 하지만 그는, 한때는 미국시민이었지만 졸지에 불법체류자 신세가 된 아랍권 여성과 결혼을 하였으며, 안정된 모든 지위를 버리고 아프리카 남수단으로 봉사의 삶을 살기 위해 떠난다. 빌의 입장에서는 아들이 "이상한 무슬림 년"[35], "래그헤드(raghead)"[36]와 결혼해 이상하게 변해서, 고마워하지도 않을 "깜둥이들"[37]을 도우러 간다고 생각한다. 하지만 윌은 "그들도 사람"이며 "피부색은 문제가 아니라"[38]고 피력한다. 그는 아버지처럼 "화난 채로 살긴 싫어"[39]서, 더욱이 자신의 아이는 미국에서 키울 수는 없다면서 새로운 곳으로 가겠다고 한다.[40] "넘어져도 좋은 데서 넘어"지라는 빌의 만류에도 그는 "사람들은 미친 짓"이라고 하겠지만 "그건 옳은 삶"[41]이라며 자신의 선택을 끝까지 고집한다.

특히 그의 죽음은 그간의 이상하고 '미친' 행동들보다도 더욱 극단적이다. 그는 자신 때문에 다친 '친구'를 돕기 위해, 그리고 '약속'을 지키기 위해 혼란지경에 있는 이라크까지 선뜻 동행하게 된다. 그리고 결국 '아부그라이브 형무소의 형제들에게 미국이 가한 비인도적 처사에 대한 경고이자, 미국을 돕는 나라에 대한 경고'의 징표로써 알카에다에 의해 참수된다. 그런데 앞서 이미 살펴 본 바와 같이 문제의 그 편지(A Message to America)에서 드러난 윌의 죽음의 의미는, 빌의 환영 속 윌의 대사를 통해 더욱 강조된다.

윌 그래도 길 속에서 찾아야 해요. 전 불행하지 않았어요. 길진 않았지만 봤어요. 길 속에서.
빌 뭘?
윌 사람을요. 그냥 사람을요.
빌 그 사람이 널 죽였어.
윌 하지만 우린 친구가 됐어요.

35) 위의 대본, 21쪽.
36) 위의 대본, 41쪽.
37) 위의 대본, 20쪽.
38) 위의 대본, 20쪽.
39) 위의 대본, 16쪽.
40) 위의 대본, 17쪽.
41) 위의 대본, 20쪽.

(중략)
하지만 세상은 우리 뜻대로 안됐어요. 그날 우리는 우리가 하기 싫은 일을 서로 했어요.
우리는 모두 울었어요. 그리고 전 죽었어요. 그게 다였어요.

빌 (생략) 어떻게 친구가 친구를 죽여? 어떻게 선의가 선의를 죽여? 그럴 수 있어? 그럴 수 있냐고? 사람이.

윌 하지만 그랬어요. 그런 게 사람이에요. (사이) 우린 인정해야 해요.
(중략)
끔찍했다고 해서 내가 그들과 친구였다는 걸 부정할 순 없어요.
힘들었다고 해서 내가 본 그들을 부정할 순 없어요.

빌 윌, 넌 너무 착해. 넌 그걸 읽지 말고 그때 한마디라도 했어야해. 그들은 나쁜 사람들이라고. 알카에다는 나쁜 사람들이라고.

윌 그럼 아버진 영영 진실을 볼 수 없어요.

빌 난 그런 진실 따윈 인정할 수 없어. 그걸 인정하면 난 무너져. 그럼 난 아무것도 아냐.(밑줄 필자)[42]

윌의 일련의 태도는 일면, 상호인정과 돌봄의 윤리를 실행하고 있다고 볼 수도 있다. 그러나 무엇보다 자본의 폭력에 대한 그의 저항이, 주어진 일체의 상징적인 자리를 거부하고 남수단으로 떠나는 비폭력적 행위로 이어진다는 점은 주목을 요한다. 같은 맥락에서 그는, 언어가 곧 존재와 그 태도를 규

42) 위의 대본, 52-3쪽. 물론 이 장면의 말들은 빌의 환영 속에 등장한 윌의 말이었기 때문에 윌의 것으로 단정할 수 없다. 하지만 일련의 그의 선택들, 즉 사회의 타자인 배우자와의 결혼이나 상징적 자리를 거부한 채 미국을 떠나 적을 친구로 맞이하며 죽기에 이르기까지 그의 행위는 이러한 말의 신빙성을 강화해 준다. 결정적으로 그는 이미 그가 참수 당할 때 쓴 편지에서, '진짜 살인자가 미국행정부라는 사실을 일깨우기 위해… 하기 싫은 일을 한다' 고 말한 바 있다. 그러므로 자신의 죽음과 관련하여, 죽음은 "제가 원하기도 한 것이에요" 라는 그의 말은 단지 빌의 내면 속 풍경이라고 단정하기보다는 윌의 '의지(will)', 주체적 결단을 강조한 말로 이해할 수 있을 것이다.

정짓는 상징적 폭력, 예컨대 인종주의적 언어규범 "래그헤드"와 같은 언어적 결정력으로부터 자유로운 존재이자, 나아가 그러한 폭력을 와해하는 실질적인 실천을 행하는 인물이기도 하다. 단적으로 그는 무슬림/테러/전근대/인권억압이라는 획일적 정체성을 거부하고 이슬람 또는 무슬림이라는 배제된 타자를 친구로 맞는다.

'적' 으로 지칭되는 타자를 '친구' 로 받아들이는 월의 행위는 공감의 윤리, 더 나아가 레비나스로 대표되는 '타자의 윤리' 로는 포획되지 않는다. 불확실한 '얼굴 없는' 괴물, 외상적인 사물로서의 이웃, 비인간(inhuman)에게 손을 내미는 월의 행동은 레비나스적인 자기희생, 이웃사랑의 실천 저너머의[43], 지젝이 말하는 윤리적 폭력[44]에 기반한 고통스런 행위였다고 말할 수 있다. 지젝이 초점을 두는 것은 내 앞에 '얼굴' 을 드러낼 수 있는 잠재적 타인이 아니라, 타인을 이웃으로 환대하는 순간 배제되는 타인, 얼굴 없는 괴물이다. 또한 지젝이 말하는 대로 사랑은 "고통 받는 다른 사람들을 적당한 거리에 떼어" 두고 "풍요의 한 조각을 던져주는 것"과 같은 "동정과 관계가 없다". 진정으로 관용을 가져야하는 것은 우리를 위협하고 괴롭히는 "침입적인 향유"[45]이며, 이러한 침입적인 이웃, 즉 상징질서로부터 배제된

---

43) 지젝에게, 타인의 타자성에 대한 무조건적 존중이라는 레비나스의 주장은 절대적 타자로서 다가오는 '적' 에 대해서는 고려하지 않은, 이른바 정치적 층위에서는 작동되지 못하는 허구의 논리가 된다.

44) 지젝에게 이웃은 '얼굴' 없는 괴물, 비인간(inhuman)이다. 지젝은 "네 이웃을 너 자신처럼 두려워하라"고 말한다. 그리고 "십계명의 선언은 가장 순수한 윤리적 폭력이다"라고 말하고 그에 대한 이유를 이렇게 압축해서 말한다. "구약성서에서 당신의 이웃을 사랑하고 존중하라고 명할 때 이 말은 당신의 상상적 동류(semblable), 즉 닮은 사람을 가리키는 것이 아니라 외상적 사물(traumatic Thing)로서의 이웃을 가리킨다." 사물로서의 이웃은 내 동류, 내 거울이미지로서의 이웃 아래 언제나 도사리고 있는 철저한 타자성, 순화될 수 없는 괴물 같은 사물의 가늠할 수 없는 심연을 뜻한다. 따라서 이웃을 사랑하라는 계명은 내게 엄청난 고통을 수반하는 '윤리적 폭력' 이 된다(슬라보예 지젝, 『이라크: 빌려온 항아리』, 박대진, 박제철, 이성민 옮김, 도서출판b, 2004, 166-7쪽 참조).

45) 블라디미르 레닌, 슬라보예 지젝, 정영목 역, 『지젝이 만난 레닌-레닌에게서 무엇을 배울 것인가』, 교양인, 2008, 375쪽.

존재들에 대한 무조건적 애착을 보인다는 점에서 사랑은 일상적인 관점에서는 '미친 짓'으로 보이는 병리적인 것일 수밖에 없는 것이다.

이 지점에서 연극의 서두, 평이한 대화 속에서 슬쩍 빠져나오는 바로 이 말, 즉 "관객에게 질문을 던질 거야. 중간에 모두 다 알몸이 돼서. 객석으로 뛰어들 거야. 안티고네가 누구인가 물으면서. 이 시대 안티고네는 어디 갔는가"[46]라는 낸시의 대사를 마주하게 된다. 다시 말해 작품은 젊은 날에 빌이 흠모했던 68혁명의 주도적 여성운동가인 낸시의 입을 빌어 '우리 시대에 안티고네는 없는가'라는 메타적인 질문으로 연극의 서두부터 주제의식을 제시해 놓고서는, 다시 결말에는 이 연극이 사유해보고자 했던 것은 '실패했다'라고 극 전체를 빠져나오면서 관객으로 하여금 일련의 이 위기의 사태에 대해 심사숙고할 것을 요청한다. 명명되지 못한 일련의 폭력과 그 죽음의 의미망에 대해서 말이다. 그렇게 기존의 정전화된 사유를 흔들어 이데올로기의 '환상'적 공간에서 해방된 새로운 인식을 촉구하고자 하는 것이다. '빌의 환영'이라는 극적 장치를 통해 이질의 생각들이 자유롭게 넘나들도록 함과 동시에, 그로인해 텍스트의 대사가 자주 단절적인 상태가 되어 서사가 비약하는 작품의 구조 역시 관객이 생각할 수 있도록 하기 위한 선택인 셈이다.

그렇다면 안티고네는 누구인가. 안티고네는 라캉이 진정한 '행위'를 수행하는 정신분석의 윤리적 주체로 제시한 인물이다.[47] 지젝 역시 안티고네를 여자의 위치에(sexuation) 두며, 사랑, 즉 행위를 실행한 인물로 이해한다. 무엇보다 이는 지젝이 벤야민으로부터 가져온 신적폭력의 개념설명을 위한 기본 전제가 된다. 지젝이 진정한 폭력의 한 예로 드는 바틀비(Bartleby)적 주체, 즉 '필경사 바틀비'의 주인공 바틀비가 '그렇게 안하고 싶습니다'라는 거부를 통해 실천한 "불길한 수동성"과 수동적 폭력성[48]은, 바로 안티고네가

46) 장우재, 앞의 대본, 7쪽.

47) 이에 대해서는 김숙현, 「라캉의 주이상스 주체로 본 소포클레스의 〈안티고네〉」, 『한국연극학』 38호, 2009.

48) 지젝은 유사능동성이나 유사행위와는 다른 불길한 수동성으로 "때로는 아무것도 하지 않는 것이 가장 폭력적으로 무언가를 하는 것이다"라고 말한다. 지젝은 이를 바틀비의 적극적 수동성이라고 칭하기도 하며 이러한 정치행위를 바틀비 방식의 정치학이라고 말하기도 한다(슬라보예 지젝, 김서영 역, 『시차

공동선을 주장하는 크레온에게 '아니오' 라고 답하여 위임된 상징적 자리를 절단하는 것과 일맥상통한다. 안티고네의 '행위' 는 상징질서에서 불가능한 것, 실재를 떠안음으로써 선(善)으로 대표되는 크레온이라는 대타자의 무능을 드러내는 신적폭력의 핵심을 보여주고 있는 것이다. 그리고 한편으로 이는 '사랑' 의 행위라 할 수 있는데, 공동체에서 배제된 무가치한 오빠에 대한 맹목적인 사랑으로 시신에 대한 장례를 완고히 고집하기 때문이다. 오빠의 유일성을 위해 법/질서를 어기고 장사를 반복하여 지낸 그녀의 행위가 궁극적으로 신적폭력에 이르는 것은 안티고네의 바로 그 '행위' 로부터 대타자/상징계의 무능/구멍을 드러내기 때문이다. 상징계적 현실과 무관한 그녀의 비타협성과 완고함은 공동체와 구분되는 고독한 영웅의 자질을 보여준다. 이는 무(無)에서 나온 그것, 즉 인간의 삶과의 급진적 분리이다. 아무것도 없는, 무 자체와 마주하는 죽음충동인 것이다. 안티고네의 행위가 라캉적인 의미에서 '진정한 행위' 가 되는 것은, 대타자의 중지, 즉 주체의 정체성을 보장하는 사회상징적 연결망의 중지를 말하기 때문이다. 다시 말해 라캉적 의미에서 행위는 불가능한 명령과 실정적 개입사이의 바로 이 틈새를 중지시킨다는 점이다.[49]

윌이 보여준 비폭력은 이와 같은 맥락 속에서 신적폭력의 한 가능성을 드러내고 있다고 볼 수 있다. 죽음에 대한 그의 수용적 태도는 관객으로 하여금 대타자, 미국정부의 무능력을 반증하는 역할을 함으로써 그와 더불어 선포되는 탈이데올로기 속 이데올로기, 자본주의와 민주주의의 비일관성과 균열을 목도하게 하기 때문이다.

4.

본 연구는 〈미국아버지〉를 통해 동시대인의 삶을 지배하는 언표, '자유민주주의', '세계자본주의', 그리고 '신자유주의' 와 폭력의 상관성에 대해 성

적 관점』, 마티, 2009, 342쪽).

49) 슬라보예 지젝, 『이라크: 빌려온 항아리』, 앞의 책, 107-9쪽 참조.

찰하는 한 계기를 마련할 수 있었다. 탈냉전 이후 다시 테러와 전쟁으로 위험하고 불온한 폭력이 난무하는 위기의 시대에 폭력에의 사유는, 역설적으로 그와 같은 가시화된 폭력 너머 '자유'와 '민주주의'로 강조되는 탈이데올로기 속 이데올로기와 그 폭력을 사유하게 하였다. 익숙해져버린 우리 삶의 기제이기 때문에 구조와 체계로부터 비롯되는 폭력, 즉 언어체계의 빈곳을 사유하는 일이란 쉽지 않다. 〈미국아버지〉가 유의미한 것은 바로 그 지점에 서라 할 수 있다.

〈미국아버지〉는 거대담론의 와해와 함께 탈 이데올로기 시대라 통칭되는 동시대에, 전지구적 자본주의와 신자유주의 그리고 민주주의를 이데올로기로 호명함으로써 자본주의의 총책인 월가와 그로부터 전 세계의 99%가 서발터니티(subalternity)라는 위기의 시대에 대한 성찰을 촉구한다. 그리고 바로 그 지점에, 20세기 말 지구상에 팽배해있던 자본주의의 미래에 대한 낙관론을 단숨에 흔들어 놓았던, 9.11테러를 텍스트 정면에 들여옴으로써 이러한 문제의식을 한층 심화시키고 있다.[50] 그것은 곧 세계 시민의 표층적 존재 조건의 심층을 들여다보게 한다. 물론 이러한 사유의 배경에는, 폭력이라는 언어적/상징적 권력에 대한 질문을 통해 민주주의와 그 경제적 토대인 세계자본주의의 이데올로기가 갖는 맹점을 드러내어 실천적인 모색을 도모하는 철학자 지젝이 있다. 신자유주의적 질서체제의 전 지구적 보편화로 인해 세계 인구의 절대다수가 사회경제적 불평등 속에 방치되어 있는 현재적 상황이야말로 가장 '폭력적인 상황'이며, 이러한 상황 속에서도 여전히 비폭력과 관용정신의 실천을 권하는 철학적 담론들이야말로 또 하나의 지배이데올로기에 다름 아니라고 비판하는 그의 성찰은 중요한 관점을 제시해준다.[51] 그 결

---

50) 9.11 뉴욕테러는 좌파와의 투쟁에서 승리한 글로벌 자본주의에 있어, '새로운 내부의 적'의 출현을 상징적으로 알리는 사건에 다름 아니었다. 이렇게 〈미국아버지〉는 9.11 이후 미국이 생산한 알카에다나 대량살상무기에 관한 음모론이 결국 내부의 균열을 외부의 침입으로 해소시키고 이것을 적대적인 공격성으로 전도시키기 위한 대표적인 이데올로기임을 생각하도록 이끌고 그로부터의 폭력에 대한 성찰을 유도하고 있다는 점에서 유의미한 텍스트로 읽힌다.

51) 지젝은 '우리가 모든 것을 그저 일상적으로 움직여가기 위해 얼마나 많은 양의 폭력이 필요한지 인지하고 있는가'라고 묻는다. 그럼에도 우리들은 인류의

과 본 연구는 탈이데올로기와 탈정치라는 베일 안에 깃든 보이지 않는 폭력에의 성찰을 통해 탈이데올로기, 탈정치라는 언어적 프레임의 위선과 허구를 드러내어 그로부터 함몰되어버린 작금의 이데올로기와 정치에의 사유 속으로 들어갈 수 있었다.

그리고 다시, 근본적인 문제틀, 전지구적 자본주의라는 토양 안에서 예술은, 연극은, 어떻게 새로운 상징적 체계와 이데올로기에 대해 질문하고 답하여 사유의 장으로서 건재할 수 있을지, 질문으로써 결론을 대신한다.

삶을 궁지에 내몰고 있는 세계화의 폭력, 구조적 폭력에 둔감하다는 것이다. 주관적 악행에 대해서는 책임소재를 쉽게 가려내면서도 자본주의 세계화의 결과로 죽어간 수백만 명의 사람들에게 주의를 돌릴 때면 그저 '객관적인' 과정의 결과물로서 일어났을 뿐, 그 누구도 실행한 적이 없는 채 책임은 대부분 부인된다는 것이다. 슬라보예 지젝, 이택광 기획, 『임박한 파국-슬라보예 지젝의 특별한 강의』, 꾸리에, 2012, 155쪽.

[참고문헌]

_1차 문헌

- 장우재, 〈미국아버지〉(2014년 10월 30일-11월 8일, 이해랑예술극장) 미간행 공연대본.
- 지젝, 슬라보예, 이현우 · 김희진 · 정일권 옮김, 『폭력이란 무엇인가』, 서울: 난장이, 2011.
- S, Žižek, Slavoj, *Violence; Six Sideways Reflections*, New York: Picador, 2008.

_2차 문헌

- 공진성, 『폭력』, 서울: 책세상, 2009.
- 김동훈, 「무조건적 존중의 대상인가, 두려워하고 경계해야할 대상인가? 레비나스와 지젝의 이웃개념에 관한 변증법적 고찰」, 『철학논총』, 새한철학회, 제72집, 2013년 제2권.
- 레닌, 블라디미르, 지젝, 슬라보예, 정영목 역, 『지젝이 만난 레닌-레닌에게서 무엇을 배울 것인가』, 서울: 교양인, 2008.
- 바디우, 알랭, 루디네스코, 엘리자베스, 현성환 옮김, 『라캉, 끝나지 않은 혁명』, 서울: 문학동네, 2012.
- 발리바르, 에티엔느, 진태원 옮김, 『폭력과 시민다움』, 서울: 난장, 2012.
- 버틀러, 쥬디스, 양효실 옮김, 『불확실한 삶-애도와 폭력의 권력들』, 경성대학교 출판부, 2008.
- 벤야민, 발터, 최성만 옮김, 『역사의 개념에 대하여, 폭력비판을 위하여, 초현실주의 외』, 서울: 길, 2012.
- 살레츨, 레나타, 박광호 옮김, 『불안들』, 서울: 후마니타스, 2015.
- 슈미트, 칼, 김항 옮김, 『정치신학』, 서울: 그린비, 2010.

• 이문영, 「폭력개념에 대한 고찰-갈퉁, 벤야민, 아렌트, 지젝을 중심으로」, 『역사비평』 106호, 역사비평사, 2014.
• 이찬수, 「탈폭력적 폭력-신자유주의 시대 폭력의 유형과 종교-」, 『종교문화연구』 23, 2014.
• 아감벤, 조르조, 박진우 옮김, 『호모사케르-주권권력과 벌거벗은 생명』, 서울: 새물결, 2008.
• ____, 김항 옮김, 『예외상태』, 서울: 새물결, 2009.
• 지젝, 슬라보예, 김소연, 유재희 옮김, 『삐딱하게 보기』, 서울: 시각과 언어, 1995.
• ____, 박대진, 박제철, 이성민 옮김, 『이라크: 빌려온 항아리』, 서울: 도서출판b, 2004.
• ____, 김서영 역, 『시차적 관점』, 서울: 마티, 2009.
• ____, 이택광 기획, 『임박한 파국-슬라보예 지젝의 특별한 강의』, 서울: 꾸리에, 2012.
• 캘도어, 메리, 유강은 옮김, 『새로운 전쟁과 낡은 전쟁-세계화시대의 조직화된 폭력』, 서울: 그린비, 2010.

장우재론

: 이야기 속으로 들어간 사람

조만수(연극평론가/충북대 불어불문학과 교수)

1. 구라와 액션의 결합

장우재는 이야기꾼이다. 그는 구조에 천착하지도 않으며, 알레고리를 만들어내려 하지도 않는다. 인간의 본성을 차갑게 파들어가기를 원하지도 않으며, 추상적 관념에 매달리지도 않는다. 시적 언어를 주조하고자 하는 욕망도 그에게는 그리 크지 않다.

무엇보다 장우재는 이야기를 하고 싶어 한다. 그리고 그의 이야기를 듣는 것은 재미있다. 장우재는 시골장터에서 사람들을 가득 불러 모으는 약장수의 입담을 지니고 있다. 〈화성인 이옥〉에 등장하는 '전기수' 처럼 그는 우리에게 허구의 이야기를 실감나게 들려주기를 원한다. '전기수' 라는 직업이 소설을 읽어 주는 사람인 것처럼, '이야기' 란 극 장르보다는 소설 장르에 더 가까운 개념이다. 〈햇빛샤워〉에서 광자에 대한 이야기가 여러 명의 화자들의 진술에 의해 구축되듯이 이야기꾼 장우재는 서사적인 특성을 기본으로 삼는 작가이다. 하지만 그것은 서사극적 특성을 그의 글쓰기 속에서 발견할 수 있다는 것이 아니라, 이야기가 품고 있는 내용을 전달하는 것을 무엇보다 중요하게 여기는 작가라는 것이다. 그는 무엇인가 할 말이 있다. 그 말을 최소한의 발화 속에서 어떤 방식으로 배치해야 하는가라는 극 형식적 고민 이전에 그에게 무엇보다 중요한 것은 전달하고자 하는 이야기의 내용이다.

그런데 이 탁월한 이야기꾼이 들려주는 이야기에 매번 우리가 빠져들지만, 사실상 그의 이야기는 어딘가 결여된 논리의 빈 칸이 있다. 때로 그의 이야기는 어처구니없는 설정을 기초로 하기도 한다.

'실직한 후 돈을 벌기 위해 킬러가 되려는 남편을 위해 스스로 첫 번째 희생물이 되기를 자청하는 아내의 이야기' (〈악당의 조건〉), '아들을 참수한 테러리스트를 비난하기를 거부하는 마약 중독자 아버지의 이야기' (〈미국아버지〉), '고등학생 건물주가 세입자들에게 월세를 받기는커녕 월급을 주면서 함께 살아가는 이야기' (〈여기가 집이다〉), '부산에서 1953년에 떠난 열차가 시간의 벽을 뚫고 2014년의 서울에 도착하는 이야기' (〈환도열차〉), '이름도 바꾸고 승진도 해서 잘 살아보려던 백화점 여점원이 난데없이 칼부림을 하고 파멸하는 이야기' (〈햇빛샤워〉)…

그럴듯한 이야기를 믿게 만드는 것은 쉬운 일이지만, 누가 들어도 믿기 어려운 이야기를 믿도록 하는 일은 쉽지 않은 일이다. 그런데도 장우재는 항상 믿을 수 없는, 그러나 동시에 그럴듯한 이야기를 우리에게 건넨다. 장우재의 세계를 '순정과 위악' 으로 풀어낸 장성희는 〈이형사님 수사법〉에서 "말도 안되는 세상, 말도 안되는 수사법으로 돌파합시다" 라는 작가의 연출의 변을 보면서 이때의 '수사법' 이라는 단어를 형사의 조사하는 방식이 아닌 레토릭으로 읽기를 권한다. 즉 순정과 위악이라는 글쓰기의 방식으로 말도 안되는 세상을 돌파하려는 것이 장우재의 세계임을 정확하게 지적하고 있는 것이다.[1] 이와 같은 논리적 공백은 순진한 글쓰기로부터 비롯된다기보다는 분명 작가 장우재의 선택의 결과이다.

논리적 공백이 있는 그의 이야기는 빈번하게 신파극이라 할 만한 정서를 품고 있기도 하다. 〈차력사와 아코디언〉에 독자나 관객이 끌리는 정서가 바

---

1) 장성희, '순정과 위악은 인간의 조건-장우재의 극작 세계' , 『차력사와 아코디언』, 연극과 인간, 2012, p. 397.

로 신파극적 정서이지만, 사실상 장우재는 신파적 정서가 주는 따듯한 휴머니즘 그 자체를 즐기는 것은 아니다. 장우재 작가는 신파적 정서에 기대는 글쓰기를 "쿵쾅거리고 그저 한숨밖에 안 나오는 이야기"(《화성인 이옥》), "글도 아닌 잡설", "사람 가슴을 흔들고 먹먹하게 하는 이야기"라 부른다. 그는 신파적 정서가 지닌 위험과 약점을 명확히 인지하고 있는 것이다. 그럼에도 불구하고 장우재는 신파성을 자신의 세계 인식의 한 부분으로 가져가고자 한다. 믿겨지지 않고 논리적인 구멍이 있는 이야기의 세계, 그리고 그 세계를 채우는 신파적 정서는 그의 글쓰기의 결과물이 아니다. 이것은 그가 글쓰기를 시작하는 조건이다. 이 조건은 그가 파악하는 우리가 살아가는 조건이기 때문이다.

합리적인 추론으로는 납득할 수 없는 일들로 가득 찬 세계, 그리고 그 세계를 견디기 위해서 요구되는 자기 연민의 감정의 과잉, 이것이 현실 속에서 우리의 모습이며, 장우재는 바로 이와 같은 우리의 모습에 대해 '이야기' 하고 싶어 하는 것이다. 우리 사는 현실은 이미 극화된 세계이다.

그런데 우리의 이야기를 하는 방식으로 장우재는 '희곡' 이라는 장르를 선택한다. 그가 희곡이라는 장르를 선택한 것은 우리의 현실적 조건을, 다시 말해서 '이야기' 를 벗어나기 위해서이다. 〈악당의 조건〉에서 건달 길남의 대사는 이야기로부터 시작하여 그 한계를 벗어나기 위해 '극' 을 요구하는 장우재 글쓰기의 특징을 요약하고 있다.

> 길남 내가 하나 가르쳐줄까. 태식이는 원래가 구라꾼이야 이빨만 깠다하면 구라지. 어렸을 때부터. 하지만 인생은 이빨만 갖고는 안되거든. 액션이 받쳐줘야 되거든.

기억이, 환각이, 꿈이 현실 속에 들어와 이야기에게 이야기를 벗어날 수 있게 몸을 준다. 이야기는 이제 단지 구술되는 것에 머물지 않고 몸을 얻어 무대 위에서 일어선다. 일어선 몸은 행위를 한다. 그 행위는 이야기를 벗어나는 행위이다. '구라' 가 '액션' 을 만나는 것이다. '구라와 액션' 의 결합을 장우재 식의 다른 말로 한다면, 그것이 바로 '차력사와 아코디언' 이다. 아코디언의 이야기와 차력사의 몸이 결합되었을 때 장우재 연극은 비로소 힘을 얻는다. 이야기가 서사라면, 몸은 '극'이다. 이는 글쓰기의 빈 구멍을 연극무대의 물질적 언어로 메운다는 원론적인 원칙을 확인하려는 것이 아니다. 극작품이 '연극성'을 갖는 것이 당연한 것이다. 하지만 장우재의 방식 속에서 연극이 환기될 때, 그것은 연극이라는 장르의 가장 기본적인 특징을 묻기 위해서이다. "인간의 힘은 어디서 오는가?"라는 아코디언의 대사는 "연극의 힘은 어디서 오는가?"라는 다른 질문을 함께 품고 있는 것이다. 연극은 무엇이길래, 현실의 황당함을 삶다운 것으로 만들어낼 수 있는 것일까? 신파극, 혹은 막장극과 같이 믿을 수 없는 이야기를 어떻게 진정 삶다운 것으로 바꾸어놓는 것일까? 연극이 현실을 극복하는 것은 한낱 속임수이며 자기만족적인 위안인가? 그것이 아니라면, 과연 연극은 어떻게 세계를 변화시킬 수 있는 것일까?

이처럼 장우재 연극은 '연극'에 대한 질문으로 이루어진다. 연극에 대한 연극이기 때문에 장우재 작품은 항상 '극중극'을 품고 있다.

2. 극중극-연극을 통한 세계인식

2-1. 연극의 연습

구라를 행위로 만들어 허구에 진실을 부여한다고 할 때, 그것은 그저 하나의 이야기를 무대로 가져가는 것으로 쉽사리 달성되는 것은 아니다. 연극적 행위는 사실 그 자체로 허구이기도 하다. 연극을 하는 행위는 '연극'이라는 단어 그 자체가 의미하듯이 '짐짓 꾸며낸 거짓현실'이다. 이야기가 허구이듯이, 연극도 결국 허구이기는 마찬가지인 것이다. 그렇다면 연극은 어떤 방식으로 허구성으로부터 벗어나는가?

〈차력사와 아코디언〉에서 장우재는 두 개의 연극을 제시한다. 하나는 약을 팔기 위한 쇼로서의 연극이다. 준배가 차력을 하면서 사람들을 현혹하고, 상화가 약을 파는 형식이다. 양숙과 써니는 이들을 보조한다. 약장수의 쇼에 극적인 요소를 삽입한 악극형식의 연극을 시도한다. 그리고 또 다른 연극은 양숙이 써니를 상대역으로 삼아 연습하는 입센의 희곡 〈인형의 집〉이다. 양숙은 비록 지금은 약장수 보조를 맡고 있지만 연극배우 출신이며 항상 무대로 돌아갈 것을 꿈꾼다. 약장수의 쇼와 정통 연극이라는 이 두 가지 형태의 연극은 서로에게 대척점에 위치하고 있지만, 장우재는 이 두 가지 연극 형식 모두 결국 허구임을 인식한다. 연극은 속임수이다. 양숙이 준배에게 묻는다.

"가르쳐줘. 그 손에 칼 넣는 거 어떻게 해? 속임수지?"

양숙이 연습한다는 〈인형의 집〉 대본을 읽어보던 아코디언 상화는 대본을 집어 던지면서 말한다.

"가만 보면 다 사기야. 연극."

이 두 연극이 모두 거짓인 것처럼, 그들이 간절히 바라는 그들의 꿈 또한 허구임을 장우재는 보여준다. 차력사 준배는 아코디언 상화를 배신하고 양숙과 함께 돈을 들고 도망쳐서 치킨집을 차리고 오순도순 살아보기를 희망한다. 상화는 중국까지 가서 기어이 집 나간 부인을 찾아내서 아이와 함께 모두 다시 행복하게 살 수 있다고 믿는다. 하지만 마치 동화 속 이야기의 결말처럼 '행복하게 사는' 그들의 꿈은 이미 현실적으로 가능한 것이 아니다. 무대를 꿈꾸는 양숙은 준배가 제안하는 초라하고 작은 행복을 받아들일 수 없으며, 상화는 그 넓은 중국에서 부인을 다시 찾을 수 없을 것이다. 그는 약장수라는 생업을 접고 부인을 찾기 위해 중국에 갈 수조차 없을 것이다.

감당할 수 없는 현실 속에서, 자기만족적인 위로를 주는 꿈의 허구성을 장우재는 잘 알고 있으며, 연극이 이와 같이 현실을 허구적으로 호도하는 위안이 될 수 없음을 또한 잘 알고 있다. 현실에 대한 허구적 위안은 쇼이며, 삼류연극이다. 그리고 '언젠가'를 향해 끝없이 유예되는 양숙의 〈인형의 집〉 또한 꿈에 불과하다. 연극은 현실의 고통을 위안하는 해결책이 아니다. 연극의 힘은 현실을 극복해내는 현실태로 주어지지 않는다. 무대에서 극복된 현실은 허구이다. 차라리 다음의 구절처럼 연극의 힘은 '우리는 우리는' 하며 차마 발설되지 않는, 하지만 반복되는, 잠재태 속에 있다.

> 써니 인간의 힘은 어디서 오는가. 이것은 약이 아닙니다. 단지 키토산입니다. (…) 키토산을 과신해도 안됩니다. 너무 기대해서도 안됩니다. 다만 우리는 우리는.

단지 연극인 연극, 일회의 찬란함 속에서 사라지는 연극이 아니라, 매일 계속 반복되는 연극, 바로 이것이 장우재의 연극이다. 그것은 공연을 위해 연습되는 순간의 연극이다. 연습은 연극의 의미를 찾아가는 과정이다. 그렇기에 장우재 연극 속의 인물들은 항상 연습하고 있다. 제시한 두 가지 연극을 이들은 각기 연습한다.

> 양숙 연습 잘 했어?
> 써니 응.
> 양숙 얼굴이 왜 그래?
> 써니 아니.
> 양숙 우리도 연습하자.

이때 상화는 자신의 삶과는 전혀 상관없고 이해할 수도 없는 외국 연극인 〈인형의 집〉에서 남편에 대한 실망과 환멸을 토로하고 집을 나가버린 자신의 부인을 발견한다. 그리하여 그가 연극이 다 사기라고 말하며 대본을 던져버리는 그 순간, 오히려 그는 연극이 자기 삶의 고통스런 진실과 닿아있음을 인식한다.

해결하거나 위로하는 대신 연극은 고통을 다시 겪게 한다. 연극을 연습한다는 것은 회피하고 싶은 진실을 다시 사는 것이다. 그러므로 장우재에게 연극을 연습하는 것은, 상화가 놀음판에서 속임수를 써서 잘렸다가 봉합한 손가락으로 아코디언을 연주하기 위해 고통을 참으며 연습하는 것과 같다. 연극은 속임수를 고통으로 상쇄하는 것이다. 연극은 망각의 거부이며, 고통의 반복이다. 현실을 '행위'를 통해서 이해하는 방식이 연극이라고 할 때, 이 이

행의 방식은 일회적으로 완료되는 방식이 아니다. 이것은 계속되는 과정이다. 과정으로서의 연극은 반복되는 과정, 즉 공연을 위한 연습이다.

고통을 반복하는 것은 어쩌면 일종의 강박증이다. 〈7인의 기억〉의 인물인 수정에 따르면, 과거의 강박적 기억은 "죽어도 죽어도 살아나는 좀비들" 같다. 강박증이 된 고통의 기억은 삶을 삶답지 못한 것으로 만든다. 하지만 연극이 행하는 고통의 반복은 오히려 정신병리현상으로서의 강박으로부터 벗어나기 위한 시도이다. 연극은 고통을 반복함으로써 삶을 되돌려준다. 현실 속에서 실재하는 고통으로부터 벗어나기 위해서는 연극이라는 허구적 공간 속에서 고통과 다시 조우해야 한다. 허구에 불과한 꿈으로 완전히 도피하지 않기 위해서 고통을 망각 속으로 넣어서는 안된다. 〈7인의 기억〉은 이처럼 망각 속으로 들어가지 않기 위한 연극적 시도이다.

코러스 기억도 곧 사라져가 살려면 다 지워야해.
수정 아냐, 난 기억해 다 붙잡을 거야 놓치지 않을 거야.

〈7인의 기억〉 역시 극중극을 품고 있다. 〈7인의 기억〉은 이 작품 속에서 연습하는 공연의 제목이다. 그러므로 이 작품은 연극의 연습과정 자체가 극을 구성한다. 50대 중반에 이른 등장인물들은 고교 홈커밍데이에서 공연할 연극을 연습한다. 그들이 공연할 작품은 고교시절 유신반대를 위한 유인물을 제작, 유포했다가 구속되었던 자신들의 이야기를 다루고 있다. 38년 동안 이들은 '정독주보' 사건을 잊고 살아왔다. 하지만 그들 중 한 사람인 서종태만은 이 사건을 잊지 못한 채 살아왔다. 군인이었던 서종태의 아버지가 아들을 경찰서에 신고함으로써 동료들이 체포되었으며, 결국 아버지 지인인 군 실력자의 도움으로 훈방되었던 것이다. 서종태는 그 죄책감을 평생 지고 살아가며, 그 때문에 정신적으로 불안정한 삶을 살았다. 친구들은 다 잊고 살아가는 듯하지만 그들의 일상적 삶의 중간 중간, 서종태에 대한 안부가 항상 등장하듯이, 연극이란 우리의 삶 속에서 안부처럼 잊혀지지 않는 자리이다. 연극은 서종태의 자리, 잊지 않는 자의 자리이다.

추달오 나 애 낳았다. 아들이다. 자알 생겼다.
변희석 종태 연락 왔냐.
민대치 나, 종태 봤다. 여전히 좀 그러더라.
정낙영 야, 얼굴이나 보고 살자.
방수연 가을이다.
정우림 봄이다. (…)
추달오 근데 종태 연락 왔냐.

그러므로 연극은 '종태' 처럼 고통 속에서 분열된 자리이다. 하지만 정작 서종태는 이 연극 연습에 배우로서 참여하지 않는다. 그리고 또 한 사람 이 과거로부터 여전히 자유롭지 않은 인물 김병준이 있다. 이들의 선배였던 그는 사건 당일 학교에 우연히 들른 것이 화근이 되어 경찰에서 고초를 치루었다. 월북한 가족이 있어 경찰에서 오해를 한 때문이다. 김병준은 경찰서에서 웃고 있던 정독주보 관련자들에게 모욕감을 느꼈으며, 이 모욕감을 평생 간직하고 살아왔다. 현재 엔터테인먼트사 사장인 그는 뮤지컬 배우인 서종태의 딸의 캐스팅에 제동을 건다. 그는 이제, 과거에 자신에게 가해졌던 이유 없는 폭력의 행사자가 되고자 하는 것이다. 김병준에게 서종태가 찾아가 사과를 하지만, 김병준은 이를 받아들이지 않는다. 과거에 뿌리박고 있는 고통을 현재의 현실 속에서 해결할 수 있는 방법이 없다. 그런데 장우재는 이것이 연극 속에서, 아니 더 정확히 말한다면 연극의 연습 속에서 가능하다고 생각한다.

서종태는 연습실을 찾아와 친구들의 연습을 바라본다. 그러다가 종로경찰서 장면에서 돌연 서종태는 연극 연습에 합류한다. 그는 김병준 역을 훈방하는 형사 역을 맡는다. 잔뜩 얻어맞아 혼이 나간 김병준 역을 맡은 대학원생이 우스꽝스럽게 거수경례를 붙이는 장면에서 형사인 서종태는 웃으며 연기한다.

서종태 (웃으며) 쌔끼… 그러니까 뭐하러 그 날 학교에 가가지구….

그리고 그 순간 실제 김병준이 연습실에 들어선다. 장우재가 위치시킨 서종태는 극중극 속에서는 형사이며, 실제로는 서종태라는 개인이다. 서종태는 이때, 김병준에게 사과한다.

서종태 김병준 씨. 미안합니다. 그때 웃어서 (…).

김병준은 이 순간 비로소 서종태의 사과를 받아들인다. 현실 속에서는 받아들이지 않던 서종태의 사과를 연극 연습실에서 받아들이는 이유는 무엇일까? 그것은 바로 서종태가 극 속에서는 형사의 역할을 맡고 있었기 때문이다. 김병준이 정작 사과를 받아야 하는 것은 국가권력인 것이지 그때 동일하게 끌려와 김병준과 관련없이 철없이 웃고 있던 후배들이 아니었다. 서종태는 극과 현실의 중첩된 위치에서 말한다. 그는 국가권력의 자리에서, 그리고 동시에 현실 속의 피해자 서종태의 자리에서 사과하는 것이다. 김병준은 절대로 받지 못하는 국가의 사과를 이 허구의 자리, 그러나 현실 속에 존재하는 일상의 자리에서, 그리고 자신에게 폭력을 행하는 국가와 동일한 방식으로 자신에게 모욕감을 주었던 당사자들에게서, 허구적인 당시의 상황의 재현 속에서, 받고 있는 것이다. 그리고 마침내 그는 그 사과를 받아들인다. 연극은 이처럼 현실을 넘어서는, 현실이 제시할 수 없는 치유의 경험을 제시한다. 장우재는 이 '치유의 경험'이 연극적 허구 속에서의 자기만족적인 위로와는 다른 것이라고 믿는다. 세상 전체를 바꿀 수 없다 하더라도 연극이라는 특정한 공간 속에서 고통을 실제로 치유하기를 소박하지만 끈질기게 소망하는 것이다.

2-2. 연극 vs 연극

연극이 망각 속으로 밀려가는 고통의 기억을 되살리는 장치로서 기능하는 것은 〈미국아버지〉에서도 마찬가지이다. 물론 〈미국아버지〉는 연극과 관련된 주제를 다루는 작품은 아니다. 하지만 빌의 환각 속에서 과거의 장면이 재연되는 방식은 극중극을 사용하는 방식과 다를 바 없다. 환각 속의 빌은 과거 젊은 시절의 자신인 빌리를 본다. 그는 자신의 삶을 거리를 두고 보면서 동시에 그 삶을 환각 속에서 다시 산다. 그가 바라보는 것은 단지 젊었던 시절의 어떤 특정 순간의 자신과 자신을 둘러싼 사람들이 아니다. 그가 바라보는 것은 자신이 살아온 세계 전체이다. 그는 자신이 살아온 체제 자체가 '환영놀이'에 불과하다는 것을 안다. 자본주의 세계에서 추구하는 삶은 거짓된 연극이다. 월 스트리트에서 일하며 자본주의의 가장 높은 곳으로 올라가려다가 굴러 떨어진 그는 이제 자신이 이 거짓 연극의 한 배역이었음을 명확하게 깨닫고 있다.

빌　(월에게) 인생은 거대한 사기극이야. 특히 이놈에 자본주의는 더. 넌 지금 사기극에 말려들고 있는 거고.

자본주의 세계라는 현실 속에서 미국의 대통령 레이건은 빌에게는 "대통령 역할을 했던 영화배우"였던 것이고, 사람들은 한낱 "호두까기 인형"에 불과하다. 빌은 세계라는 거짓 연극의 무대 구조를 설명하기에 이른다.

> 자, 여긴 월드 트레이드센터 92층에 있는 TLC 코트야. 난 여기 서 있고 내 앞에는 9명의 위원들이(객석을 가리키며) 반원형으로 앉아서 날 바라보고 있어. 나를 심판하기 위해서 그들 뒤로는 성조기와 그 외에도 3개의 깃발들이 병정처럼 서 있고 그 뒤로 자랑스러운 뉴욕시의 노란 마크가 있고 내 옆엔 내 숨소리까지 기록할 카메라가 있어. 그리고 내 정면에 그놈이 앉아 있어. 데이빗. 내 차례가 되자 그놈은 옆에 위원들하고 나직이 떠들면서 잰 내 친구다, 오래된 동료다, 한때 월 스트리트에서 일했다 그러고 있어. (…)
> 자유와 정의와 평등이란 말을 만들었던 놈들. 그 뒤에 숨어서 인간의 가장 나약한 부분을 자극하며 자본주의를 돌렸던 놈들. 그리고 그 장사치들보다 더 위에서 그걸로 온 몸을 꽁꽁 무장하고 있는 정치가 놈들. 그 놈들이 나에게 백기를 들고 투항하라고 말하는 자리가 그 자리였다고.

빌은 개인택시기사 영업증을 따기 위한 인터뷰에서, 이 거짓 연극의 한 배역을 다시 수행하는 것을 거부한다. 그렇지만 그가 현실 속에서 이 거짓 연극 같은 세상에 대해서 승리할 수 있는 방법은 없다. 그는 마약의 환각 속에서 위안을 찾고자 한다. 끊었던 마약을 재개하고, 마약의 환각 속에서 젊은 시절 그의 환영을 만난다. 그런데 환영놀이의 세계 속에 나타난 또 다른 환영놀이는 같은 성격을 지니는 것이 아니다. 환영놀이 속의 환영은 위안이 아닌 고통을 준다. 그리고 이 환영은 사라지지 않는다. 현실이 환영의 놀이를 즐기는 것이 아니라, 환영이 현실에 개입한다. 이 환영은 빌이 선택한 삶과는 다른 선택이 가능함을 말해준다. 그리고 이 환영들을 제거하는 것, 그것이 다름 아닌 자기 자신임을 알게 한다. 자본주의 세상과 데이빗을 증오했지만 그것이 아닌 다른 삶의 가능성을 죽이는 것은 정작 자신인 것이다. 환영놀이로서의 연극은 그것을 알게 한다. 이제 죽여야 하는 것은 환영을 죽이는 자기 자신임이 명확해진다. 자본주의라는 환영 속에서 살아왔던 자신을 죽임으로써, 다른 가능성을 지닌 미래의 환영을 지켜낼 수 있다.

〈환도열차〉에서 장우재는 현실의 막장극적인 성격을 드러내는 데에 주력한다. 최양덕은 육이오가 끝나고, 동업자였던 한상해의 이름으로 남아있는 허가권을 자신의 것으로 삼기 위해 한상해로 살아간다. 그 와중에 한상해를 아는 사람들을 하나씩 죽이고 그는 재벌이 된다. 이것이 장우재가 육이오 이후 우리 근대사를 요약하는 방식이다. 그것은 한마디로 막장극이다. 장우재가 파악하는 우리의 현실은 육이오가 끝난 직후 부산을 출발하여 서울을 향해 떠난 환도열차가 60년의 시간을 뚫고 2014년의 서울에 도착한다는 설정만큼이나 황당무계한 것이다. 우리는 막장드라마를 살고 있는 것이다.

지순 맞어요. 이건 다 이야기에요. (…) 안 그러면 어뜨케 이런 일이 있을 수 있애요? (…) 맞애요. 나도 이야기에요. 누군가 지금 막 꾸며내고 있는 이야기 속에 들어와 있어요.

미국 나사에서 파견한 한국계 조사관 제이슨 양의 눈에는 이 현실이 조작된 멜로드라마로 보인다. 그리하여 그는 환도열차가 60년이라는 세월을 거슬러 도착한 이 사건을 누군가가 조작해내는 허구적 사건이라고 의심하고 있다. 막장극이든, 멜로드라마이든간에 이 현실의 연극성의 본질은 그 속의 인물들이 자신의 본질적 정체성이 아니라 껍질, 배역으로 살아간다는데 있다. 이 이야기 속에서는 누구도 자기 자신으로 살아가지 않는다. 최양덕은 한상해로, 김동교는 한동교로, 양지성은 제이슨 양으로, 이지순은 정인숙으로 살아간다. 한상해는 이렇게 "막 바뀌면서 살아"가는 것이 "아주 잘 사는 거"라고 말한다.

그런데 장우재는 〈환도열차〉 속에 다른 연극을 삽입한다. 그것은 강석홍이 지순과 지순의 오빠에게 들려주는 〈눈먼 왕 이야기〉 즉 〈오이디푸스 왕〉이다. 〈오이디푸스 왕〉은 인간이 그 모든 외적인 변화와 오해와 속임수에도 불구하고 자신의 본질과 정체성을 찾는 이야기이다. 그런데 장우재는 오이디푸스라는 인물의 두 가지 속성을 분리시킨다. 하나는 자기 자신이 누구인지 모른 채 맹목적인 삶을 살고 끝내 이 때문에 눈에서 피를 흘리는 존재이다. 〈환도열차〉에서 이 역할을 수행하는 것은 한상해이다. 한상해는 우리 근대사 그 자체를 대변하는 인물이며, 그 근대사의 맹목성을 표현한다. 오이디푸스의 또 다른 면모는 그의 이름의 뜻처럼 '부은 발'을 가진 존재론적 고통 속의 존재이다. 그는 다리를 절고 있다. 그리고 이 역할은 제이슨 양이 맡는다. 그는 한국 조사관에게 걷어차여 다리를 전다. 그는 조국에 대한 배신감 속에서 양지성이라는 자신의 정체성을 거부하고 미국인이 되기를 선택하였지만 '환도열차'에 대한 보고서의 작성이 완료된 후 다시 한국에 남기로 결정한다. 한국에 남는다는 것은 거짓 이야기를 꾸며내고, 픽션을 만들기 좋아하는 이 막장 같은 세계에 남는 것을 말한다. 그는 모든 픽션이 배제된 팩트만으로 구성된 객관적인 보고서를 만들고자 하지만, 그렇게 하지 못했다. 그는 이제 이야기 속으로 들어가야 한다. 그러나 그가 살아야 할 이야기 속 역할은 이 막장의 이야기 속에서 또 다른 이야기를 하는 역할이다. 그것은 강석홍의 역할이기도 하다. 그것은 강석홍이라는 인물이 살아가는 방식을 다시 사는 것이기도 하면서 동시에 더 중요한 것은 이야기꾼으로서 살아가는 것이다. 그는 이야기 속에서 이야기를 하는 역할을 맡게 되는 것이다. 그는 이야기 안으로 들어간다.

3. 이야기 안으로 들어가기

이야기 안으로 들어가는 것은 무엇을 말하는 것인가? 〈화성인 이옥〉에서 전기수는 다음과 같이 되묻는다.

> 길주　처음 듣는 이야기란 말이다. 전에 그런 이야기를 짓는 사람을 들어본 적이 없어. 이야기 만드는 사람의 자유.
>
> 전기수　당연하지. 그 사람은 아예 글 속으로 들어가버렸으니까.
>
> 길주　자꾸 이상한 소리만 할래?
>
> 전기수　보아하니 글 짓는 사람 같은데 글 안으로 들어가는 것도 모르오?
>
> 길주　사람이 어떻게 글 안으로 들어가?

이야기 안으로 들어가는 것은 이야기하는 바를 살아가는 것이다. 이야기가 꿈이라면, 이야기 안으로 들어가는 것은 꿈 안으로 들어가는 것, 꿈을 사는 것이다. 꿈 안으로 들어설 때 자유를 얻는다. 그것을 장우재는 "마음과 몸을 합치는 것"이라 부른다. 그런데 이때 마음과 몸을 합치는 방법은 마음에 품고 있는 꿈을 몸의 세상에서 펼치는 것이 아니다. 반대로, 몸이 마음의 세계로 들어가는 것이다. 마음의 세계, 이야기 안의 세계는 "임금이 사는 한양"이 아니라, "외로이 떨어진 바닷가 매화나무 아래"이다. 그리고 그곳을 〈여기가 집이다〉에서는 '집'이라고 선언한다. 그곳은 현실 속에서는 고시원에 불과한 곳이다. 장씨에 따르면 이곳은 가짜 집, 허구의 세계이고, 그는 사람들이 여기를 벗어나 진짜 집, 현실로 가기를 원한다. 다른 고시원에 비해 현격히 싼 이 고시원에서 사람들이 잠시 쉬어서 현실로 나아갈 힘을 얻기를 바라는 것이다. 그런데 고시원의 새 주인 동교가 이 고시원을 '집'이라고 선언

하면서 사람들이 여기 고시원을 현실로 받아들이기 시작하자 장씨는 이 집을 불태우고 싶어한다. 그렇지만 장우재는 위안의 공간으로서의 집을 주장하는 것이 아니다. 집은 꿈이, 그러므로 이야기가 성취되는 예외적인 공간이다. 하지만 집은 자폐적인 환상의 공간이 절대 아니다. 이옥이 "외로이 떨어진 바닷가 매화나무 아래"의 집에서 만물에 대한 이야기를 썼듯이, 갑자고시원에 살고 있는 사람들은 자신들의 꿈을 이야기한다. 꿈을 이루는 공간이 아니라, 꿈을 이야기하는 공간을 '집'이라 부르는 것이다. 중요한 것은 이곳은 이야기가 지속되는 공간이라는 점이다.

마음과 몸이 합쳐지는 것은 글자와 삶이 합쳐지는 것과 같다. 갑자고시원에는 지금은 돌아가신 이 집 주인 할아버지가 써놓은 액자가 있다. 그 안에는 쓸 고(苦)자가 써 있다. 고통스러운 몸들이 이야기를 통해서 고통스런 삶을 사랑하는 '소리의 향연'으로 만든다. 〈화성인 이옥〉에서도 장우재는 전기수의 입을 통해 동일한 말을 한다.

전기수 아픔은 그것을 이야기로 만들 때 견딜만해진다. 그렇게 얘기합디다. 그 사람.

고시원을 나가서 아내와 함께 잘 살아보겠다는 다짐을 했던 신씨가 이내 자립에 실패하고 돌아온다 하더라도, '여기가 집'임을 선포한 사람들은 계속 꿈을 이야기한다. 세상을 바꿀 수 없다 하더라도, 세상을 견디는 행위로서의 이야기는 계속되는 것이다.

4. 심연 앞에서

〈햇빛 샤워〉에 이르러 장우재의 글쓰기는 중요한 변화를 보여준다. 장우재는 이제껏 '연극'이라는 틀로 세계를 파악하고, 이 세계에서 견디는 방식으로 다시 '연극'을 제시했다. 그런데 〈햇빛 샤워〉는 세계인식의 틀로서 '연극'을 제시하지 않는다. 표면적으로 '연극'이라는 테마를 다루지 않는 〈여기가 집이다〉조차 고시원이 집을 대체하는 방식이 연극이 세계를 대체하는 방식을 가정하고 있다는 점에서, '연극'이라는 인식의 틀을 벗어나지 않는다. 그런데 〈햇빛 샤워〉는 앞선 작품들과 다른 방향을 향한다.

장우재는 커다란 싱크홀 앞에 선다. 싱크홀은 우선 사회적 상징이다. 가장 취약한 사회적 계층이 빠져들 수 있는 위험이 싱크홀이다. 이 속으로 빠져들지 않기 위해 그들은 분투한다. 작가 장우재는 항상 '사회'로 시선을 보내왔다. 그런데 〈햇빛 사워〉에서 처음으로 장우재는 개인 내면의 헤아릴 수 없는 심연을 바라본다. 처음에는 사회적 상징으로 여겨지는 이 싱크홀은 점차 이 같은 사회적 조건 속에 놓인 개인의 내면의 상징이 된다. 작가는 광자를 바라보는 여러 시선들을 소개한다. 광자는 어떤 이에게는 "한 데서 피는 꽃"같고, 또 다른 이에게는 "쌍년"이며, 또 어떤 이에게는 "건강한" 사람이고, 또 "근태가 아주 성실한 직원"이다. 그런데 광자는 이 모든 조각들의 모자이크가 아니다. 장우재에게 광자는 어두운 심연이다. 이 심연의 어둠 속을 들여다보아야만 광자에게 햇빛이 과연 무엇을 의미하는 것인지, 그리고 왜 광자가 그토록 바라던 개명과 승진을 이룬 순간 모든 것을 무화시키는 칼부림을 했어야 했는지를 이해할 수 있다.

광자는 이름을 바꾸기를 원했다. 이광자라는 이름 대신 이아영이 되고 싶어했고 적지 않은 대가를 지불하고 개명을 한다. 이미 〈환도열차〉에서 확인했듯이, 최양덕이 한상해가 되고, 양지성이 제이슨 양이 되듯 이름을 바꾸는 것은 삶을 연극으로, 개인을 배역으로 만든다, 인물은 그가 입었다 벗어버리는 의상처럼 지속되는 두께 없이 가벼워진다. 그녀가 백화점 의류매장의 매니저가 되기를 원하는 것이 그러므로 우연은 아니다. 이 가벼운 존재가 죽어버린 삶 앞에서 춤을 춘다. 매니저가 되고 싶은 그녀는 과장 앞에서 그녀는 혼신의 힘을 다해 섹시한 춤을 춘다. '댄싱 인 더 다크'. 이름을 바꾸면서 관객 앞에서 춤을 추는 것, 광자의 삶은 여전히 연극이다. 과장에 따르면 그것은 허상, 시뮬라시옹이다.

광자가 그녀의 방에서 핫 청반바지 차림으로 그 음악에 맞춰 춤을 추고 있다. 아까 그 과장이 빤스 차림으로 이를 보고 있다.
흔한 아이돌의 뇌쇄적인 춤을 따라하는 듯 잘 추지는 못하지만 열심이다.
춤이 끝난다.

과장 (박수)

그런데, 광자는 한순간 칼을 움켜들고 이 모든 연극을 끝낸다. 이아영이라는 새로운 이름이 약속하는 삶을 포기하는 그 순간 연극은 끝이 난다. 이제 연극이 아닌 삶이 시작되는 것이다. 〈햇빛 샤워〉는 연극을 끝내는 연극이다.

그러므로 광자는 광자라는 이름을 받아들여야 한다. 광자라는 글자를 자신의 삶으로 받아들이는 것, 그것은 마음과 몸을 합치는 것이며, 이야기 안으로 들어가는 것이다. 광자는 더 이상 화투놀이의 패 혹은 미친 광인을 연상시키는 이름이 아니다. 기표로서만 존재하며 그 안으로 기의들이 잠시 머물다 떠나는 자리가 아닌, 광자는 자신의 원래의 뜻, 빛 광(光) 이름(子), "빛나는 사람"이 된다. 그녀는 배역이 아닌 사람이기를 선택한다. 그녀는 백화점의 화려한 조명을 바라보는 것이 아니라, 스스로 빛이 되어야 한다. "빛나는 사람"이 되기 위해서 광자는 무엇을 해야 하는가?

비타민 D 부족으로 골연화증을 앓고 있는 광자에게 필요한 것은 햇빛이다. 햇빛을 몸에 바르는 것, '햇빛 샤워'를 하는 것, 그것은 그녀를 온전한 사람으로 만들어줄 것이다. 어둠의 심연 속에서 그녀는 스스로에게 주어진 이름 '빛나는 사람'을 만들어내야 한다. 무엇이 배역이 아니라 사람을 만드는가? 광자 자신이 말한다.

"관계라고 사람은. 그게 없으면 사람이 아니라고."

연극 같은 세계에서 살아남기 위한 이해관계가 아닌, 아무런 관계없는 타자 동교와의 관계 속에서 광자는 해답을 찾는다.

동교의 죽음의 이유, 그리고 그를 이은 광자의 죽음의 이유는 표면적으로 드러나지 않는다. 그러나 그것은 극작의 결점이 아니다. 평자들에 의해 때로 두 인물의 죽음이 극작에 있어서의 비약으로 지적받았지만, 이 작품은 싱크홀, 즉 헤아릴 수 없는 심연에 관한 이야기임을 잊어서는 안된다. 장우재는 광자에게서, 그리고 동교에게서 표면에서 쉽게 파악할 수 없는 어둠의 심연을 본다. 광자가 동교와 관련을 맺기 위해서는 광자는 동교의 심연을 들여다보아야 한다. 광자의 브래지어를 갖고자 하는 동교의 욕망을 읽어야 한다. 그것은 무조건적인 사랑의 실천자로서의 엄마에 대한 갈구이다. 그러므로 조건 없는 사랑을 나누는 작은 실천인 연탄 나눔의 성격을 변질시키는 구청의 요구를 동교가 받아들이지 못하는 것은 당연하다. 더욱이 모성에 대한 갈구로 얻어낸 광자의 브래지어가 양엄마에게 발각되어 오해받는 상황은 동교에게는 모성의 아름다움을 훼손하는, 감당할 수 없는 사건이다. 동교의 심연은 광자의 심연이기도 하다. 광자에게 결핍된 것은 동교가 갈구하는 모성의 모습이다. 자신에게 무책임했던 엄마, 그러나 그녀에게 "빛나는 사람"이라는 이름을 준 엄마의 '향기'를 요구하는 동교에게 브래지어를 내어준 것은 -스스로 깨닫지 못하지만- 광자가 기꺼이 모성의 가슴이 되어 준 것이다.

동교 죽음 이후 동교와의 관계를 묻는 형사에게 마치 베드로가 예수를 부인하듯 그들의 관계를 부인했던 광자가 돌연 동교의 모성이기를 거부하고, 동교라는 이름이 아닌 '검은 머리 짐승'으로 그를 호명하는 동교모에게 칼부림을 하는 것은 '관계'를 부인하지 않는 '사람'이기 위해서, 그리고 조건 없이 모든 것을 다 베푸는 모성이 되기 위해서, 그리하여 동교에게, 그리고 자신에게 빛이 되기 위한 행위인 것이다.

인물의 심연으로부터 한 줄기 빛이 솟아오른다. 어둠의 세계에서 스스로 빛이 되는 광자처럼, 이제 거짓 연극의 세계 속에서, 장우재는 스스로를 하나의 극장으로, 하나의 연극으로 만드는 인물을 구축하기 시작했다. 세계와 싸워 이겨내는 거대한 이야기가 아니라, 세계 속에서 버텨내고, 세계의 어둠 속에서 자신을 지키는 빛이 되는 연극의 지속이 장우재가 들여다보는 심연 속의 모습이다. 사바 세계에서 구름을 뚫고 하늘로 오르는 거대한 산이 아니라 작은 수많은 봉우리들로 이루어진 고원처럼 천개의 어둠 속에서 천개의 '빛' 을 길어 올리는 것이 장우재가 연극하는 이유가 된다. 그것은 천일의 밤 동안 이야기를 멈추지 않음으로써 생명을 지켜내는 '천일야화' 를 지어내는 것이다.

[공연기록]

- 2017. 09.06-09.25 〈미국아버지〉 작 · 연출/명동예술극장.
- 2016. 10.26-11.06 〈불역쾌재〉 작 · 연출/LG아트센터.
- 2016. 05.17-06.05 〈햇빛샤워〉 작 · 연출/남산예술센터.
- 2016. 03.22-04.17 〈환도열차〉 작 · 연출/예술의전당 자유소극장.
- 2015. 10.20-11.01 〈미국아버지〉 작 · 연출/동숭아트센터 동숭홀.
- 2015. 07.09-07.26 〈햇빛샤워〉 작 · 연출/남산예술센터.
- 2015. 01.23-01.26 〈여기가 집이다〉 작 · 연출/명동예술극장.
- 2014. 10.30-11.08 〈미국아버지〉 작 · 연출/이해랑예술극장.
  11.13-11.22 〈미국아버지〉 작 · 연출/대학로예술극장소극장.
- 2014. 04.18-05.25 〈여기가 집이다〉 작 · 연출/연우소극장.
- 2014. 03.14-04.06 〈환도열차〉 작 · 연출/예술의전당 자유소극장.
- 2013. 11. 〈택배왔어요〉 연출 · 이미경 작/대학로예술극장 소극장/봄작가겨울무대.
- 2013. 07. 〈여기가 집이다〉 작 · 연출/연우소극장.
- 2012. 10. 〈화성인 이옥〉 작 · 박근형 연출/화성문화재단 경기도립.
- 2012. 03. 〈덫〉 연출 · 허진원 작/대학로예술극장소극장/신춘문예 페스티벌.
- 2011. 11. 〈모퉁이가게〉 각색 · 연출/연우소극장/2인극페스티벌.
- 2011. 07. 〈 자스민광주〉 작 · 손재오 연출/빛고을문화회관/광주문화재단 에딘버러페스티벌.
- 2010. 11. 〈이형사님수사법〉 작 · 연출/이다2관.
- 2010. 04. 〈7인의 기억〉 작 · 연출/세종M씨어터/서울시극단 27회 정기공연
- 2009. 11. 〈시집가는 날〉 각색 · 장용휘 연출/극단 마고/국립 달오름극장.
- 2008. 05. 〈인생의 취미〉 감독/한국영화아카데미 영화연출 24기 졸업작/인디포럼 신작전/바르셀로나 독립영화제.

- 2006. 06. 〈악당의 조건〉 작 · 김광보 연출/대학로축제소극장.
- 2005 〈그때각각〉 작 · 연출/문예회관소극장/서울연극제 공식초청.
- 2004 〈차력사와 아코디언〉 작 · 연출/학전블루 소극장/블랙박스 씨어터/인켈아트홀2관/서울 국제공연예술제 공식초청.
- 2003 〈차력사와 아코디언〉 작 · 연출/연우소극장/소극장 동숭무대/극단 이와삼 창단공연.
- 2003 〈영종도 36km〉 연출 · 선욱현 작/삼일로 창고극장/창작마을 단막 극제
- 2002 〈그때〉 작 · 연출/연우소극장/연우무대창작연구발표회.
- 2001 〈이인극〉 작 · 연출/상명아트홀2관/2인극 페스티벌 참가작.
- 1999 〈마당극 병신난장〉 작 · 손재오 연출/서울우수마당극제/과천마당 극제 초청/극단 갯돌
- 1999 〈흰색극〉 작 · 김광보 연출/부산문화회관 소극장/연극실험실 혜화 동일번지/극단 청우
- 1999 〈머리통상해사건〉 작 · 김종연 연출/서울 문예회관소극장/연우소 극장/ 극단 연우무대.
- 1998 〈열애기〉 작 · 김광보 연출/부산가마골소극장/연극실험실 혜화동1 번지.
- 1998 〈목포의 눈물〉 작 · 기국서 연출/호암아트홀.
- 1994 〈지상으로부터 20미터〉 작 · 김광보 연출/연극실험실 혜화동1번지 /울타리소극장.

환도열차

장우재 희곡집 2

초판 1쇄 발행일　2017년　8월 30일
초판 2쇄 발행일　2018년 12월 10일

지 은 이　장우재
만 든 이　이정옥
만 든 곳　평민사
서울시 은평구 수색로 340 [202호]
전화: (02) 375-8571(代)
팩스: (02) 375-8573
http://blog.naver.com/pyung1976
이메일 pyung1976@naver.com
등록번호　제251-2015-000102호

ISBN　978-89-7115-641-4　03800

정 가　19,000원